Jürgen Seibold
Gnadenhof

PIPER

Zu diesem Buch

Das Bauernhofmuseum in Illerbeuren in der Nähe von Memmingen bereitet sich auf einen anstrengenden Sonntag vor. Es ist gutes Wetter vorhergesagt, und zahlreiche Vorführungen sollen vor allem Familien anlocken. Am Samstagabend geht der Museumspädagoge noch einmal durch die alten Gebäude und entdeckt in einem Bauernhaus aus dem 18. Jahrhundert etwas, das er noch nicht kennt: Im Uttenhof sitzen drei sehr lebensecht wirkende Figuren am Esstisch. Erst ärgert sich der Museumspädagoge, dass niemand ihm Bescheid gegeben hat, dass es eine neue Attraktion gibt, dann fällt ihm auf, dass die Gestalten für das Ambiente eindeutig zu modern gekleidet sind – dann sieht er das Blut auf dem Boden … Hauptkommissar Hansen und sein Allgäuer Team nehmen die Ermittlungen auf, und schon bald geht nicht nur im Bauernhofmuseum die Angst um.

Jürgen Seibold, 1960 geboren, lebt mit seiner Familie in der Nähe von Stuttgart. Er ist gelernter Journalist und arbeitet als Schriftsteller. »Gnadenhof« ist nach dem erfolgreichen Serienstart mit »Rosskur« sein zweiter Allgäu-Krimi.

Jürgen Seibold

Gnadenhof

Ein Allgäu-Krimi

Piper München Zürich

Mehr über unsere Autoren und Bücher:
www.piper.de

Von Jürgen Seibold liegen bei Piper vor:
Kinder
Rosskur
Gnadenhof

MIX
Papier aus verantwortungsvollen Quellen
FSC® C014496
FSC
www.fsc.org

Originalausgabe
1. Auflage Februar 2014
2. Auflage März 2014

Umschlaggestaltung: Cornelia Niere, München
Umschlagabbildung: Artwork Cornelia Niere; Mauritius Images (Landschaft + Medaille) und Shutterstock (Stall + Katze)
Satz: Kösel, Krugzell
Gesetzt aus der Quadraat
Papier: Munken Print von Arctic Paper Munkedals AB, Schweden
Druck und Bindung: GGP Media GmbH, Pößneck
Printed in Germany ISBN 978-3-492-30075-9

Samstag, 31. Mai

Es war schon nach halb sieben, als die letzten Besucher das Gelände verließen. Ulrich Stadler sah den Senioren nach, die schwatzend und lachend auf dem Weg zum Parkplatz waren. Morgen würde das Publikum deutlich jünger ausfallen. Dann war Familiensonntag im Bauernhofmuseum Illerbeuren, und die Aktionen, Spiele und Vorführungen würden vor allem Eltern mit kleinen Kindern anlocken.

Stadler sah in den Himmel: Auch das Wetter würde wohl mitspielen. Für Memmingen und Umgebung war ein prächtiger Frühsommertag vorhergesagt, und das blaue, nur hier und da mit weißen Wölkchen betupfte Firmament schien die Prognose zu bestätigen.

Er ließ seinen Blick über die umstehenden Gebäude schweifen, dann wandte er sich dem Gromerhof zu, in dem eines der Museumsgasthäuser eingerichtet war. Im Biergarten halfen seine Kollegen einer Kellnerin, einige Tische zu einer großen Tafel zusammenzuschieben. Stadler packte mit an, damit ihnen die Bedienung möglichst bald die gefüllten Gläser bringen konnte. Mit einem frischen Weißbier würde sich die Abschlussbesprechung schon fast wie Feierabend anfühlen.

Die Gestalt, die sich an das Fachwerk des großen Zehentstadels drückte und aufmerksam um die Ecke lugte, sah sich noch einmal um, aber im Museumsdorf schien nun niemand mehr unterwegs zu sein. Höchste Zeit, die Sache zu ihrem Ende zu bringen.

»Na ja«, sagte Tom Schaber leichthin und zuckte mit den Schultern. »Frechenrieden ist zwar nicht gerade der beste Standort für ein Elektrogeschäft, aber was soll's? Mein Vater war halt hier Elektriker.« Lachend deutete er auf den knallbunten Prospekt des Memminger Großhändlers, der ihm eben aus der Tageszeitung gerutscht war. »Immerhin hab ich hier im Dorf keine solche Konkurrenz!«

Resi und Hansen saßen im Garten und unterhielten sich prächtig mit Tanja und Tom Schaber, Resis bester Freundin und ihrem Mann. Die Sonne überzog nur noch einen kleinen Teil des Gartens mit sattem Gelb, der Rest lag schon im Schatten, aber die Luft war noch so warm, dass sie sich das Abendessen draußen schmecken lassen konnten.

Seit fast einem Jahr leitete Eike Hansen nun schon das Kommissariat 1 der Kripo Kempten, und gleich durch den ersten Fall hatte er Resi Meyer kennengelernt, die als Rechtsmedizinerin an der Münchner Ludwig-Maximilians-Universität arbeitete. Sie war gerade zu Besuch bei ihren Eltern in Roßhaupten gewesen, als nach dem Mord an einem Lechbrucker Pferdezüchter jemand gebraucht wurde, der sich das Opfer ansah und es später obduzierte.

Diesem Umstand hatte Hansen in den vergangenen Monaten ein unverhofft schönes Privatleben zu verdanken, auch wenn Resi die eine oder andere Nacht ihren Eltern zuliebe nicht in Hansens gemietetem Bauernhaus am Füssener Stadtrand, sondern in Roßhaupten verbracht hatte. Sogar seiner in Hannover gebliebenen Frau, die noch nicht so recht in die Scheidung einwilligen wollte, war aufgefallen, dass Hansen schon in seinem ersten Sommer im Allgäu aufgeräumter und fröhlicher wirkte als die Jahre zuvor.

Er nahm ein Stück Käse, hörte den anderen zu und betrachtete versonnen seine Freundin. Resi war groß und schlank und trug wie meistens Jeans und Karohemd. Ihre kurz geschorenen Haare waren weißblond und bildeten einen starken Kontrast zu ihrer sonnengebräunten Haut, und ihre blauen Augen funkelten hinter einer randlosen Brille.

Resi war im Reinen mit sich und der Welt. Sie schminkte morgens keine Falten weg, und ihre Frisur war dann gelungen, wenn sie sich nur schnell mit feuchten Fingern durch die Stoppeln fahren musste, um das Haus hinreichend gestylt verlassen zu können. Nur eines mochte sie überhaupt nicht an sich: ihren Vornamen Therese, den deshalb allenfalls ihr Vater ungestraft aussprechen durfte, wenn er seine Tochter mal wegen einer allzu flapsigen Bemerkung tadelte.

Jetzt lachte sie gerade herzlich über eine Anekdote, die Tom zum Besten gab, und Hansen musste schmunzeln, als er sah, wie Resis ganzes Gesicht mitlachte und ihre

Augenfältchen noch ein wenig tiefer wurden. Entspannt lehnte er sich in den bequemen Gartenstuhl zurück. So angenehm durfte sein Leben im Allgäu gerne bleiben.

Die Besprechung war dann doch noch anstrengend geworden, aber schließlich konnten auch die letzten Details für den anstehenden Familiensonntag geklärt werden. Die Kollegen teilten sich die Gebäude auf dem Areal des Bauernhofmuseums auf, um sich dann zu einer letzten Inspektion der Häuser zu zerstreuen und dabei auch gleich die Eingangstüren abzuschließen.

Sebastian Zang, der den Empfang leitete und zu dessen Aufgaben es normalerweise gehörte, allabendlich mit dem Zentralschlüssel eine Runde durch das Museum zu machen, freute sich, dass er heute ausnahmsweise früher Feierabend machen konnte, weil die Kollegen nach der Besprechung die Inspektion übernehmen wollten.

Auf Ulrich Stadler entfiel der Kontrollgang durch einige Gebäude am Nordrand des Alten Museumsdorfs, und während er den Gromerhof mit dem Gasthaus, den Nattererhof linker Hand und den Kleinbauernhof St.-Ulrich-Sölde hinter sich ließ – ein Ensemble, das gewissermaßen die Keimzelle des Museums bildete –, legte sich ein Lächeln auf sein Gesicht. Als Museumspädagoge hätte er es weiß Gott schlechter treffen können als hier in Illerbeuren. Gerade jetzt, wenn die Schatten allmählich ein wenig länger wurden und das ganze Gelände zur Ruhe kam, genoss er die Stimmung sehr.

Seit etwa fünf Jahren arbeitete er nun schon für den Zweckverband Schwäbisches Bauernhofmuseum Illerbeuren, und so sperrig der Name seines Arbeitgebers auch klang, so spannend und abwechslungsreich waren seine Aufgaben. Das Team passte gut zusammen, und bis auf gelegentliche Ausreißer waren auch die Gäste angenehm.

Ulrich Stadler erreichte sein erstes Ziel, einen Pfarrstadel, der 255 Jahre lang in Erkheim-Arlesried gestanden hatte, bevor er 1967 im Museum neu aufgebaut worden war. Das Holztor schwang mit leisem Knarren auf, im düsteren Innenraum roch es irgendwie heimelig, und ein kurzer Rundblick zeigte: Alles war an seinem Platz. Auch im schmalen Woringer Häusle mit seinem rauchgeschwärzten Brettergiebel und den Blumenkästen vor den Fenstern war alles für morgen vorbereitet.

Der nächste Bau, den er inspizierte, war das Göpelhaus. Der nach Osten hin offene Innenraum lag zwar schon weitgehend im Dämmerlicht, aber Stadler konnte alles vom Vorplatz aus einsehen. Früher waren Pferde oder Ochsen in der Mitte des Gebäudes angeschirrt worden, die dann stundenlang im Kreis gingen und über die drehbaren Teile des Göpels und einen Riemen Maschinen antreiben konnten. Für morgen hatte er sich vorgenommen, willige Besucher für den Antrieb einzuspannen. Dafür hatte er an die Holzkonstruktion mehrere gepolsterte Schulterhalfter anbringen lassen, und er freute sich schon auf die Aha-Erlebnisse der Gäste, wenn sie merkten, wie schwer diese Arbeit war.

Auf dem Weg zum Uttenhof, dem letzten Gebäude auf seiner Runde, sah er einige Meter entfernt das neue Bienenhaus. Stadler musste lächeln. Dem alten Bienenhaus, das vorher dort gestanden hatte, verdankte er eine amüsante Erinnerung, denn dahinter hatte er einmal zwei junge Leute entdeckt, die sich von ihrer Schulklasse abgesetzt und es sich in ihrem Versteck gemütlich gemacht hatten. Er hatte sie in einem denkbar ungünstigen Moment erwischt, und es war den beiden reichlich unangenehm gewesen. Auch sein Chef, Museumsleiter Dr. Ernst Fessler, kannte solche Anekdoten in großer Zahl, und immer wieder lockerte er die freitags stattfindenden Dienstbesprechungen durch Erzählungen aus seinem schier unerschöpflichen Fundus auf.

Stadler ging die Stufen zum Scheuneneingang des Uttenhofs hinauf und schloss die offen stehende Tür, dann kletterte er auch die Treppe zur Tenne hinauf und sperrte oben ebenfalls ab. Bevor er das Wohnhaus inspizierte, gönnte er sich noch einmal den Anblick der dunklen, verwitterten Außenbretter des fast 270 Jahre alten Holzbaus, die im Kontrast zu den hell gestrichenen Torflügeln und Klappläden standen. Über dem Eingang hing der Widderschädel mit seinen gewundenen Hörnern, und links daneben waren eine Sense und eine Infotafel an der Wand befestigt.

Nur die Tür selbst stand nicht offen wie üblich, sondern war angelehnt. Ulrich Stadler stutzte, und einen Moment lang war es ihm, als würde er auf der Wiese hinter dem Haus gedämpfte Schritte hören, doch als er kurz den Atem anhielt und lauschte, war alles still, und er schüttelte den Kopf über sich selbst.

So umtriebig tagsüber alles wirkte, so deutlich brachten die Abende und mehr noch die Nächte die Erinnerungen hervor. Die Erinnerung an die Jahrhunderte, die diese Häuser aus Holz und Stein überdauert hatten, die Menschen, die in ihren Zimmern gestorben waren, die Schicksale, die Männer und Frauen, Kinder und Greise hier erlebt und teils ertragen hatten ...

Manchmal, bevor er nach Feierabend heimfuhr, setzte sich Stadler in eine der Stuben, sah durch die kleinen Sprossenfenster und genoss die Ruhe. Ab und zu nahm er an einem der großen Holztische auch seine Vesper ein, trank ein Bier dazu und dachte über dies und jenes nach. Das Knacken der Holzbretter, das Rascheln der Kleintiere draußen in den Büschen – Stadler fand diese Atmosphäre sehr beruhigend. Und wenn dann vor seinem geistigen Auge die längst verstorbenen Bewohner der Häuser wiedererstanden, sich zu ihm an den Tisch setzten und schwatzten, brachte ihn das auch nach besonders hektischen Tagen gründlich zur Ruhe.

Die drei Gestalten, die um den Esstisch im Uttenhof saßen, waren allerdings keine Geister. Im ersten Moment keimte Ärger in Stadler auf, weil ihm niemand von dieser neuen Attraktion berichtet hatte, wo sie doch vorhin so lange im Biergarten zusammengesessen und jede Kleinigkeit durchgehechelt hatten.

Im zweiten Moment war er irritiert, weil der Uttenhof mit viel Sorgfalt in einen Zustand gebracht worden war, der dem bäuerlichen Leben um das Jahr 1900 entsprach – und weil die drei Gestalten dafür eindeutig zu modern gekleidet waren.

Im dritten Moment sah er das Blut.

»Und? Siehst du was?«

»Bisher noch nicht.«

»Mir tut schon der Nacken weh, weil ich die ganze Zeit so blöd zu dir raufschauen muss. Meinst du, das dauert noch lang?«

»Du musst dich grad beklagen. Kannst ja selber hier heraufkraxeln und dir die Knochen auf diesem knorpeligen Scheißbaum verrenken!«

»Hier herunten zwiebeln mich die Bremsen, das ist auch nicht besser. Jetzt sag schon: Ist echt noch nichts zu sehen?«

»Nein. Aber wegen der Bäume dort drunten neben der Kirche kann ich das Museumsdorf auch nicht komplett überblicken. Aber jetzt ... halt ... wart mal!«

Der Mann im Baum lehnte sich ein wenig nach vorn, klammerte sich mit der Hand an einem Ast fest und schwenkte mit dem Fernglas am Nordrand von Illerbeuren entlang.

»Da kommen zwei Streifenwagen, jetzt geht's los.«

»Na, dann nichts wie weg hier!«

»Ach was, du Schisser! Kannst ja zum Bus rüberlaufen und den anderen Bescheid sagen, aber dann kommst du wieder. Ich schau mir das noch ein bisschen an, bevor wir heimfahren.«

»Und wenn uns einer …«

»Jetzt hör schon auf. Ich bin extra einen Mordsumweg gefahren, und in das Kaff dort unten« – er deutete mit dem Fernglas hinter sich – »wird erst einmal niemand kommen, wenn im Museum drei Leichen gefunden werden. Die haben in Illerbeuren genug zu tun, und den Bus sieht am Waldweg auch keiner. Jetzt geh Bescheid sagen. Ach ja, und bring mir ein Bier mit!«

»Du hast Nerven, Mann«, brummte der andere und trottete davon.

Das Handy klingelte, und Hansen machte eine entschuldigende Geste, als er das Gespräch entgegennahm. Haffmeyer war dran.

»Sorry, Chef«, brummte er, »es gibt Arbeit.«

Hansen stand auf und ging ein paar Schritte in den Garten hinein, während ihm Haffmeyer von drei Leichen berichtete, die vor etwa einer halben Stunde im Bauernhofmuseum Illerbeuren gefunden worden waren.

»Die sitzen da am Esstisch mit aufgeschlitztem Hals«, beschrieb Haffmeyer die Szene ungerührt. »Wollen Sie gleich hinfahren? Sie sind doch ganz in der Nähe.«

Hansen hatte Willy Haffmeyer und Hanna Fischer am Freitagnachmittag erzählt, wo er übers Wochenende hinfahren wollte, und die beiden hatten sich ein wenig darüber lustig gemacht, dass Resi Meyer ihn nun – nachdem er ihre Eltern schon getroffen hatte – nach und nach auch ihren Freunden vorstellte.

»Ja, mach ich. Für Illerbeuren ist die Kripo Memmingen zuständig – wollen die denn auch, dass ich komme?«

Hansens Frage war eher rhetorischer Art. Die Kriminalpolizeiinspektion Memmingen gehörte zum Polizeipräsidium Schwaben Süd/West, das von Kempten aus geleitet wurde, und wenn er als Leiter des Kemptener Kommissariats für Tötungsdelikte an den Ermittlungen teilnehmen wollte, war das den Kollegen vor Ort vermutlich ganz recht – für die zu bildende Sonderkommission hätten die Memminger ohnehin Kollegen aus Kempten angefordert, um für die Soko nicht zu viele eigene Kräfte von ihren sonstigen Aufgaben abziehen zu müssen.

»Ich ruf deswegen gleich in Memmingen an, Chef. Soll ich denen auch Bescheid geben, dass sie sich nicht mehr um jemanden von der Rechtsmedizin bemühen müssen?«

Hansen sah zu Resi hinüber, die ihn aufmerksam beobachtet hatte. Die Schabers trugen gerade die benutzten Teller ins Haus und achteten nicht weiter auf ihn. Er fuhr sich schnell mit dem Zeigefinger quer über den Hals, hielt dann drei Finger in die Höhe und sah Resi fragend an. Die zuckte nur kurz mit den Schultern und nickte.

»Ja«, sagte er dann, »ich bring Frau Meyer gleich mit. Wir fahren in ein paar Minuten los, wie lange brauchen wir denn dorthin?«

»Gute halbe Stunde«, rief Resi ihm zu und ging nach drinnen, um ihre Freunde zu informieren.

»Gute halbe Stunde«, wiederholte Hansen ins Telefon. »Kommen Sie und Frau Fischer auch?«

»Hanna hat heute Stammtisch mit ihren Eishockey-Mädels, aber ich fahr gleich los, sobald ich mit den Memmingern gesprochen und Sie und Frau Meyer angekündigt habe.«

»Aber lohnt sich das denn? Sie werden von zu Hause vermutlich fast eine Stunde brauchen, oder?«

»Ich bin im Büro in Kempten, da bin ich fast so schnell vor Ort wie Sie.«

»Im Büro?«, fragte Hansen. »Sie sind am Samstagabend im Büro?«

Keine Antwort.

»Herr Haffmeyer?«

Doch der hatte schon aufgelegt, und Hansen schaltete das Handy nachdenklich aus. Offensichtlich wollte sein Mitarbeiter ihm nicht erklären, was er zu dieser ungewöhnlichen Tageszeit an seinem Arbeitsplatz suchte.

Kurz darauf waren Hansen und Resi unterwegs nach Illerbeuren. Die Schabers hatten ihnen einen Haustürschlüssel mitgegeben, damit sie später in der Nacht wieder hineinkämen.

Die Fahrt ging zügig voran, nach kaum dreißig Minuten ließ Resi ihren Wagen auf der Straße vor dem Bauernhofmuseum ausrollen. Ein uniformierter Beamter mit Schnauzer und Kurzhaarfrisur kam heran. Er wirkte etwas genervt und machte Anstalten, die beiden Neuankömmlinge vom Museum wegzuscheuchen. Doch als Hansen seinen Ausweis vorzeigte, tippte er sich kurz an die Mütze und beschrieb ihm den Weg zum Fundort der Leichen.

Inzwischen war die Sonne untergegangen. Das Museum lag im Dämmerlicht da. Überall standen Zivil- und Streifenfahrzeuge, und auf den Straßen um das Museum herum hatten sich ein paar Schaulustige versammelt, die sich aber glücklicherweise so weit vom Museumseingang entfernt hielten, dass sie die Arbeit der Polizei nicht störten.

Resi hatte ihre Tasche mit den nötigsten Utensilien aus dem Kofferraum geholt und marschierte nun mit Hansen zwischen den Fahrzeugen hindurch in das Museumsdorf. Auch hier wuselte es nur so vor Leuten: Die Kriminaltechnik hatte ihre Arbeit schon aufgenommen, die Mitarbeiter in ihren weißen Ganzkörperanzügen steckten nummerierte Täfelchen in den Boden und fotografierten. Einer der Männer sah kurz auf, als sich die beiden näherten, dann deutete er auf einen schmalen Korridor, der mit rot-weißem Absperrband markiert war.

Hansen und Resi folgten dem trassierten Weg. Die Wiese vor einem zweistöckigen Haus aus dunkelbraunem Holz war hell erleuchtet, überall standen Scheinwerfer, einer strahlte das Dach an und inszenierte die Steine auf den Holzschindeln in dramatischer Beleuchtung. Aus dem Inneren des Gebäudes drang durch die Fenster ebenfalls grelles Licht.

Die Eingangstür war verschlossen, und als Hansen und Resi nur noch wenige Schritte entfernt waren, ging die Tür kurz auf, eine mittelgroße, etwas stämmige Frau trat heraus und zog die Tür schnell wieder hinter sich zu. Erst dann streifte sie sich die Kapuze ihres weißen Anzugs vom Kopf und winkte die beiden zu sich heran. Veronika Schliers war die Leiterin der Kemptener Kriminaltechnik und als frühere Nachbarin in Roßhaupten mit ihren einundfünfzig Jahren so etwas wie eine mütterliche Freundin von Resi.

»Na, Resi, du musst ja schnell von den drei Leichen erfahren haben«, sagte sie und grinste breit. »Und dann hast du uns Kommissar Hansen auch gleich mitgebracht – wie aufmerksam von dir!«

Sie zwinkerte Hansen zu, natürlich wusste sie, dass die beiden seit Monaten ein Paar waren.

»Wir waren grad drüben in Frechenrieden, bei einer Freundin von mir«, erzählte Resi. »Da hat Haffmeyer ihn angerufen und ihm vom neuen Fall erzählt. Also hat der Kommissar eher mich mitgebracht und nicht umgekehrt.«

Vroni Schliers klatschte Hansen eine ihre beachtlichen Pranken auf die Schulter.

»Dann gehn S' mal rein, Kollege. Ich hoffe, Sie haben bei den Freunden in Frechenrieden nichts Fettes gegessen. Und machen S' bitte die Tür schnell wieder zu, wir hatten einige Mühe, wenigstens einen Teil der Fliegen aus dem Haus zu wedeln.«

Damit stapfte sie auch schon davon, und ihr kehliges Lachen verhieß nichts Gutes.

Der Innenraum des Uttenhofs war niedrig. Durch den Eingang erreichte man einen Hausflur, der mit einer offenen Esse auch als Küche gedient hatte. Links führte eine steile Stiege in den ersten Stock hinauf, doch der Raum, der Hansen interessierte, befand sich rechts hinter einer offenen Tür: die gute Stube des Bauernhofs.

Die drei Leichen störten auf den ersten Blick nicht weiter: Es sah aus, als säßen Vater, Mutter und Sohn um den Tisch beisammen – eine Szene aus dem bäuerlichen Leben, verblüffend lebensecht nachgestellt.

Ein unangenehmes Aroma hing in der Luft, eine Mischung aus Stallgeruch, Schweiß und menschlichen Exkrementen dominierte den kleinen Raum, alles durchsetzt mit einer schweren, etwas süßlichen Note. Überall waren Fliegen, allzu erfolgreich waren die Bemühungen der Kriminaltechniker offenbar nicht gewesen.

Hansen und Resi näherten sich langsam der Dreiergruppe. Der Mann saß mit verrutschtem Hut mit dem Rücken zur Eingangstür, links und rechts von ihm saßen eine Frau mit Kopftuch und ein junger Mann mit Schildmütze. Die drei Toten hockten etwas zusammengesunken da, zwei auf kleinen Stühlen, der dritte auf der Bank. Hansen betrachtete die Stuhllehnen, und er war ein wenig irritiert, dass ihm trotz der drastischen Szenerie auffiel, dass der eine Stuhl einen ovalen und der andere einen herzförmigen Ausschnitt in der Rückenlehne hatte. Die beiden Toten auf den Stühlen waren mit mehreren Lagen Klebeband fixiert, die um die Oberarme und Oberkörper der Leichen sowie um die Rückenlehne der Stühle gewunden waren. Der Tote auf der Bank war auf dieselbe Weise fixiert, allerdings war das Klebeband durch einen metallenen Ring gezogen worden, der unterhalb des Fensters aus der Holzwand lugte.

Hansen ging links um den Tisch und die Stühle herum und stellte sich so hin, dass er die Leichen von vorn sehen konnte. Resi, die noch einige Details an den Armen und an den Schädeln der Toten begutachtet hatte, folgte ihm, schloss kurz die Augen, atmete tief ein und aus – und hob erst dann den Blick.

Vroni Schliers hatte recht: Das war nichts für schwache Mägen. Die Köpfe der beiden Männer waren nach vorn geneigt, die Hutkrempe und das Mützenschild legten einen gnädigen Schatten auf ihre Gesichter. Der Kopf der Frau dagegen hing nach rechts hinten, und ihre klaffende Halswunde gab den Blick ins Gewebe frei. Alle drei waren durch einen tiefen Schnitt quer über den Hals getötet worden, der neben den Blutbahnen auch die Speise- und die Luftröhre durchtrennt hatte.

Resi ging ein wenig in die Hocke, um auch die Gesichter der Männer besser sehen zu können. Sie waren im Bereich von Kinn, Mund und Wangen mit Blut verschmiert, die Hälse waren komplett von angetrocknetem Blut bedeckt, und auch die Hemden der Männer und die Bluse der Frau strotzten vor rötlich braunen Flecken und Schlieren. Weitere Blutflecken befanden sich auf den Hosen und den Holzdielen.

Das Klebeband um ihre Oberkörper war sauberer als die Kleider darunter – die Toten waren offenbar erst fixiert worden, nachdem ihnen der Hals aufgeschlitzt worden und ein Großteil des Blutes schon herausgelaufen war. Auf die Form der Blutflecken konnte sich Hansen allerdings noch keinen Reim machen: Herabfließendes Blut hinterließ andere Spuren, außerdem hätte ein Schnitt durch den Hals auch Blutspritzer auf dem Tisch erwarten lassen – doch davon war so gut wie nichts zu sehen. Nur an zwei Stellen der Tischkante gab es blutrote Verfärbungen, aber die Stellen passten nicht recht zur Position der Leichen, und es handelte sich dabei auch weniger um Spritzer als um verschmierte Tropfen.

»Na, seids ihr schon am Rätseln?« Vroni Schliers war ins Zimmer gekommen. »Zu den Blutschmierern habe ich eine Theorie, aber ich kann euch auch erst mal selbst rumtüfteln lassen, wenn ihr wollt.«

»Erzähl ruhig«, ermunterte Resi sie. »Uns wird noch genug zum Nachdenken bleiben.«

Die Kriminaltechnikerin stellte sich direkt neben die Tote und zeigte auf einige Stellen an ihrer Vorderseite.

»Seht ihr hier und hier? Diese Spuren passen nicht zum normalen Verlauf, den das Blut bei aufgeschnittener Kehle nehmen würde. Und dass der Tisch sauberer ist, als man es erwarten sollte, ist euch sicher auch schon aufgefallen.«

»Aber das hier müsste schon der Tatort sein«, merkte Resi an und deutete auf die Hose der Frau und die Stelle, an der eine Blutspur von der Hose über die Sitzfläche des Stuhls nach unten führte.

»Genau, und deshalb glaube ich, dass die drei Opfer erst betäubt wurden, bevor man sie in Säcken oder irgendwelchen Plastikfolien herbeigeschleift und sie mitsamt ihrer … Verpackung hierhergesetzt hat. Erst dann wurden die Plastikfolien unter ihnen hervorgezogen, sie blieben aber an der Vorderseite mit der Plane bedeckt. Erst nachdem sie mit einem Schnitt durch die Kehle getötet worden waren, hat man die Plastiksäcke auch vorn weggenommen.«

»Das klingt ziemlich umständlich«, meldete sich Hansen zu Wort, dem die Beschreibung ansonsten aber einleuchtete. Vor allem die verschmierten Blutspuren und die fehlenden Spritzer auf dem Tisch waren damit gut zu erklären.

»Schon, aber schaun S' …«

Vroni Schliers zog eine kleine Plastiktüte aus der Tasche, nahm zwei gegenüberliegende Ecken zwischen die Finger und spannte die Tüte.

»Bewusstlose sind sauschwer zu tragen, das ginge mit einer solchen Plane oder mit einem Sack schon mal leichter. Dann lassen S' Ihr betäubtes Opfer natürlich drin, solange Sie's herumtragen müssen. Und wenn S' das Plastik vorne noch drauf lassen während der Tat, haben Sie keine ganz so große Sauerei hier im Raum. Vielleicht hatten die Täter keinen so starken Magen, oder sie hatten Angst, dass sie in den Blutflecken ungewollt Spuren hinterlassen könnten – und außerdem müssen die ja noch irgendwie aus dem Museum rausgekommen sein. Da tut man sich leichter, wenn man nicht aussieht wie ein Metzger.«

»Und falls die Opfer schon betäubt herbeigeschafft wurden«, dachte Hansen laut, »vermutlich in einem oder mehreren Autos, würden die Plastikplanen zudem verhindern, dass an den Leichen Spuren aus den Fahrzeugen zu finden sind.«

»Genau«, pflichtete ihm Vroni Schliers bei.

Resi streifte Plastikhandschuhe über, zog einen Stift aus der Tasche und lupfte damit vorsichtig das Kopftuch der Frau. Eine gewaltige Beule wurde zwischen den Haaren sichtbar.

»Die haben offenbar nicht viel Federlesens gemacht«, brummte Resi. »Einfach drauf!« Sie schüttelte missbilligend den Kopf. »Ich nehme an, unter dem Hut und der Kappe werden wir ähnliche Beulen finden.«

»Wir sind mit den dreien gleich fertig«, sagte Vroni Schliers. »Dann kannst du dir das genauer ansehen.«

»Die Plastikfolien oder Tüten haben Sie nicht gefunden, nehme ich an?«, fragte Hansen.

»Nein, bisher nicht. Vielleicht klemmt noch ein Fitzelchen unter einer der Leichen. Aber den Weg ins Museum und wieder hinaus, den die Täter genommen haben, können wir inzwischen rekonstruieren. Kommts ihr kurz mit?«

Sie signalisierte zwei ihrer Kollegen, die während des Gesprächs in den Raum gekommen waren und stumm gewartet hatten, dass sie nun mit der Arbeit an den Leichen weitermachen konnten. Dann trat sie ein paar Schritte auf die Tür zu, die auf den Flur hinausführte. Auf dem Boden neben dem rechten Türpfosten war ein kleiner Bereich abgesperrt, in dem nummerierte Täfelchen standen. Sie winkte Hansen und Resi zu sich heran.

»Hier haben wir noch ein paar Blutspuren auf dem

Boden gefunden. Diese Spritzer könnten entstanden sein, als die Täter ihre Folien oder Planen zusammenknüllten.«

Sie ballte die kleine Plastiktüte, die sie noch immer in der Hand hielt, zu einer Kugel und machte eine Bewegung, als würde sie sie in einen Sack stopfen.

»Hier haben die Täter vermutlich die blutigen Planen in einen Sack gepackt, um beim Rausgehen keine Blutspuren zu hinterlassen.«

»Und? Hat das geklappt?«

»Mehr oder weniger, Herr Hansen«, sagte Vroni Schliers und gönnte sich ein zufriedenes Grinsen. »Irgendwas finden wir immer. Kommts mal mit.«

»Ich bleib hier«, erwiderte Resi. »Deine Kollegen sind sicher gleich mit den Leichen fertig, dann schau ich mir die schon mal genauer an.«

Vroni Schliers zuckte mit den Schultern und ging dann dicht gefolgt von Hansen nach draußen. Auf einem der Kieswege vor dem Uttenhof stand Willy Haffmeyer. Er nestelte an seiner Hosentasche herum, als würde er etwas möglichst tief darin verstauen wollen, dann bemerkte er die beiden Kollegen und rieb sich die Hände an der Hose ab.

»Ah, der Willy, wie schön!«

Die Kriminaltechnikerin eilte auf den hageren Kriminalmeister zu und drückte ihn herzhaft an sich, aber dann sah sie irritiert zu Haffmeyer und rümpfte die Nase.

»Was riecht denn hier so stechend?«, fragte sie und schaute sich aufmerksam um. Dann winkte sie einen Kollegen heran. »Schau dich hier mal genau um. Wär möglich, dass wir im näheren Umkreis dieser Stelle ein paar Tropfen Betäubungsmittel finden, könnte Ethylacetat sein. Vielleicht haben die Täter hier ein Fitzelchen Watte oder so etwas verloren.« Sie musterte kurz den Boden. »Wobei … das dürfte jetzt eigentlich gar nicht mehr so stark riechen. Na, egal, schau auf jeden Fall noch einmal ganz genau hin. Einen Versuch ist es wert.«

Damit packte sie Haffmeyer, der ganz still und ernst geworden war, am Oberarm und zog ihn mit sich.

»Du kommst am besten auch gleich mit«, kommandierte sie und marschierte mit Haffmeyer im Schlepptau in Richtung Nordosten davon. »Ich zeig euch mal, wo die Täter unbeobachtet aufs Gelände konnten und wo sie vermutlich auch wieder von hier verschwunden sind.«

Bauer Hudlmeier hatte auf den Wiesen an der Iller gearbeitet und dann nach den Fischweihern am Waldrand gesehen. Nun wollte er mit seinem alten Schlepper nach Hause tuckern, um sich nach dem sonnigen Tag endlich das Weißbier zum Feierabend zu gönnen – da fiel sein Blick auf das Heck eines Autos, das ein Stück weiter am Rand des Forstwegs abgestellt war.

»Verdammte Städter!«, brummte Hudlmeier. »Die behaupten, sie wollen wandern, und dann fahren sie mit ihren Schlitten doch bis vors Loch!«

Mit Touristen und Tagesausflüglern aus Memmingen, Leutkirch oder Kempten hatte er seine liebe Not. Die parkten ihm abends und am Wochenende die Feldwege zu und ließen ihren Müll liegen. Als Kind war er auf den

Wiesen und in den Wäldern um Maria Steinbach gern barfuß unterwegs gewesen, das ließ er inzwischen lieber bleiben, weil er sich keine Scherben aus den Zehen ziehen wollte.

Er lenkte den Schlepper in Richtung des Fahrzeugs. Es war ausnahmsweise keiner dieser protzigen Vans mit Aufklebern, auf denen neumodische Kindernamen standen, sondern ein alter VW-Bus. Die Karre war an einigen Stellen verbeult und wies am unteren Rand der Karosserie mehrere Roststellen auf. Das Autokennzeichen deutete aber auf Auswärtige hin.

Hudlmeier sah sich um, doch niemand schien in der Nähe zu sein. Vorsichtig lugte er durch die schmutzigen Seitenfenster: Auch im Wagen selbst war niemand. Auf den Sitzen und im Kofferraum lagen allerlei Gerätschaften, wie auch er selbst sie ständig im Wagen hatte: Seile, eine Axt, Klebeband, Müllsäcke, Spanngurte, Arbeitshandschuhe, ein paar Flaschen Bier und ein paar zerknüllte Metzger- oder Bäckertüten.

Es schienen also eher keine Städter zu sein, aber sie standen trotzdem ungefragt in seinem Forst. Hudlmeier schaute noch einmal aufmerksam nach allen Seiten, dann gönnte er sich ein böses Grinsen, stellte sich breitbeinig vor die Motorhaube des VW-Busses und nestelte seine Hose auf.

Ein paar Meter entfernt mussten sich drei Männer, verborgen hinter dichten Büschen, schwer beherrschen, um nicht aus dem Gehölz hervorzubrechen und auf den pinkelnden Bauern loszugehen.

Museumsleiter Dr. Ernst Fessler stand im Schatten eines nach Osten hin offenen Holzbaus und sah zu den Kriminaltechnikern hinüber, die sich nach wie vor rund um den Uttenhof zu schaffen machten. Vroni Schliers stellte ihm Hansen und Haffmeyer vor, dann eilte sie davon, um einige ihrer Mitarbeiter zu instruieren.

»Das ist ja eine schöne Schweinerei«, brummte der Mann, doch er wirkte dabei eher nachdenklich als ungehalten. Im Mundwinkel steckte ein Zigarillo, der aber nicht glimmte. Als Fessler Hansens irritierten Blick bemerkte, nahm er den Zigarillo heraus und hielt ihn so, dass Hansen das unberührte Ende besser sehen konnte.

»Leider geht das hier nicht mit dem Rauchen«, erklärte er. »Gerade bei so schönem Wetter brennt das meiste um uns herum wie Zunder. Herrschaftszeiten, das gäbe eine Schlagzeile!«

Fessler lachte kurz auf, dann wurde er wieder ernst und steckte den Zigarillo zurück in den Mundwinkel.

»Na ja, heute wär's wohl auch vollends egal ...«

Schatten legten sich auf Fesslers Gesicht, und von einem Moment auf den anderen war der Mann in brütendes Schweigen versunken. Hansen staunte, wie schnell sich die Mimik dieses Mannes ändern konnte.

»Was ist denn das für ein Gebäude?«, erkundigte er sich. Vielleicht brachte er das Gespräch am besten über einen kleinen Umweg in Gang. Haffmeyer trat ein paar Schritte beiseite, als habe er Hansens Plan verstanden und wolle die beiden erst einmal unter vier Augen miteinander reden lassen.

Fessler sah den Kommissar kurz irritiert an.

»Das ist ein Göpelhaus«, referierte er nach einem Moment des Zögerns wie auf Knopfdruck. »Hier waren Pferde oder Ochsen eingeschirrt, und durch dieses Seil hier wurde die Kraft der Drehbewegung …« Er unterbrach sich, als sei ihm gerade erst etwas aufgefallen, und betrachtete Hansen mit einem schmerzlichen Lächeln. »Das interessiert Sie nicht wirklich, richtig?«

Hansen zuckte entschuldigend mit den Schultern.

»Ach, wissen Sie, wir müssen hier keine Spielchen spielen«, versetzte Fessler in nachsichtigem Ton. »Fragen Sie mich einfach, was Sie wissen wollen – und ich antworte Ihnen, so gut ich kann. Und wenn ich nicht mehr mag, sag ich es Ihnen, ja?«

»Wer hat die Leichen entdeckt?«, fragte Hansen.

»Herr Stadler, unser Museumspädagoge. Der sitzt drüben in seinem Büro und ist völlig fertig. Ich bring Sie gerne zu ihm, aber ob er Ihnen im Moment eine große Hilfe ist, kann ich natürlich nicht sagen.«

»Haben Sie etwas gehört oder gesehen, was uns helfen könnte?«

»Ich fürchte: nein.«

»Beschreiben Sie mir doch bitte, was Sie in den letzten Stunden vor der Entdeckung der Leichen gemacht haben.«

Fessler fixierte ihn mit einem ungläubigen Blick.

»Sie wollen aber jetzt kein Alibi von mir, oder?«

Natürlich brauchte Hansen grundsätzlich von jedem ein Alibi, der irgendwie mit dem Fall zu tun hatte – auch wenn er wie der Museumsleiter nach menschlichem Ermessen nicht als Täter infrage kam. Schließlich würde sich Fessler ja wohl kaum Tote ins eigene Museum setzen und sich damit das Geschäft verderben.

»Nein, nein«, schwindelte Hansen, »ich brauche kein Alibi von Ihnen, aber vielleicht ist Ihnen doch etwas aufgefallen, was Sie nur nicht als wichtig erachten. Vielleicht kann ich Ihnen, sobald ich etwas mehr über die Vorgeschichte weiß, gezielt noch weitere Fragen stellen, wenn ich weiß, wo Sie sich wann aufgehalten haben.«

Das beschwichtigte Fessler offenbar ausreichend, und er begann in ruhigem Ton zu erzählen.

»Wir haben für morgen unseren großen Familientag geplant, Sie haben die Plakate am Eingang sicher gesehen.«

Hansen nickte, obwohl er beim Hereinkommen keinen Sinn für so etwas gehabt hatte.

»Über Wochen hinweg hat Herr Stadler das Programm für morgen erarbeitet, gerade hier im Göpelhaus …«

Ein Lächeln huschte über Fesslers bärtiges Gesicht, das sofort wieder erlosch.

»Sagen Sie mal, Herr Hansen: Können wir unseren Familiensonntag denn trotz all dem hier …?« Er machte eine fahrige Geste zum Uttenhof hin.

Hansen folgte der Bewegung mit dem Blick und sah dabei Haffmeyer heranschlendern. Er stopfte etwas in seine Tasche und rieb sich dann die Hände an der Hose ab, genau wie vorhin, bevor Vroni Schliers ihn so herzlich begrüßt hatte. Und tatsächlich wehte auch diesmal, als Haffmeyer neben ihn trat, ein leicht stechender Geruch zu Hansen herüber, als habe der Kollege gerade eben Lösungsmittel oder etwas Ähnliches benutzt. Er sah Haffmeyer prüfend an, aber der hagere Kriminalmeister schaute so betont unbeteiligt drein, dass sich Hansen wieder auf den Museumsleiter und seine zuletzt gestellte Frage konzentrierte.

»Wir müssen abwarten, wie weit die Kriminaltechniker in der Nacht kommen. Aber der Uttenhof selbst und ein paar Gebäude drum herum werden für die Öffentlichkeit auf jeden Fall gesperrt bleiben.«

»Schöner Mist«, brummte Fessler. »Na ja, wir werden sehen … Wo war ich? Ach ja: Stadler hatte alles schon vorbereitet, und den genauen Ablauf haben wir schon Freitag in der Früh durchgesprochen, da haben wir nämlich unsere wöchentliche große Dienstbesprechung. Als dann vorhin die letzten Besucher draußen waren …«

»Wie lange hatten Sie denn heute geöffnet?«

»Offiziell bis sechs, aber die Leute gehen natürlich nicht pünktlich raus. So gegen halb, dreiviertel sieben müssten die Letzten weg gewesen sein. Ich bin gegen sieben von meinem Büro herübergekommen, da hatten die anderen im Biergarten schon ein paar Tische zusammengestellt. Nach mir kam nur noch Herr Zang, unser Beschließer. Das war etwa fünf nach sieben. Er hat sich verabschiedet, und ich habe ihn gleich darauf in seinem Wagen wegfahren sehen. Sah aus, als ob er es eilig gehabt hätte.«

»Ach?«

»Ja, aber …« Fessler grinste und beugte sich ein wenig

zu Hansen vor. »Er hat eine Freundin in Woringen, da hat wohl die Vorfreude mit aufs Gaspedal gedrückt. Die sieht ihn an den Tagen, an denen wir geöffnet haben, normalerweise nicht vor acht. Herr Zang macht eigentlich am Abend die Runde durchs Museum, schaut noch einmal nach dem Rechten und schließt alle Gebäude ab.«

»Und warum heute nicht?«

»Wir wollten nach der letzten Besprechung selbst die Runde machen, um nachzuschauen, ob für morgen auch alles am richtigen Platz ist. Dafür haben wir das Museum in mehrere Bereiche aufgeteilt. Jeder aus dem Team hat einen davon übernommen und sollte auch gleich die entsprechenden Gebäude abschließen.«

»Könnten Sie mir nachher die Adresse von Herrn Zang geben? Ich würde ihm gerne auch ein paar Fragen stellen.«

»Museumstraße 8, Illerbeuren. Herr Zang wohnt im Gromerhof, das ist das Gebäude, in dem der Empfang untergebracht ist. Im ersten Stock ist die Beschließerwohnung. Die Adresse seiner Freundin habe ich nicht, aber ich habe ihn vorhin gleich auf seinem Handy angerufen und ihm eine Nachricht hinterlassen. Ich nehme an, dass er wieder ins Museum kommt, sobald er seine Mailbox abgehört hat.«

Fessler bemerkte Hansens erschreckten Blick.

»Keine Sorge, Herr Kommissar. Ich habe ihm nur auf Band gesprochen, dass es hier im Museum gewisse Komplikationen gibt, die seine Anwesenheit erfordern.«

»Gut. Wir wollen das hier noch möglichst lange unter

dem Deckel halten. Das macht uns die Arbeit in aller Regel sehr viel einfacher.«

»Kann ich mir vorstellen. Ich habe übrigens alle Mitarbeiter zum Stillschweigen verdonnert. Wie auch immer: Herr Zang war ab etwa zehn nach sieben nicht mehr im Museum, ansonsten waren alle im Biergarten versammelt – nur der alte Hieber fehlte, der hat sich erkältet und liegt krank im Bett.«

Hansen sah kurz zu Haffmeyer, der sich schon eifrig in einem kleinen Block Notizen machte.

»Und wer sind ›alle‹?«, hakte er nach.

»Na, das ganze Team halt. Herr Stadler, meine Wenigkeit, der Werkstattleiter, unsere angestellten Handwerker, die freien Mitarbeiter und …« Fessler klatschte sich gegen die Stirn. »Ach, das Mädchen hab ich ja ganz vergessen!«

»Welches Mädchen?«

»Saskia, Saskia Leverenz, die macht bei uns ihr FSJ. Wir sind heilfroh, dass man sein Freiwilliges Soziales Jahr auch in kulturellen Einrichtungen wie unserer absolvieren kann. Das Mädchen ist uns eine große Hilfe: immer freundlich, fleißig und nicht auf den Kopf gefallen. Der haben wir heute Vormittag gegen zehn oder elf Uhr freigegeben, damit sie nach Hause fahren konnte. Die Oma feiert heute ihren Achtzigsten, und bis Coburg hat sie gut drei Stunden zu fahren. Das wird eh knapp geworden sein, pünktlich zum Kaffee bei der Großmutter am Tisch zu sitzen.«

Fessler sah Hansen fragend an.

»Müssen Sie mit ihr auch reden? Ich meine, das Mädchen kann ja gar nichts beobachtet haben.«

»Mal sehen. Für den Notfall haben Sie sicher eine Festnetz- oder Handynummer von ihr.«

»Klar, kann ich Ihnen nachher auch gleich raussuchen. Aber falls Sie Fragen an sie haben, lassen Sie vielleicht zuerst mich mit ihr reden.«

Hansen hob die Augenbrauen.

»Na ja, das Mädchen ist etwas zartbesaitet, da würde ich sie gerne erst einmal schonend darauf vorbereiten, was hier passiert ist.«

»Die Mühe müssen Sie sich nicht machen. Ich weiß ja jetzt, dass ich bei ihr besonders behutsam vorgehen muss. Aber möglicherweise muss ich fürs Erste auch gar nicht mit ihr reden.«

Fessler nickte.

»Vor allem brauchen wir die Namen der Teammitglieder. Herr Haffmeyer wird sich alles notieren. Sind die jetzt hier auf dem Gelände?«

»Ja, die sitzen alle drüben im Biergarten. Nachdem Herr Stadler kreidebleich vom Uttenhof zurückkam, ist von denen keiner nach Hause gegangen.«

»Wie ist das alles denn genau abgelaufen?«

»Als wir mit unserer kleinen Besprechung durch waren, hat jeder seine Runde gemacht. Ich bin im Gromerhof geblieben und habe im Empfang nachgeschaut, ob da alles vorbereitet ist. Natürlich hatte Herr Zang alles picobello in Ordnung gebracht, bevor er in den Feierabend ging, da hatte ich also gar keine Arbeit. Ich bin dann kurz raus und habe mich auf dem Platz umgeschaut, wo die Feuerwehr, die Landfrauen und der Schützenverein ihre Verkaufsstände aufgebaut haben.«

Hansen waren auf dem Weg zum Museum keine Stände aufgefallen. »Haben die schon wieder abgebaut?«, wunderte er sich.

»Nein, die Stände stehen weiter hinten in der Museumstraße. Den Platz direkt am Haupteingang wollten wir freihalten, weil wir einen ziemlich großen Ansturm erwarten. Und auf der anderen Straßenseite, auf den Parkplätzen vor dem Rathaus, soll ein kleiner Flohmarkt stattfinden, auf dem die Kinder aus dem Dorf alte Spielsachen und Bücher anbieten sollen. Das wird was werden morgen!« Fessler schüttelte den Kopf und sah plötzlich wieder sehr besorgt aus.

»Könnten die Leute von der Feuerwehr und von den Vereinen etwas mitbekommen haben?«, fragte Hansen.

»Das glaube ich nicht. Die durften erst nach sechs mit dem Aufbau ihrer Stände beginnen, da haben die einen Höllenstress, wenn sie noch am Abend fertig werden wollen. Wissen Sie, wir binden die immer ein, wenn wir eine größere Veranstaltung hier im Museum haben. Zum einen haben wir gar nicht genug Leute, um selbst zu bewirten, mal abgesehen vom Gromerhof und der Torfwirtschaft. Und zum anderen sind die Vereine und die Feuerwehr auf solche Einnahmen angewiesen.«

Er zwinkerte Hansen zu. »Und wenn wir ihnen die Möglichkeit bieten, ihre Kasse durch die Zusammenarbeit mit uns ein wenig aufzubessern, verbessert das unsere Position hier im Dorf. Wissen Sie, unsere Illerbeurer müssen schon einiges aushalten. Sie glauben ja gar nicht, wie faul manche Leute sind – die marschieren klaglos durchs ganze Museumsgelände, aber der Fußweg vom zweiten Parkplatz jenseits der Hauptstraße bis zum Eingang ist ihnen zu weit.«

»Trotzdem sollten meine Kollegen mit der Feuerwehr, mit den Landfrauen und mit dem Schützenverein reden – das waren die Gruppen, von denen Sie gesprochen hatten, richtig?«

»Ja, richtig.«

Fessler diktierte Haffmeyer die Namen der Landfrauenvorsitzenden, des Schützenvereinsvorstands und des Feuerwehrkommandanten.

»Die drei werden Sie sicher noch bei ihren Ständen finden. Und von den Nachbarn könnte höchstens dort drüben jemand etwas mitbekommen haben.«

Fessler deutete auf eine weiße Mauer, die in etwa fünfzig Metern Entfernung das Museumsgelände nach Osten hin begrenzte. Davor stand eine schmucke kleine Kapelle, jenseits der Mauer waren moderne Wohnhäuser zu sehen, die dem Museum aber eine Seite ihrer Satteldächer zuwandten. Von den Gärten aus war der Uttenhof wegen der Mauer vermutlich nicht einzusehen, also müsste im entscheidenden Moment jemand durch eines der Dachfenster geschaut haben.

»Ich schick nachher gleich ein paar Kollegen los, damit sie mit allen sprechen, die ich notiert habe«, sagte Haffmeyer. »Ist Ihnen das recht, Chef?«

»Ja, danke.«

»Soll ich Sie jetzt zu den anderen im Biergarten bringen?«, fragte Fessler. »Oder wollen Sie lieber mit Herrn Stadler reden?«

»Herr Stadler wäre mir im Moment am liebsten. Wo ist sein Büro?«

»Dort hinten. Ich bringe Sie hin.«

»Kommen Sie dann nach, Herr Haffmeyer?«

»Geht klar, Chef.«

»Das war knapp«, schimpfte der Mann zu dem anderen auf dem Baum hinauf. »Der hat uns doch tatsächlich gegen den Kühler gepinkelt! Ich war drauf und dran, ihm eine zu verpassen – aber ich hab's mir verkniffen, damit er mich nicht sieht und mich hinterher womöglich noch beschreiben kann.«

»Und das Kennzeichen?«, fragte der andere von oben herunter. »Hat er sich das aufgeschrieben?«

»Glaub nicht, kann höchstens sein, dass er es sich gemerkt hat. Aber warum sollte ihn jemand wegen der Sache im Museum fragen? Und dass er von sich aus zur Polizei geht, kann ich mir nicht vorstellen. Der hat sich ja schon an uns abreagiert ...«

»Na, egal, wenigstens hat er uns nicht gesehen. Er hat doch niemanden gesehen, oder?«

»Nein, keine Angst. Als der Typ herankam, haben wir uns schnell im Wald versteckt. Der hat uns auf keinen Fall bemerkt.«

»Ist er inzwischen wieder weg?«

»Ja, klar, vorher wäre ich doch nicht zu dir zurückgekommen! Der hat sich die Hose zugemacht, hat unserem Bus noch zweimal lachend die Karosserie getätschelt, dann ist er auf seinen Schlepper geklettert und gemütlich davongetuckert. Ich bin ihm noch ein Stück hinterhergeschlichen – der scheint in Maria Steinbach zu wohnen. Die anderen sind beim Bus geblieben, wie verabredet.«

»Hoffentlich fallen wir ihm nicht auf, wenn wir nachher durchs Dorf fahren.«

»Ich hab dir vorhin schon gesagt, dass du nicht durch dieses Kaff fahren sollst! Direkt vor dem Dorf ging links ein Feldweg ab in Richtung Wald.«

»Das war ja wieder klar! Jetzt wird gemotzt – aber vorher war euch vor allem wichtig, dass wir möglichst nahe an diesen Aussichtspunkt ranfahren! Du wolltest doch keinen Schritt zu viel laufen! Und jetzt bin ich wieder schuld! Auf deinem tollen Weg wäre ich nicht weit gekommen mit dieser Karre – so bequem mit gerade mal zweihundert Metern Fußmarsch hättest du's da nicht gehabt!«

»Jetzt hör schon auf, ist ja gut!«

Der Mann im Baum wollte noch etwas erwidern, dann winkte er ab und wandte sich wieder seinen Beobachtungen zu. Das Bauernhofmuseum war jetzt von grellen Scheinwerfern angestrahlt.

»Dort drüben haben sie inzwischen übrigens die Festbeleuchtung angeschaltet«, berichtete er nach einer kurzen Pause. »Und es kommen immer mehr Autos – ein großer Lieferwagen, mehrere Limousinen und noch ein paar weitere Streifenwagen.«

»Dann können wir jetzt endlich abhauen, oder?«

»Würd ich gern, aber vielleicht sollten wir lieber noch etwas warten. Nicht, dass wir unserem blasenschwachen Bauern begegnen. Lass den erst mal seinen Schlepper wegstellen und die Stiefel ausziehen. Und wenn wir Glück haben und er nicht direkt an der Durchfahrtstraße wohnt, kommen wir unbemerkt an ihm vorbei.«

»An den VW-Bus wird er sich trotzdem erinnern.«

»Das macht nichts. Viele Leute haben solche Karren, und die meisten sehen rostig und zerbeult aus. Und dass er sich das komplette Kennzeichen gemerkt hat, glaube ich nicht.«

»Aber wenn …«

»Schluss jetzt! Geh zurück zum Bus, ich komm in einer halben Stunde nach, und dann können wir immer noch fahren.«

Stadlers Büro war vom Uttenhof aus schnell erreicht. Der Weg führte durch ein Holzgatter aus dem eigentlichen Museumsgelände hinaus, dann stand rechter Hand ein schmuckes zweigeschossiges Gebäude, umgeben von einem üppig wuchernden Garten.

Auf dem schmalen Wiesenstreifen vor dem Gartenzaun streifte eine weiße Katze mit Halsband durchs hohe Gras. Sie hatte sandbraune und schwarze Flecken hinter den Ohren und an den Schläfen, und ihr Schwanz hatte Streifen in denselben Farben. Als Fessler an ihr vorüberstürmte, sah sie ihn kurz an, und ihr gestreifter Schwanz ging schlagartig nach oben, als fordere sie von einem alten Bekannten Streicheleinheiten ein, aber Fessler hatte währenddessen schon beinahe die Haustür erreicht.

Hansen blieb einen Moment lang stehen und versuchte ein leises »Miez! Miez!«, aber die Katze sah ihn nur fragend an, kümmerte sich dann nicht weiter um ihn und suchte mit ihren Augen wieder den Boden vor sich ab.

Dass Ulrich Stadler noch unter leichtem Schock stand, war ihm schon anzumerken, während er die beiden Besucher in sein Büro führte.

»Herr Stadler«, begann Fessler. »Das ist Kommissar Hansen von der Kripo Kempten. Er möchte Ihnen ein paar Fragen stellen.«

Stadler sah den Beamten an, und Hansen überlegte schon, ob er das Gespräch mit dem Museumspädagogen nicht doch lieber noch ein wenig aufschieben sollte. Der Mann war offensichtlich völlig mit den Nerven fertig und wirkte unnatürlich blass. Langsam und ein wenig unsicher erhob sich Stadler und streckte Hansen seine rechte Hand entgegen. Sie zitterte etwas, und der Nagel des Mittelfingers sah gezackt und eingerissen aus, als habe er darauf herumgebissen.

Hansen drückte seine Hand, dann setzte er sich auf den freien Stuhl, den ihm Stadler mit einer fahrigen Geste anbot, während er selbst sich wieder schwer auf seinen Sessel fallen ließ.

»Geht's, Herr Stadler?«, fragte Fessler. »Soll ich hierbleiben, oder kann ich Sie mit Herrn Hansen allein lassen? Ich wollte gerne nach den Polizisten sehen, die zur Memminger Straße hin Spuren sichern.«

»Gehen Sie ruhig«, brummte Stadler.

Damit war Fessler auch schon aus dem Raum. Man hörte noch seine Schritte, dann schlug die Haustür zu, und Stadler versank wieder in sein dumpfes Brüten. Er starrte vor sich auf die Tischplatte, als wäre er sich gar nicht mehr bewusst, dass er nicht allein im Raum war.

Hansen wartete, schwieg und beobachtete ihn. Aus Fesslers Kurzporträt kannte er die Rahmendaten: Stadler war vierundvierzig Jahre alt, seit etwa fünf Jahren im Bauernhofmuseum Illerbeuren tätig und der einzige fest angestellte Museumspädagoge.

Er hatte sein schütteres dunkelbraunes Haar straff nach hinten gekämmt, was die Geheimratsecken noch deutlicher zutage treten ließ. Die Augenbrauen waren buschig, und darunter lagen die Augen tief in den Höhlen – soweit Hansen das trotz der gesenkten Lider beurteilen konnte. Die Lippen waren feucht, und ab und zu bewegten sie sich leicht, als murmle Stadler unhörbar etwas vor sich hin.

Hansen sah sich um. Im Raum war es still, hinter den doppelt verglasten Fensterscheiben sah er zwei Leichenwagen vorüberfahren und neben dem Vorgarten auf den dortigen Schotterweg einbiegen. Zwei Polizeibeamte flitzten herbei, rissen eilig das Holzgatter mit der Aufschrift »Feuerwehrzufahrt« auf und schlossen die beiden Zauntore gleich hinter den Leichenwagen wieder. Ganz unbemerkt war die Ankunft der Bestatter sicher nicht verlaufen, aber es war alles erfreulich schnell gegangen – und so unauffällig, dass es den meisten vorne am Museumseingang stehenden Gaffern entgangen sein dürfte.

Einen Moment noch sah Hansen in die Richtung der zum Uttenhof davonrollenden Leichenwagen, dann ließ ihn ein leises Knacken herumfahren. Der Minutenzeiger der Wanduhr war eine Position weitergeschnappt.

Stadler sah ihn nun direkt an. Sein Blick war ungemein traurig, und Hansen dachte fieberhaft darüber nach, wie er von diesem Mann am besten etwas in Erfahrung bringen konnte.

»Ist das bei Ihnen immer so?«

Die tiefe Stimme schien fast zu vibrieren, und einen Moment lang fürchtete Hansen, Stadler werde gleich losheulen. »Was meinen Sie?«, fragte Hansen zurück.

»Na, diese Sauerei dort drüben, die Leichen, all diese Fliegen …«

»Nein, Gott sei Dank nicht. Wir haben nicht jeden Tag einen Mord, und die Geschichte in Ihrem Museum ist schon etwas …« Er zuckte entschuldigend die Schultern. »… etwas Besonderes.«

»Darauf hätte ich gut verzichten können.«

»Ich auch, Herr Stadler, glauben Sie mir, ich auch.«

Ein schwaches Lächeln huschte über das Gesicht des Museumspädagogen. Dann wuchtete er sich hoch, ging zu einem halbhohen Regal an der gegenüberliegenden Wand und goss aus der Glaskanne einer Kaffeemaschine zwei Tassen voll. Auf dem Weg zurück zum Tisch verschüttete er einen Teil davon und stellte die tropfnassen Bechertassen zwischen sich und Hansen.

»Zucker und Milch hab ich nicht, und kalt ist er auch.«

Er schob Hansen eine Tasse hin und zog damit eine feuchte Spur von der Tischmitte bis zu Hansens Platz, dann schlürfte er lautstark von der Brühe, und Hansen beugte sich nach vorn und nippte vom Kaffee, immer darauf bedacht, sich die Hose mit der tropfenden Tasse nicht zu beflecken. Das Gebräu war nicht nur kalt, sondern auch bitter, und ein leicht säuerliches Aroma schwang ebenfalls mit – allzu frisch schien das Kaffeepulver nicht mehr gewesen zu sein.

»Und, schmeckt's?«, fragte Stadler, als er seine Tasse wieder abgestellt hatte.

»Ja, danke«, log Hansen und zog einen Stift und einen kleinen Notizblock hervor. Mit der Handkante wischte er den Tisch vor sich leidlich trocken.

»Können wir, Herr Stadler?«, fragte er dann.

»Schießen Sie los.«

»Wann sind Sie heute zur Besprechung in den Biergarten gegangen?«

Hansen hatte beschlossen, sich mit seinen Fragen erst langsam dem Moment zu nähern, an dem Stadler die Toten entdeckt hatte. Gut möglich, dass der Mann vollends zusammenbrach, wenn ihr Gespräch diesen Punkt erreichte.

»Kurz nach halb sieben. Ich hatte mich noch kurz mit Herrn Zang unterhalten, unser Beschließer macht normalerweise jeden Abend seine Runde und schließt alle Häuser ab, deshalb der Name.«

Hansen wusste das ja schon, aber er war froh, dass Stadler ins Reden kam, und wollte ihn auf keinen Fall unterbrechen. Und so hörte er interessiert zu, wie Stadler alles noch einmal erzählte, was er bereits von Fessler gehört hatte. Die genannten Uhrzeiten stimmten jedenfalls mit der Aussage des Museumsleiters überein.

»Die Besprechung ging viel länger, als ich gedacht hatte«, fuhr Stadler fort. »Eigentlich hatten wir am Freitag früh schon alles durchgesprochen, aber ständig ist noch einer der Kollegen mit irgendwelchen Kleinigkeiten dahergekommen – und auch wenn alles längst erledigt und verabredet war, dauerte es halt seine Zeit, bis endlich auch der Letzte zufrieden und beruhigt war.«

»Und dann haben Sie sich auf den Weg gemacht?«

Stadler nickte und räusperte sich. Er nahm einen Schluck Kaffee und verzog das Gesicht. »Der schmeckt Ihnen echt?«, fragte er Hansen, und als der leicht den Kopf schüttelte, grinste Stadler kurz. Dass ihm währenddessen kalter Kaffee auf die Hose tropfte, bemerkte er nicht.

»Wo waren wir? Ach ja: Ich bin also vom Biergarten los und hab mich auf den Weg gemacht.«

»Allein?«

»Ja. Unser Werkstattleiter Alfons Rappl und Rummel und Kallert, zwei unserer Handwerker, waren für die hinteren Bereiche des Museums eingeteilt – aber die hatten ihr Bier noch nicht leer getrunken und saßen noch am Gromerhof, als ich wiederkam.«

»Wann sind Sie vom Biergarten weggegangen?«

»Das war nach acht. Wie gesagt: Die Besprechung hatte länger gedauert als erwartet.«

»Wann genau war das?«

»Hm ... vielleicht so zehn oder fünfzehn Minuten nach acht. Ich hab nicht auf die Uhr gesehen, aber wenn ich es nachrechne: Der Uttenhof war das letzte Gebäude meiner kleinen Runde, bis dahin werde ich acht oder zehn Minuten gebraucht haben. Dann im Uttenhof ...« Er schluckte. »Im Uttenhof bin ich eine Weile lang bloß dagestanden und habe die ... die drei angestarrt.«

Er streifte das ohnehin schon straff sitzende Haar noch einmal mit der Hand nach hinten.

»Dann bin ich zum Biergarten gerannt und hab ... den anderen von meiner ... Entdeckung erzählt. Einer hat Herrn Fessler geholt, der war gerade drüben bei den Verkaufsständen. Und der Chef hat sich dann im Biergarten alles kurz schildern lassen. Da habe ich zum ersten Mal auf die Uhr gesehen, weil er auch alles ganz genau wissen wollte. Da war es 20.38 Uhr.«

Hansen notierte die Uhrzeit und unterstrich sie.

»Und dann?«

»Dann hat Herr Fessler alle Anwesenden zu absolutem Stillschweigen verpflichtet und anschließend die Polizei angerufen. Ich habe eine Zeit lang mit den anderen im Biergarten gesessen, dann hat mich der Chef hierher in mein Büro gebracht. Ich war wohl weiß wie die Wand, ich hab mich danach auch ein paar Mal übergeben müssen.«

»Jetzt geht's wieder?«

»Na ja, ist ja nichts mehr drin ... Außer diesem Gebräu.«

Er schob die Kaffeetasse ein Stück von sich weg und sah plötzlich so aus, als müsse er gleich wieder aus dem Zimmer rennen.

»Das Museum schließt um sechs, richtig?«, sagte Hansen schnell, um ihn abzulenken.

»Ja, aber die letzten Besucher sind erst nach halb sieben raus.«

»Ist Ihnen nach halb sieben irgendetwas aufgefallen, das mit den Toten im Uttenhof in Verbindung stehen könnte?«

Stadler schüttelte langsam den Kopf.

»Es kann auch etwas sein, das Sie zunächst als völlig belanglos einstufen würden«, hakte Hansen nach. »Wer waren zum Beispiel die letzten Besucher, die das Museum verlassen haben?«

»Eine Gruppe von Rentnern, die richtig aufgekratzt wirkten. Ihr Lachen hatte ich noch im Ohr, als ich mich auf den Weg zum Biergarten machte.«

»Und haben Sie auf dem Weg zum Biergarten noch etwas oder jemanden im Museumsdorf gesehen?«

»Nein. Ich bin ja nur um den Gromerhof herumgegangen, der Biergarten ist gleich an der Ostseite des Gebäudes. Und auf dem kurzen Stück habe ich nirgendwo freie Sicht auf den Uttenhof.«

Es klopfte an der Tür, und im nächsten Moment stand Haffmeyer im Raum.

»Herr Stadler, nehme ich an?«

Haffmeyer beugte sich vor und streckte dem anderen

die Hand hin. Stadler stierte auf die knochigen Finger, auf dem Daumen war etwas angetrocknetes Blut zu sehen. Kurz presste er seine Lippen fest aufeinander, dann schoss er hoch, schubste im Aufstehen seinen Bürosessel donnernd gegen die Wand und rannte zur Tür hinaus.

»Tja«, brummte Hansen, »das war Herr Stadler. Saubere Arbeit, Herr Haffmeyer!«

»Tut mir leid, Chef.« Haffmeyer war ganz zerknirscht und hielt nun Hansen seinen Daumen hin. »Hat ihn das Blut erschreckt? Ich hab mir vorhin den Daumen an einem alten Nagel aufgerissen. Tut aber schon fast nicht mehr weh.«

Die Wunde sah wüst aus, und neben dem Blut waren auch Rost und Schmutz am Daumen zu sehen.

»Das soll sich Frau Meyer nachher gleich ansehen«, sagte Hansen. »Nicht, dass sich der Riss noch entzündet. Sieht auch nicht besonders sauber aus.«

»Ach, das passt schon. Da muss die Frau Meyer nicht extra …«

»Haben Sie Angst vor ihr?« Hansen grinste und stand auf.

»Quatsch«, knurrte Haffmeyer.

»Dann kommen Sie mal, Herr Haffmeyer, mit Herrn Stadler muss ich wohl später noch einmal reden oder noch besser morgen.«

Die beiden traten vors Haus. Die weiße Katze sah kurz zu ihnen herüber, dann starrte sie wieder auf ein Loch im Boden. Hansen atmete ein paar Mal tief ein und aus, dann marschierte er auf den Museumseingang zu.

»Haben Sie schon was Neues erfahren?«, fragte er unterwegs.

»Nein, aber die ersten der Befragten haben die Uhrzeiten vom Museumsleiter bestätigt.«

Hansen hatte die Antwort kaum verstanden, weil Haffmeyer offenbar mit vollem Mund gesprochen hatte. Überrascht sah er zu ihm hinüber: Der Kollege lutschte am Daumen, grinste Hansen an und hielt den nassen Finger in die Höhe.

»Sehn Sie? Schon wieder sauber. Da entzündet sich nichts, keine Sorge!«

Langsam rollte der VW-Bus auf der schmalen Straße in den Ort Maria Steinbach. Der Fahrer versuchte die Drehzahl niedrig und den Motor leise zu halten, und seine Begleiter sahen sich aufmerksam nach allen Seiten um.

»Da vorne steht der Schlepper«, rief der Mann auf dem Beifahrersitz plötzlich ganz aufgeregt. »Das muss er sein, die blaue Decke auf dem Sattel erkenne ich genau!«

Der Schlepper stand vor einem alten Bauernhaus direkt an der Straße, und sie mussten das Gebäude passieren, egal auf welchem Weg sie nach Hause fahren wollten. Der Fahrer kuppelte aus und ließ den VW-Bus nun fast lautlos an den Bauernhof heranrollen. Die meisten Fenster des Gebäudes lagen dunkel vor ihnen, nur hinter vier Fenstern am rechten Hauseck flackerte bläuliches Licht.

»Na, seht ihr«, sagte der Fahrer, »der schaut fern, und wahrscheinlich schläft er längst auf seinem Sofa.«

Vorsichtig ließ er die Kupplung wieder kommen und

trat dabei das Gaspedal eine Spur zu weit durch. Mit seinem typischen flatternden Geräusch wurde der Motor kurz etwas lauter, dann hatte der Fahrer wieder alles unter Kontrolle, und der Transporter verschwand um die nächste Kurve, umrundete die auf ihrer Anhöhe sehr imposant wirkende Wallfahrtskirche und nahm Kurs auf den südlichen Ortsausgang. Als der Wagen Maria Steinbach endlich hinter sich ließ, lehnten sich die Männer im Bus etwas entspannter zurück.

Bauer Hudlmeier war für einen Moment hochgeschreckt. Irgendetwas hatte er draußen auf der Straße zu hören geglaubt, doch vor ihm im Fernseher war ein solches Durcheinander an Schüssen, quietschenden Reifen und hektisch sprechenden Schauspielern, dass er schnell überzeugt war, sich alles nur eingebildet zu haben.

Keine Minute später schnarchte er schon wieder hingebungsvoll, die flimmernde Mattscheibe und das fast leer getrunkene Weizenglas vor sich.

»Herr Zang ist jetzt da.«

Der uniformierte Kollege war im Eilschritt zu Hansen gelaufen, um ihn zu informieren, und der Kommissar folgte ihm nun zum Empfangsgebäude des Museums. Haffmeyer hatte zwar noch gefragt, ob er mitkommen solle, aber allzu große Lust schien er nicht zu haben. Also ließ Hansen ihn zum Uttenhof ziehen, wo er sich für mögliche Handreichungen für Resi Meyer bereithalten wollte.

Hinter der Empfangstheke ging ein großer, sehr schlanker Enddreißiger nervös auf und ab, schob Flyerstapel hin und her und wusste offenbar nicht so recht, wohin mit seinen Händen.

»Herr Zang? Das ist Kriminalhauptkommissar Hansen von der Kemptener Kripo, von dem ich Ihnen erzählt habe – er wird Ihnen ein paar Fragen stellen.«

Der Uniformierte hatte ihn offenbar schon angekündigt. Zang nickte, brummelte etwas Unverständliches, kam hinter seiner Theke hervor und reichte Hansen die Hand. Sie war feucht.

»Wollen Sie sich setzen?«, fragte er und deutete hinter sich. »Sie können gern meinen Stuhl haben, aber ich selbst muss stehen. Ich finde im Moment einfach keine Ruhe. Schreckliche Geschichte, schreckliche Geschichte.«

Der uniformierte Kollege sah fragend zu Hansen hinüber, aber der gab ihm mit einer knappen Geste zu verstehen, dass er ruhig wieder nach draußen gehen könne.

»Kein Problem, ich stehe gern. Ich weiß auch gar nicht, ob Sie mir allzu viel erzählen können – Sie waren wohl in der Zeit, die mich am meisten interessiert, gar nicht im Museum, sagte Herr Fessler.«

»Ich durfte heute früher Feierabend machen, weil mir die Kollegen die Abendrunde abnehmen wollten. Das habe ich gerne angenommen, damit ich meine Freundin etwas früher sehen kann. Meine Güte, wenn ich gewusst hätte, was hier los ist, wäre ich natürlich nie gegangen!«

»Natürlich. Aber woher hätten Sie das denn wissen sollen?«

»Was?«

Zang war ganz verdattert wegen der Zwischenfrage.

»Ach so«, sagte er dann und lächelte dünn. »Klar, woher hätte ich das wissen sollen. Ich war ja schon weg, als diese drei armen Menschen ...«

»Kennen Sie die Toten denn?«, fragte Hansen.

Zang zuckte mit den Schultern. »Keine Ahnung, ich hab sie ja noch nicht gesehen. Herr Fessler meinte, Ihre Kollegen hätten bisher noch niemanden zu den Leichen gelassen. Außer Herrn Stadler hat sie also noch keiner von uns zu Gesicht bekommen.«

Zang ging wieder ein paar Schritte auf und ab, dann blieb er stehen und sah Hansen mit großen Augen an.

»Und was wird jetzt mit unserem großen Tag morgen? Haben Sie schon mit Herrn Fessler gesprochen? Die Leute von der Feuerwehr, die Landfrauen und auch der Schützenverein wissen zwar noch nicht, was genau hier los ist, aber die Polizei ist ja nicht zu übersehen. Und jetzt sind sie ganz aufgeregt, weil sie befürchten, dass sie ihre Verkaufsstände für morgen vergeblich aufgebaut haben! Und was ist mit uns, können wir das Museum öffnen oder ...?«

Atemlos brach er mitten im Satz ab.

»Beruhigen Sie sich bitte, Herr Zang«, warf Hansen ein. »Sie sehen so aus, als sollten Sie sich nicht so aufregen.«

»Nicht aufregen?« Zang brauste kurz auf, dann räusperte er sich und murmelte: »Tut mir leid, Herr Kommissar – wir haben uns so gefreut auf den Familiensonntag, und dann mache ich ein einziges Mal früher Feierabend, und dann sitzen dort drüben drei …«

Seine Stimme brach, und seine Augen begannen zu schimmern.

»Haben Sie denn etwas Verdächtiges beobachtet, bevor Sie das Museum verlassen haben?«

Zang blieb stehen, und man konnte förmlich sehen, wie es hinter seiner Stirn arbeitete. Dann tigerte er wieder hin und her.

»Nein, tut mir leid, Herr Kommissar. Ich habe nichts gesehen, nichts gehört, nichts bemerkt, was Ihnen irgendwie weiterhelfen könnte. Tut mir wirklich leid.«

»Wann genau haben Sie das Museum verlassen?«

»Das war neun oder zehn nach sieben. Ich hab nicht gleich auf die Uhr gesehen. Aber zehn Minuten vor halb acht war ich bei meiner Freundin, ich war recht flott gefahren – die Abfahrtszeit müsste also, wenn ich zurückrechne, etwa auf neun oder zehn Minuten nach sieben rauslaufen.«

Die Uhrzeit und der beschriebene Ablauf stimmten haargenau mit Fesslers Angaben überein.

»Und was haben Sie in der Zeit von der Schließung des Museums bis zu Ihrer Abfahrt gemacht?«

»Ich habe noch ein wenig aufgeräumt und Flyer für morgen bereitgelegt, dann bin ich ebenfalls zum Biergarten. Ich habe gefragt, ob doch noch etwas für mich zu tun sei, aber das war nicht der Fall. Da habe ich mich verabschiedet und bin zu meiner Freundin gefahren.«

»Wie lange waren Sie im Biergarten?«

»Keine fünf Minuten.«

»Und auf dem Hin- und Rückweg haben Sie nichts Ungewöhnliches bemerkt?«

»Nein, gar nichts. Und den Uttenhof kann ich auf meinem Weg von hier zum Biergarten auch nicht sehen, tut mir leid.«

»Wie sind Sie denn von hier aus nach Woringen gefahren?«

»Über Kronburg.«

»Haben Sie zufällig eine Straßenkarte oder einen Ortsplan von Illerbeuren da?«

»Ja, Moment bitte.«

Zang tauchte hinter seiner Theke unter und kam gleich darauf mit einer Umgebungskarte von Illerbeuren wieder zurück. Er faltete sie auf und legte sie vor Hansen auf die Empfangstheke.

»Sehen Sie? Hier fahre ich raus, dann biege ich dort vor dem Wald rechts ab und ...«

»Hier lang?«, fragte Hansen nach und tippte auf die Straße, die aus Illerbeuren hinausführte.

»Ja. Sehen Sie? Hier gegenüber der Pizzeria mündet die Museumsstraße in die Memminger Straße, und die fahre ich dann entlang, bis ich nach etwa einem Kilometer rechts ...«

»Mir geht es um diese Memminger Straße. Wo genau grenzt denn das Museum an diese Straße?«

»Die ganze Strecke entlang von hier bis hier.«

Zang beschrieb mit dem Zeigefinger eine Linie von der Einmündung der Museumsstraße bis an den Ortsrand.

Hansen versuchte auf der Karte die Wiese auszumachen, wo die Täter laut Vroni Schliers vermutlich auf das Museumsgelände gelangt waren. Hansen tippte auf die entsprechende Stelle.

»Können Sie sich erinnern, ob dort ein Wagen stand?«

Zang lächelte mitleidig. »Da stehen überall Autos, wenn wir geöffnet haben. Wissen Sie, das Bauernhofmuseum ist sehr gut besucht, vor allem, wenn das Wetter mitspielt wie heute. Und Wochenende ist ja auch – da wäre ein geparktes Auto wirklich nichts Besonderes.«

»Aber die letzten Besucher hatten das Museum doch schon eine halbe Stunde, bevor Sie an dieser Stelle vorbeifuhren, verlassen.«

»Ach so, stimmt, Sie haben recht.«

Zang schloss die Augen halb und dachte angestrengt nach. Das dauerte ein wenig, und Hansen machte sich schon Hoffnungen auf etwas Ermittlerglück, aber dann sah Zang ihn wieder an und schüttelte den Kopf.

»Nein, ich kann mich an kein Auto erinnern, tut mir leid. Ich hatte es, wie gesagt, ziemlich eilig, zu meiner Freundin nach Woringen zu kommen.«

Er räusperte sich und lächelte.

»Wir sind noch nicht so lange zusammen, Herr Kommissar, wenn Sie verstehen.«

»Gut, Herr Zang«, sagte Hansen und reichte ihm aus Gewohnheit seine Visitenkarte. »Falls Ihnen noch etwas einfällt, rufen Sie mich bitte gleich an.«

Ulrich Stadler saß noch immer auf seinem Bürostuhl und sah mit leidendem Blick auf, als Hansen in den Raum trat.

»Ist Ihr Kollege auch mitgekommen?«, fragte er und lugte an Hansen vorbei zur Tür.

»Nein, Herr Haffmeyer ist nicht bei mir. Ich habe im Moment nur noch eine einzige Frage an Sie: Kennen Sie die Toten, die Sie im Uttenhof entdeckt haben?«

Stadler starrte ihn an, als würde er nicht begreifen.

»Ich? Nein, ich kenne die Leute nicht, ich habe die nie gesehen – wobei ich natürlich nicht ausschließen kann, dass sie vielleicht mal hier im Museum waren. Wir haben ja Tausende Besucher pro Jahr – aber ich glaube eher nicht, die drei kommen mir in keiner Weise bekannt vor. Und ich habe keine Ahnung, woher sie stammen könnten.«

Als Hansen die Haustür hinter sich zuzog und noch kurz vor dem Gebäude stehen blieb, hörte er von drinnen eilige Schritte und kurz darauf die Wasserspülung.

Er ging zum Biergarten hinüber. Die Kollegen hatten die Mitarbeiter des Museums befragt und ihre Personalien aufgenommen. Hansen schärfte allen noch einmal ein, bitte nichts Näheres zu den Umständen des Verbrechens weiterzuerzählen.

»Am liebsten wäre mir, wenn Sie nicht einmal erzählen würden, dass es hier um Mord geht«, sagte er schließlich.

»Das hab ich den Leuten auch schon gesagt«, erklärte Fessler, der neben Hansen getreten war. »Und jetzt heim mit euch!« Er warf Hansen einen Blick zu. »Sie dürfen doch jetzt gehen, oder? Es war ein langer Tag für alle – und morgen wird's vielleicht wieder einer.«

»Ja, Ihre Leute können jetzt heim.«

»Und was ist mit morgen?«, fragte ein stämmiger Mann von Mitte fünfzig in Latzhose, grobem Baumwollhemd und schwarzen Arbeitsschuhen. Seine Stimme war fest und dröhnend. Hansen wusste inzwischen, dass es Alfons Rappl war, der Werkstattleiter des Museums.

»Ich rufe Sie morgen früh an«, sagte Fessler. »Sobald ich von der Polizei erfahren habe, ob wir trotz ... trotz dieser Geschichte öffnen können.«

Er wandte sich an Hansen. »Das steht doch morgen früh um ... sagen wir: sechs, halb sieben fest?«

Hansen dachte kurz nach. Das war ihm an einem Sonntag etwas zu zeitig – Mord hin oder her.

»Ja, bestimmt. Sie bekommen Bescheid. Und falls das nicht klappt, wenden Sie sich notfalls bitte an meine Kollegen vor Ort. Es wird auf jeden Fall die ganze Zeit jemand hier sein. Und die Kollegen wissen dann, wen sie fragen müssen.«

Er griff im Reflex an die Brusttasche seines Hemds, ließ die Hand aber schnell wieder sinken. Dem Museumsleiter würde er seine Visitenkarte lieber erst morgen geben.

»So, Eike, ich bin hier fertig!«

Resi kam mit Haffmeyer im Schlepptau zu ihnen, und Hansen nutzte die Gelegenheit, sich zu verabschieden und mit den beiden zusammen aus dem Biergarten zu verschwinden.

»Kannst du dir mal Haffmeyers Daumen ansehen, bitte? Der hat sich die Haut an einem rostigen Nagel aufgerissen.«

»Oh? Na, dann zeigen Sie mal, Herr Haffmeyer.«

»Das ist nicht nötig, alles schon wieder so gut wie verheilt. Die Wunde ist sauber, und es blutet auch schon gar nicht mehr.«

Haffmeyer hielt den Daumen für einen Moment nach oben, dann steckte er die Hand wieder weg.

»Außerdem müssen wir noch zu den Verkaufsständen, Herr Hansen«, sagte er schnell und marschierte auch schon los.

»Hat der Angst vor mir?«, wollte Resi wissen.

»Sieht ganz so aus. Dabei bist du mir bisher noch gar nicht so gefährlich vorgekommen. Weiß Haffmeyer etwas von dir, das du mir bisher verheimlicht hast?«

Sie prustete und knuffte ihn leicht in die Seite.

»Kommen Sie, Chef?« Haffmeyer stand ein paar Meter entfernt und hatte sich zu ihnen umgedreht. »Wir sollten unbedingt mit den Leuten von der Feuerwehr und von den Vereinen reden.«

Als die beiden sich in Bewegung setzten, ging er ebenfalls weiter. Resi schüttelte lachend den Kopf.

Sie hatte es nicht anders erwartet. Schon von der Straße aus hatte sie das bläuliche Flackern hinter den Wohnzimmerfenstern gesehen, und die nervigen Werbespots dröhnten bis auf den Hausflur.

Helene Hudlmeier hängte ihren dünnen Mantel an die Garderobe, streifte die Schuhe ab und legte ihre Handtasche auf das Sideboard. Dann drehte sie im Wohnzimmer den Fernseher ab und trug das Weizenglas hinaus in die Küche. Als sie wieder zurückkam und sich in einen der Sessel fallen ließ, zuckten die Lider ihres Mannes zum ersten Mal. Ein paar Minuten später wachte er allmählich auf, gähnte herzhaft und blinzelte überrascht zu seiner Frau hin.

»Zefix, bin ich schon wieder eingeschlafen?«

Er wuchtete sich ein wenig hoch und linste zur Wanduhr hinüber.

»Bist du grad erst heimgekommen?«

Sie nickte und nippte von ihrem Sprudelglas.

»Ihr habt aber spät aufgehört mit eurer Probe.«

»Nein, nein, Rainer, wir hatten noch … Nachsitzung.« Sie grinste. »Deshalb brauch ich auch jetzt noch einen Sprudel, sonst fahr ich die ganze Nacht Karussell und hab morgen einen ordentlichen Durst.«

Er sah sich suchend um.

»Dein Glas hab ich schon rausgetragen. Magst noch ein Bier?«

»Nein, nein, ich bin so müde, das lass ich für heute lieber bleiben.«

Er stand auf, rieb sich die Augen und blieb dann für einen Moment unschlüssig stehen.

»Irgendetwas wollte ich dir noch erzählen«, sagte er dann. »Aber jetzt hab ich's vergessen. Na ja, wird schon nicht so wichtig gewesen sein. Gut Nacht, Helene. Kommst bald nach?«

»Ja, ja«, sagte sie, aber da schlurfte er schon ins Bad hinüber und hörte nicht mehr zu.

»Da kommt er wieder!«

Die korpulente Frau wischte sich die Hände an der Schürze ab und kam auf Haffmeyer zugestürmt. Kurz darauf hatte sich um den hageren Kriminalmeister eine dichte Traube von Menschen in kurzen Hosen, Röcken und Schürzen gebildet.

»Darf ich bitte mal durch?«, rief Hansen und bahnte sich einen Weg durch die Gruppe, dicht gefolgt von Resi.

Schließlich hatten sie Haffmeyer erreicht, der seelenruhig inmitten des Tumults stand und immer wieder gebetsmühlenhaft wiederholte: »Ich kann Ihnen dazu nichts sagen.«

»Was ist hier los?«

Hansen hatte seine Stimme etwas tiefer und strenger klingen lassen, und nun wandten sich die ersten von Haffmeyer ab und sahen den Neuankömmling an.

»Chef, das sind Leute, die sich Sorgen um ihren morgigen Umsatz machen«, erklärte Haffmeyer ungerührt, und die ersten Umstehenden wollten schon wieder ihrem Ärger Luft machen, doch Hansen hob seine linke Hand und zeigte mit der rechten den Dienstausweis vor.

»So, nun treten Sie bitte alle mal einen Schritt zurück – mir ist das hier zu eng für ein vernünftiges Gespräch!«

Erst murrten einige, aber dann wurde der Kreis um Resi, Haffmeyer und Hansen etwas größer.

»Wie Ihnen mein Kollege sicher schon mitgeteilt hat, können wir Ihnen zu dem, was sich auf dem Museumsgelände ereignet hat, im Moment nichts mitteilen. Das hat ermittlungstaktische Gründe, das verstehen Sie sicher.«

»Des sagat dr Batic ond dr Leitmayr au emmer!« Die korpulente Frau mit der Schürze nickte stolz. »Ond en denne Büacher mit dem … dem …«

Ihr Nebenmann assistierte ihr mit dem gesuchten Namen.

»Genau! Do stoht des au emmer dren.«

»Na also«, lobte Hansen sie. »Dann sind Sie ja gewissermaßen vom Fach und verstehen, warum wir Ihnen nichts …«

»Blödsinn!«, rief ein älterer Herr mit hochrotem Kopf aus der zweiten Reihe und fuchtelte mit seiner rechten Faust über dem Kopftuch der Frau vor ihm herum. »Wir lassen uns nicht mehr länger für dumm verkaufen! Wir wollen wissen, was da los ist! Und wir wollen wissen, ob wir unsere Stände umsonst aufgebaut haben!«

»Ob der Familiensonntag im Museum morgen wirklich stattfinden kann, wird sich im Lauf der Nacht herausstellen. Herr Fessler, der Museumsleiter, wird Ihnen allen morgen früh zwischen halb sieben und sieben Bescheid geben.«

»Morgen früh? Das soll wohl ein Witz sein?«

Hansen schluckte die heftige Erwiderung, die ihm auf der Zunge lag, hinunter und zückte stattdessen Stift und Notizblock.

»Und Sie sind …?«

»Sepp Nairolf, Kommandant der Freiwilligen Feuerwehr Illerbeuren.«

»Gut, Herr Nairolf. Mit Ihnen wollte ich ohnehin noch reden, Sie können uns sicher bei unseren Ermittlungen behilflich sein. Wenn ich Sie bitten dürfte, sich zu unserer Verfügung zu halten? In etwa einer halben Stunde sollte ich Zeit für Sie haben. Danke.«

»Das ist doch …«, wollte Nairolf gerade lospoltern, aber Hansen beachtete ihn nicht weiter und sah in die Runde.

»Wer von Ihnen hat vielleicht noch etwas beobachtet, das uns helfen könnte? Sie vielleicht? Oder Sie?«

Er deutete auf einige Männer und Frauen in der ersten Reihe, die daraufhin prompt ein paar Zentimeter zurückwichen.

»Mein Kollege wird Ihre Personalien aufnehmen, und dann warten Sie bitte dort drüben bei Ihren Verkaufsständen. Allzu lange wird es nicht mehr dauern. Ich werde voraussichtlich gegen …« Hansen sah auf die Armbanduhr. »… gegen halb zwölf für die Ersten von Ihnen Zeit haben. Und dann sollte es nicht allzu weit nach Mitternacht werden, Sie müssen ja morgen schon wieder früh raus, nicht wahr?«

Es kam etwas mehr Bewegung in die Gruppe.

»Falls einige von Ihnen heute vielleicht schon zu müde sind, können wir auch gerne morgen Vormittag miteinander reden.«

Er winkte zwei uniformierte Kollegen heran, die in ein paar Metern Entfernung stehen geblieben waren und sich für den Fall bereithielten, dass der Kommissar aus Kempten Hilfe benötigte.

»Wer lieber morgen mit mir reden möchte, möge doch bitte so nett sein und den uniformierten Kollegen dort drüben seine Personalien geben. Wir melden uns dann bei Ihnen, ja?«

Einige Anwesende wechselten ratlose Blicke, doch die ersten gingen schon zügig zu den Polizisten und diktierten ihre Namen, Adressen und Telefonnummern, und keine zwei Minuten später hatte sich der ganze Pulk aufgelöst. Hansen gab den Beamten knappe Anweisungen und bat sie, die Vorsitzenden vom Landfrauenverband und Schützenverein direkt zu ihm zurückzuschicken.

Inzwischen hatte sich der Feuerwehrkommandant wieder einigermaßen beruhigt. Er sah noch ein wenig erhitzt aus, aber Hansens Art, den Auflauf zu zerstreuen, nötigte ihm doch ein anerkennendes Lächeln ab.

»Herr Nairolf«, begann Hansen und zog ihn noch ein Stück beiseite, »die Kollegen von der Kriminaltechnik müssen noch in einem Teil des Museums Spuren sichern. Sie arbeiten unter Hochdruck, trotzdem können wir jetzt noch nicht mit Sicherheit sagen, dass für die Besucher morgen tatsächlich geöffnet werden kann. Aber wir versuchen unser Bestes – Herr Fessler hat uns schon gesagt, wie wichtig die morgigen Einnahmen für Ihre Feuerwehr und für die beiden teilnehmenden Vereine sind.«

Nairolf blinzelte irritiert, weil Hansen plötzlich so ausgesucht freundlich zu ihm war, und Hansen nutzte die Überraschung des Mannes und sprach gleich weiter.

»Haben Sie denn zwischen achtzehn und zweiundzwanzig Uhr etwas Verdächtiges auf dem Museumsgelände beobachtet?«

»Nein, tut mir leid, Herr Kommissar. Meine Kameraden und ich hatten alle Hände voll zu tun, diesen blöden Verkaufsstand aufzubauen. Seit Jahren schon liege ich unserem Kassier in den Ohren, dass wir einen neuen brauchen, aber …«

»Vielen Dank, Herr Nairolf«, unterbrach ihn Hansen und reichte ihm seine Visitenkarte. »Falls Ihnen doch noch etwas einfällt: Rufen Sie mich bitte unbedingt direkt an.«

Die Vorsitzende der Landfrauen und der Vorsitzende des Schützenvereins stießen zu den beiden, begrüßten Nairolf und stellten sich artig dem Kommissar vor. Aber auch sie hatten nichts beobachtet und waren ganz auf den Aufbau ihrer Stände konzentriert gewesen – ganz so, wie es Fessler schon vermutet hatte.

Haffmeyer bot an, noch in Illerbeuren zu bleiben, und Hansen ging zusammen mit Resi noch einmal ins Museum, um sich bei Vroni Schliers nach den neuesten Ergebnissen zu erkundigen. Die Kollegin war an einer Wiese zugange, die an einer Straße entlang verlief.

»Habt ihr schon was gefunden?«, rief er ihr zu.

»Ja, Blindschleichen ohne Ende! Zwei der Viecher hat's erwischt, da ist heute jemand draufgetreten – vermutlich unsere Täter. Von den Angestellten scheint hier keiner reinzugehen, eben wegen der vielen Blindschleichen. Aber Genaueres gibt's erst morgen. Wir machen noch ein bisschen, dann geht's morgen früh weiter.«

»Draußen stehen die Feuerwehr, die Landfrauen und der Schützenverein parat, die sind schon ganz nervös, weil sie morgen gern mit dem Verkauf von Würstchen und Bier ihre Kasse aufbessern würden. Ich hab dem Museumsleiter versprochen, dass er bis morgen früh erfährt, ob wir mit ein paar Absperrungen direkt um den Uttenhof herum auskommen und dieser Familiensonntag trotzdem stattfinden kann.«

»Das müsste klappen. Wir sind schon recht weit gekommen, die Fußwege haben wir auch schon zu einem guten Teil durch – und wenn wir den Uttenhof und die Gebäude direkt drum herum absperren, sollte das eigentlich reichen. Das können S' so auch schon dem Museumsleiter sagen. Und die draußen sollen morgen früh ruhig ihre Grills anwerfen. Eine Bratwurst und ein Radler wären genau das Richtige für unsere Arbeit hier. Was, Männer?«, fragte sie in die Runde und lachte.

Damit machten sich Hansen und Resi auf den Weg, bescherten Fessler mit dem Versprechen der Kriminaltechnik noch ein erleichtertes Lächeln und fuhren durch die Nacht zurück nach Frechenrieden.

Das Einschlafen hatte er sich einfacher vorgestellt, so kaputt, wie er vorhin aus dem VW-Bus geklettert war. Und so schwer, wie es ihm anschließend noch gefallen war, alles wie geplant zu Ende zu bringen. Nun war er wach und stierte an die dunkle Decke, an der er immer wieder Szenen des heutigen Tages wie in einer Rückschau zu sehen glaubte.

Seine Frau lag schnarchend neben ihm, den Mund leicht geöffnet, und mit jedem Atemzug kräuselte sich ihr Nasenrücken. Das passierte ihr auch, wenn sie lachte –

und in diese kleine Marotte hatte er sich zuerst verliebt. Das war lange her, aber es verblüffte ihn noch heute, wenn er daran dachte. Schließlich hatten sie sich schon lange davor gekannt, und plötzlich hatte es eingeschlagen wie ein Blitz …

Das versonnene Lächeln hielt sich nicht lange auf seinem Gesicht, und schon sah er die drei vor sich, wie sie durchs abendliche Museum geschleift und in den Uttenhof geschafft wurden, wie sie sich nach dem letzten Schnitt versteift und gesträubt hatten und wie sie dann ganz ruhig geworden waren.

Irgendwann schlief er doch noch ein, aber die Nacht wurde sehr unruhig für ihn.

Sonntag, 1. Juni

Zum ersten Mal klingelte das Telefon gegen halb sieben in der Früh. Es dauerte eine Weile, bis sich das Geräusch durch Hansens Traum in sein Bewusstsein vorgearbeitet hatte, dann rollte er herum, setzte sich völlig erschlagen auf die Bettkante, sah mürrisch auf den Wecker und griff nach dem Handy.

»Mmm?«

»Herr Hansen?«

Blöde Frage, dachte er, wer sollte wohl sonst um diese Uhrzeit an mein Handy gehen?

»Zang hier, der Beschließer vom Museum«, plapperte die hellwache Stimme unterdessen weiter. »Herr Fessler hat mich gebeten, Sie anzurufen. Sie haben gestern wohl vergessen, ihm Ihre Visitenkarte zu geben. Und wir müssten dringend wissen, ob unser Familiensonntag stattfinden kann und welche Gebäude gesperrt bleiben müssen. Sie haben dem Chef wohl gesagt, dass das heute früh um halb sieben feststehen würde. Und deshalb dachte ich … Sie haben doch gesagt, ich könne Sie anrufen, wenn …«

Hansen gähnte herzhaft. Du solltest mich anrufen, wenn du etwas weißt – nicht, wenn du etwas wissen willst, dachte er.

Resi rollte sich ebenfalls herum und sah unter schweren Lidern zu ihm herüber. Hansen hörte die Decke rascheln und gab ihr ein Zeichen, dass sie ruhig weiterschlafen könne.

»Herr Hansen? Sind Sie noch dran?«

»Natürlich bin ich noch da!«, antwortete er eine Spur zu barsch. Dann räusperte er sich und rief sich zur Ordnung.

»Ja, ich bin noch da, Herr Zang«, fuhr er mit sanfterer Stimme fort. »Aber ich habe noch geschlafen, und die Entscheidung über die Sperrung oder Freigabe Ihres Museums treffe nicht ich. Da müssten Sie bitte mit jemandem vor Ort sprechen. Da kann ich Ihnen von hier aus jetzt gerade gar nicht helfen. Sind denn gerade Kollegen bei Ihnen im Museum?«

»Ja, drüben im Uttenhof sind schon seit fünf Uhr wieder einige Ihrer Kollegen von der Spurensicherung oder wie das heißt.«

»Kriminaltechnik«, korrigierte Hansen. »Schauen Sie doch bitte mal, ob Frau Schliers auch da ist. Sie leitet die Abteilung und kann am ehesten die Lage einschätzen.«

»Gut, danke, Herr Hansen, das mach ich.«

»Prima, dann wünsche ich Ihnen viel Glück – und wir können ja später am Tag noch einmal miteinander reden, wenn es etwas Neues gibt, ja?«

Hansen hatte »später« sehr deutlich betont, und er hoffte inständig, dass Zang den Wink mit dem Zaunpfahl verstanden hatte. Dann drückte er das Gespräch weg und legte das Handy beiseite. Es auszuschalten kam leider nicht infrage – es konnte jederzeit ein Kollege mit einer dringenden Information anrufen, das war im Moment eben nicht zu ändern.

Todmüde drehte er sich auf die Seite und zog die Decke bis zum Kinn hoch. Langsam schloss er die Augen und stellte sich die zwei Stunden Schlaf, die ihm jetzt noch bleiben würden, so plastisch vor, dass sich ein seliges Lächeln auf sein Gesicht legte – doch der alte Trick funktionierte diesmal nicht: Der Anruf hatte vor Hansens geistigem Auge sofort wieder die Bilder aus dem Uttenhof wachgerufen, und nun wechselten sie sich ab, die Leichen mit ihren eigenartig verschmierten Blutflecken, das Museumsteam, das nichts Verdächtiges bemerkt hatte, und die wütenden Vereinsleute, die befürchteten, auf Fleisch, Wurst und Getränken sitzen zu bleiben.

Gegen halb acht gab er auf. Er setzte sich mit einem Wasser und einem Buch aus dem Wohnzimmerregal der Schabers auf die Terrasse und ließ sich den leichten, angenehm kühlen Morgenwind um die Nase wehen.

Nach einer Weile rief er Vroni Schliers an. Sie klang erschöpft, aber kein bisschen gereizt. Er beneidete die Kollegin darum, dass sie auch nach kurzen Nächten nichts von ihrer Freundlichkeit einbüßte. Dafür musste er sich üblicherweise sehr anstrengen.

»Na?«, fragte die Chefin der Kriminaltechnik im gut gelaunten Plauderton. »Hat Sie unser Freund Zang geweckt? Meine Güte, Beschließer! Was für eine Berufsbezeichnung!«

»Sie sind heute Nacht nicht viel zum Schlafen gekommen, oder?«

»Geht so. Gestern haben wir gegen ein Uhr Schluss gemacht, und heute früh war ich mit den Ersten um fünf wieder hier. Zumindest für die Museumsleute lohnt sich das: Wir müssen nur den Uttenhof selbst, den Platz und die Wiese davor und die direkt daran anschließende Reihe der Museumsgebäude geschlossen halten. Dadurch kann den Uttenhof von Süden her niemand einsehen. Im Norden schließen Betriebsgebäude an, da darf eh kein Besucher hin – und nach Osten und Westen hin haben wir gleich heute früh Sichtschutz aufgestellt. Damit können wir ungestört arbeiten, und der Familiensonntag kann bis auf ein paar Einschränkungen durchgezogen werden.«

Sie lachte.

»Meine Leute und ich haben schon Bratwürste, Bauernbrot, Speck und was zu trinken bekommen – der Museumsleiter hat die frohe Kunde wohl gleich an die Feuerwehr, die Landfrauen und die Schützen weitergegeben, die daraufhin sofort die Grills angeworfen und die Kühlschränke eingeräumt haben. Sie sollten das hier mal sehen, Herr Hansen!«

Er hörte Schritte, und ihre Stimme klang nun ein wenig verändert. Offenbar war sie während der letzten Sätze nach draußen gegangen.

»Die Sonne scheint, wir können ungestört unseren Job machen, und auf dem Holztisch vor dem Uttenhof stehen kühle Getränke und eine deftige Vesper bereit. So lässt sich's leben!«

»Und drinnen gibt's Blutflecken und Schleifspuren – wirklich sehr romantisch«, brummte Hansen.

»Tja, man kann nicht alles haben, Kollege! Sie konnten wohl nicht mehr einschlafen, nachdem Zang Sie angerufen hat, oder? Sie werden sehen: Nach einem starken Kaffee sieht die Welt schon wieder viel besser aus.«

»Haben Ihnen die Landfrauen denn auch Kaffee gebracht?«

Hansen hatte seine Frage recht spöttisch klingen lassen, was ihm noch im selben Moment leidtat, doch Vroni Schliers schien ihm seine Morgenlaune nicht übel zu nehmen.

»Ach, stimmt – gut, dass Sie das sagen!«, versetzte sie munter. »Meine Thermoskanne ist fast leer, ich werd gleich einen Kollegen schicken, damit er Nachschub holt. Vielleicht gibt's ja auch noch Kuchen dazu.«

Offensichtlich hatte die Kriminaltechnikerin ihren Spaß mit ihm, und die Fröhlichkeit der Kollegin übertrug sich nun doch auch ein wenig auf ihn.

»Tut mir leid, Frau Schliers«, schob er nach, »ich bin heute früh noch nicht so richtig auf Touren.«

»Sind Sie noch in Frechenrieden?«

»Ja.«

»Na, dann kommen S' doch rüber! In einer guten halben Stunde können S' bei mir vor dem Uttenhof sitzen, mit frischem Kaffee und dann vielleicht auch schon mit leckerem hausgemachtem Kuchen.« Sie lachte wieder. »Ach nein, lassen S' das lieber und grüßen S' mir die Resi, ja? Und wir sehen uns ja spätestens auf der Soko-Besprechung. Bis dann!«

Der Anruf, auf den Resi gewartet hatte, kam erst während des Frühstücks. Tanja Schaber hatte Rührei mit Speck gemacht, und ihr Mann Tom trug gerade ein paar knusprig getoastete Scheiben Weißbrot an den Tisch. Hansen füllte Resis und seinen Teller und hantierte dabei möglichst leise, um sie nicht beim Telefonieren zu stören.

»Okay«, sagte sie schließlich und steckte das Handy wieder weg. »Mein Memminger Kollege hat alles vorbereitet, wir können noch heute mit den Obduktionen beginnen. Gegen Mittag soll ich im Klinikum sein.«

Sie spießte etwas Rührei auf die Gabel und sah ihre Freunde mit einem entschuldigenden Lächeln an.

»Tut mir leid, ich hoffe, das verdirbt euch nicht den Appetit.«

»Geht schon«, brummte Tom. »Aber Details müssen wir nicht wissen, zumindest nicht so früh am Morgen, okay?«

»Gerne«, brachte Resi mit vollem Mund hervor. »Und du, Eike?«

»Ich hab noch etwas Zeit. Die Soko will sich in Memmingen am frühen Nachmittag zum ersten Mal zusammensetzen. Vorher fahr ich noch kurz zu Hause vorbei. Dann wollte ich Willy Haffmeyer und Hanna Fischer treffen und sie zur Besprechung mit nach Memmingen bringen.«

»So, so«, sagte Resi und grinste dabei, »wieder das alte Team, was?«

Haffmeyer und Fischer hatten jahrelang ein Dasein als Randfiguren der Kripo Kempten gefristet, und erst als zu

Hansens Dienstantritt viele der Kollegen Überstunden abbauten oder sich krank meldeten, waren die beiden gewissermaßen als letzte Reserve ins Ermittlerteam gerutscht – und hatten sich dabei so gut geschlagen, dass Hansen inzwischen nicht mehr auf ihre Dienste verzichten wollte.

Obendrein verstanden sie sich auch menschlich prächtig. Das vergangene Weihnachtsfest hatten sie gemeinsam in Hansens altem Bauernhaus gefeiert – zusammen mit Resi, seiner Vermieterin Walburga Lederer und notgedrungen auch mit dem etwas schwierigen Kater Ignaz, der Hansen immer noch als lästigen Eindringling in sein Reich betrachtete.

»Na klar«, versetzte Hansen und lachte, »ohne die beiden macht's doch gar keinen Spaß.«

Auf der Autobahn kam Hansen gut voran. Resi hatte ihn auf dem Weg zum Klinikum bei der Memminger Polizeiinspektion abgesetzt, und die dortigen Kollegen hatten ihm netterweise bis zur Soko-Besprechung am Nachmittag einen Dienstkombi überlassen. Gegen halb eins war er bei sich zu Hause.

In der Küche lag ein Zettel auf dem Tisch, beschwert mit einer Flasche Sekt. »Schade, Herr Hansen«, stand darauf gekritzelt, »ich hätte gestern Abend gern mit Ihnen auf Ihr Einjähriges angestoßen. Aber das holen wir nach, ja? Ihre Frau Walburga!«

Ein Lächeln huschte über Hansens Gesicht. Er hatte es eigentlich nicht schlecht getroffen mit seiner neuen Heimat. Mit den meisten Kollegen hatte er nach anfänglichen Schwierigkeiten ein ganz gutes Verhältnis, mit Haffmeyer und Fischer sogar ein ausgezeichnetes, und »Frau Walburga«, wie sich seine Vermieterin von ihm anreden ließ, war zwar sehr neugierig und manchmal ein bisschen aufdringlich – aber ernsthaft böse konnte er ihr nicht einmal dann sein, wenn sie plötzlich ungefragt in der Küche stand und in seine Töpfe lugte.

Etwas schwieriger war die Beziehung zu seinem Mitbewohner Ignaz. Gelegentlich gerieten sie aneinander, aber seit Hansen darauf achtete, alle Lebensmittel schnell in Kühlschrank und Speisezimmer zu verstauen und auch den Herd während des Kochens nie mehr als ein paar Sekunden aus den Augen zu lassen, klaute ihm der Kater wenigstens nicht mehr sein Essen. Ab und zu legte Hansen dem Vierbeiner ein Stück Käse oder Wurst auf die Holzbank vor dem Haus. Ignaz wiederum schnappte sich die Leckerbissen am liebsten, wenn ihn sein Zweibeiner gar nicht beachtete, um dann mit vollem Maul betont lässig in Richtung Schuppen davonzuschlendern. Dort versteckte er seine essbaren Schätze in der Nähe einer alten Werkbank.

Hansen schrieb: »Danke, Frau Walburga, das machen wir – das wird schon klappen an einem der nächsten Abende. Ihr Eike Hansen« auf den Zettel und ging wieder nach draußen.

Hanna Fischer wartete schon vor ihrem Haus in der Pappenheimstraße, als er sie abholte.

»Willy treffen wir in Kempten«, erklärte sie, während

sie sich auf den Beifahrersitz wuchtete. »Der fährt mit dem eigenen Wagen. Wir müssen ja nach der Soko-Besprechung, wenn Sie den Memmingern ihr Fahrzeug zurückgegeben haben, auch irgendwie wieder zurückkommen.«

Es war sonnig, aber nicht besonders warm, doch die Kollegin schwitzte trotzdem heftig. Hansen erinnerte sich an einige rasante Einsätze, die Hanna Fischer ungeachtet ihrer korpulenten Figur in den vergangenen Monaten absolviert hatte – und genau genommen war sie die Einzige in seinem kleinen Team, die schnell und kräftig zupacken konnte. Haffmeyer war ein dürrer Kerl, der eher mit Kopf und Mundwerk arbeitete, und er selbst war zwar schlank und leidlich durchtrainiert, aber auch nicht gerade auf körperliche Auseinandersetzungen aus.

Das Bild von Hanna Fischer im Eisstadion kam ihm in den Sinn, wie sie mit geschlossenen Augen zu gefühlvoller Musik aus der Stadionanlage ihre Kreise zog und Pirouetten drehte, und ein Lächeln schlich sich auf sein Gesicht.

»Na, Chef, Sie haben sich jetzt auch gut eingelebt bei uns, was?«

Hansen erschrak, und einen Moment blickte er ganz schuldbewusst zu seiner Kollegin hinüber, weil er sich gerade insgeheim über sie amüsiert hatte. Aber Hanna strahlte ihn so freundlich an, dass er sich sofort wieder entspannte.

»Ja, hab ich, Frau Fischer. Und Sie wissen ja, das liegt auch an Ihnen und Kollege Haffmeyer.«

»Danke, danke, aber ich glaube fast, die Resi Meyer hat daran einen noch größeren Anteil.« Ihre kleinen Augen funkelten schelmisch.

»Da kann ich nicht widersprechen«, versetzte er grinsend und konzentrierte sich wieder auf die Straße.

»Haben Sie morgen früh eigentlich Zeit?«, fragte Hanna, als sie die Ausfahrt Oy-Mittelberg passierten. »Ich habe läuten hören, dass einige Kollegen mit Ihnen auf Ihr Einjähriges anstoßen wollen.«

»Mal sehen. Im Moment gehen erst einmal die drei Toten im Museum vor, und wenn dann noch Zeit für einen Umtrunk bleibt: gerne. Wobei ...«

Die erste Zeit im Allgäu war ihm von einigen Kollegen ordentlich verleidet worden. Das hatte er nicht vergessen, vor allem das Verhältnis zu seinem Stellvertreter Hardy Koller war bislang eher distanziert. Es legte ihm zwar inzwischen niemand mehr Knüppel zwischen die Beine, und die Zusammenarbeit mit den meisten Beamten seines Kemptener Kommissariats lief mittlerweile reibungslos – aber die erste Zeit hatte ihm die Lust auf allzu große Verbrüderungen genommen.

»Koller hat's angezettelt«, schob Hanna nach einer Weile nach. »Und ich glaube, der würde sogar selbst verstehen, wenn Sie ihm da die kalte Schulter zeigen.«

»Das mach ich natürlich nicht«, beeilte sich Hansen zu versichern. »Das wäre unprofessionell.« Wobei ich große Lust hätte, ihn auflaufen zu lassen, dachte er im Stillen.

»Natürlich«, sagte Hanna und nickte. »Das wäre unprofessionell.«

Ein leichtes Zucken spielte um ihre Mundwinkel, aber Hansen tat so, als bemerke er es nicht.

Als sie die Autobahn verließen, klingelte Hannas Handy. Offenbar war eine Freundin dran, und offenbar hatte diese Freundin ein Problem. Hansen bemühte sich, nicht hinzuhören, doch das Schluchzen, das aus dem Hörer drang, entging ihm nicht, und so stellte er den Wagen im Hof des Kripogebäudes ab und legte Hanna eine Hand auf den Unterarm.

»Wenn Sie wollen, können Sie ruhig hierbleiben«, raunte er ihr zu. »Dann können Sie das noch in Ruhe klären, ja?«

Hanna deckte das Mikrofon ihres Handys kurz ab, bedankte sich bei ihm und konzentrierte sich dann wieder auf das Telefonat.

Das herzhafte Mittagessen hatte nicht mehr so gut geschmeckt, wie es Sandra Vöckler aus ihrer Kindheit in Erinnerung hatte. Natürlich sagte sie nichts, sondern lobte den Braten und die Knödel geradezu überschwänglich. Oma Johanna dankte es ihr mit einem breiten Lächeln, das ihre runzlige Haut in tiefe Falten legte und ihre lustig blitzenden Äuglein fast zwischen den wulstigen Brauen und den Wangenknochen verschwinden ließ.

Sabine Vöckler, die als Schwiegertochter der Alten jahrelang ihre liebe Not mit ihr gehabt hatte, kaute auf einem angebrannten Stück Fleisch herum und zwinkerte ihrer Tochter kurz zu. Franz Vöckler dagegen, der als Vater wie immer mürrisch am Kopfende des Tisches saß, machte

Anstalten, seiner Tochter zu widersprechen, aber im letzten Moment fing er den warnenden Blick seiner Frau auf.

Keinen Streit jetzt! Die unausgesprochene Botschaft war so klar, dass der Bauer den Mund wieder schloss und schweigend weiteraß. Sandra Vöckler begann von Lindau zu erzählen und von ihrer Arbeitswoche im Büro, um die drückende Stille zu beenden, und die Oma hing ihr mit seligem Lächeln an den Lippen, während sie ihre Portion in kleine Stückchen zersäbelte und sich die winzigen Häppchen in den Mund steckte.

»So, jetzat«, meinte Johanna schließlich und erhob sich mühsam. »Hilfsch mr, d' Nochtisch hola?«

Sandra stellte schnell die geleerten Teller zusammen und trug sie zur Spüle hinüber. Dann holte sie die Schüssel aus dem Kühlschrank. Sie hatte Erdbeeren aus Lindau mitgebracht, die die Oma mit frischem Rahm und Zucker vermischt hatte.

Wenigstens der kalte, fruchtige Nachtisch schmeckte allen, und als die Mutter noch drei Tassen Kaffee für die Frauen und ein neues Bier für den Vater auf den Tisch stellte, lehnte sich Oma Johanna so gemütlich auf ihrem Stuhl zurück, wie es ihre Gicht und die durch jahrzehntelange schwere körperliche Arbeit verbogenen Knochen zuließen.

»Und, hond ihr heit scho d'Habergsells gsäha?«

Sie hatte das ganz nebenbei gefragt, und noch bevor irgendjemand hätte antworten können, schlürfte sie ihren Kaffee so laut, dass sie eine Antwort vermutlich gar nicht gehört hätte. Und doch versteifte sich Franz Vöckler und warf seiner Mutter einen kurzen Blick zu. Sandra konnte sich keinen Reim auf sein Verhalten machen – und ehrlich gesagt wollte sie sich auch gar nicht genauer damit befassen.

Gestern Vormittag war sie von Lindau zum Wochenendbesuch heraufgekommen. Und am Nachmittag hatte sie gesehen, wie sich ihr Vater und der Nachbar Richard Habergsell gestritten hatten, danach aber miteinander im Gasthof verschwunden waren.

Ein heftiger Streit war in Wiesenhofen keine Seltenheit. Zwischen den drei dickschädeligen Bauern, die mit ihren Familien noch hier oben lebten, rappelte es schon mal. Weder ihr Vater noch der Habergsell nahmen ein Blatt vor den Mund, wenn ihnen etwas nicht passte.

Seit allerdings der Groschinger seinen Gasthof ausbauen wollte, ging ein Riss durch den Weiler. Die weggezogenen Familien waren mit allem einverstanden, was ihnen eine Chance eröffnete, ihr altes Glump, das sie höchstens noch als billige Ferienunterkunft vermieten konnten, zu Geld zu machen. Und die hiergebliebenen Familien – die Habergsells, die Vöcklers und das Ehepaar Kritz – stellten sich schnell gemeinsam gegen Groschingers Pläne. Das hatte die Stimmung im Weiler natürlich nicht gerade verbessert. Und obendrein waren sich die drei hiesigen Familien nicht mehr darüber einig, wie man Groschingers Drängen am besten begegnen sollte.

»D'Mitzi isch mir heit morga beim Kocha kaum vom Schurz gwicha«, plapperte die Alte weiter drauflos. »Und im Habergsell-Hof isch heit no kui Fenschdr uffganga.«

»Du schaust aber genau hin!«, brummte Franz Vöckler. »Die werden in die Stadt gefahren sein. Es ist Sonntag, da kann man schon mal einen Ausflug machen.«

»Ach was? Kann man das?«

Sabine Vöckler fragte in einem so spitzen Ton, dass ihr Mann gleich abwinkte und irgendetwas von »Wir müssen halt schaffen!« knurrte. Oma Johanna hatte von dem kleinen Wortgeplänkel der Eheleute nichts mitbekommen und sah ihren Sohn verwundert an.

»In d' Stadt muinsch? Aber was wollat dia denn heit in Schoidegg?«

Sandra Vöckler musste grinsen, dass die Oma bei »Stadt« sofort an das wenige Kilometer entfernte Scheidegg dachte und gar nicht auf die Idee kam, die Habergsells könnten stattdessen nach Lindau, Wangen oder hinüber nach Bregenz gefahren sein.

»Was weiß ich?«

Franz Vöckler stand polternd auf und ging mit seinem Bier vors Haus. Oma Johanna räumte die Kaffeetassen zusammen, und Sandra stellte sich mit ihr an die Spüle, wo sie sich an den Abwasch machte. Ab und zu linste sie zu ihrer Mutter hinüber, die den Tisch abwischte und sich mit anderen Kleinigkeiten beschäftigt hielt.

Sabine Vöckler wirkte unruhig, und immer wieder wischte sie sich mit dem Ärmel über die Nase. Durch das Fenster war der Vater zu sehen, wie er auf dem Hof auf und ab ging, gelegentlich die Flasche ansetzte und in hastigen Schlucken trank.

Im Memminger Klinikum herrschte Hochbetrieb. Besucher drängten gedämpft murmelnd ins Gebäude. Die einen ermahnten ihre Kinder, nur ja nicht laut zu sein, die anderen stützten sich schwer auf Krücken oder auf ihre Begleiter, um den Empfangsbereich zu durchqueren. Wieder andere kamen aus einem der Gänge hervor und strebten sichtlich erleichtert dem Ausgang zu.

Resi kannte sich hier aus, auch wenn sie in diesem Haus noch keine Obduktion vorgenommen hatte. Trotzdem meldete sie sich am Empfang an und wartete, bis Gerichtsmediziner Dr. Dieter Kurrleitner sie abholte. Sie wollte nicht ungefragt in dessen Zuständigkeitsbereich eindringen. Oft genug hatte sie erlebt, wie Kollegen verschnupft reagierten, wenn man sich nicht haargenau an die tatsächlichen oder eingebildeten Regeln hielt.

Kurrleitner schienen solche Gedanken nicht umzutreiben. Er war noch nicht im Haus, erst etwa zehn Minuten nach Resis Eintreffen flog er förmlich zur Eingangstür herein: ein hagerer, hochgewachsener Mann mit einem schlohweißen Haarschopf. Sein weites, nur halb zugeknöpftes Hemd, das den Blick auf ein viel zu groß geschnittenes T-Shirt freigab, wehte hinter ihm her, die weiße Hose schlackerte um seine langen Beine, und die Füße steckten in altmodischen Gesundheitssandalen.

»Ah, die Frau Meyer ist schon da!«

Seine Stimme, kräftig und munter, wirkte so sympathisch wie sein ganzes verwuscheltes Äußeres, und er drückte mit einem festen, trockenen Griff Resis Hand.

»Dr. Kurrleitner?«, fragte sie.

»Na, jetzt lassen Sie mir den Doktor weg … soweit ich weiß, haben Sie mit summa cum laude promoviert! Damit kann ich nicht dienen.«

Er lachte, legte ihr eine Hand auf die Schulter und bugsierte sie auf den Gang zu, der in den Autopsiesaal führte. Dabei schritt er kräftig aus und musterte sie nebenbei mit einem immer breiter werdenden Grinsen.

»Und jetzt fragen Sie sich, woher ich so genau weiß, wer Sie sind, nicht wahr? Bei jedem Schafkopf-Abend schwärmt mein Münchner Freund Jens von Ihnen, seiner besten Kraft. Und darauf können Sie sich was einbilden. Er hält die meisten seiner Kollegen nämlich für nicht besonders lobenswert, um es mal höflich auszudrücken.«

Zwei junge Ärztinnen kamen ihnen fröhlich plaudernd entgegen und riefen Kurrleitner ein zweistimmiges »Griaß di!« zu. Der blieb abrupt stehen, drehte sich zu den beiden um und pfiff anerkennend. Eine der Ärztinnen wechselte daraufhin für ein paar Schritte in einen ausladenden Hüftschwung, dann waren die beiden auch schon lachend um die nächste Ecke verschwunden.

»Tja, Frau Meyer«, meinte Kurrleitner und setzte sich wieder in Bewegung, »schön ist's hier. Wollen Sie nicht wechseln? Wir haben ein tolles Betriebsklima hier. Ich meine, Ihr Chef ist ja ein Ass in seinem Beruf, aber er hat halt nix im Sinn außer seinen Leichen, na ja, Schafkopf vielleicht noch, wobei … Sie spielen nicht zufällig Schafkopf, oder?«

»Nein«, sagte Resi. Mittlerweile waren sie am Autopsiesaal angekommen.

»Schade. Aber jetzt schau ich mir erst einmal an, wie gut Sie wirklich sind. Fühlen Sie sich wie zu Hause, und ich assistiere Ihnen, ja?«

Den nötigen Kram aus seinem Büro hatte er schnell beisammen, dann ging er den Flur entlang, um Haffmeyer abzuholen. Als er die Tür zum Büro von Hanna Fischer und Willy Haffmeyer schon fast erreicht hatte, fiel ihm auf, dass aus dem Zimmer seltsame Geräusche drangen. Vorsichtig öffnete er die Tür.

Ein etwas muffiger Geruch schlug ihm entgegen, außerdem konnte er ein stechendes Aroma ausmachen, als habe jemand in dem Raum erst kürzlich Klebstoff verwendet. Das erinnerte ihn an die Begegnungen am Uttenhof, als es zweimal ganz ähnlich gerochen hatte.

Haffmeyer stand gebückt und mit dem Rücken zur Tür an seinem Schreibtisch. Gerade zog er eine Styroporplatte aus der untersten Schublade und stellte sie in eine große bauchige Aktentasche, in der sich schon eine solche Platte befand. Auf die Ecken der Platten steckte er kleine Schaumstoffwinkel, die wohl als Abstandhalter fungierten, und bückte sich, um aus der Schublade eine weitere Platte zu ziehen.

»Hallo, Herr Haffmeyer«, sagte Hansen und trat ins Zimmer. »Na, was haben Sie denn am Sonntag noch an Bürodiensten zu verrichten? Das sieht ja nicht nach etwas aus, was wir gleich in Memmingen brauchen.«

Haffmeyer erschrak, fuhr herum und sah Hansen entgeistert an. Die Hand mit der Styroporplatte zitterte.

»Ich, äh … Hallo, Chef.«

Allmählich begriff Hansen, was er vor sich sah. In der Styroporplatte steckten Nadeln, sauber in Spalten und Reihen geordnet, und jede Nadel fixierte eine Stubenfliege, manche davon dick und fett, manche dünn und offenbar noch jung.

»Was ist das denn?«

»Das … äh … sind Fliegen, Chef.«

»Ja, das sehe ich, aber was soll das? Sammeln Sie Fliegen?«

Haffmeyer wand sich, dann nickte er.

»Aber das sind doch ganz normale Stubenfliegen? Oder kenne ich mich da nur nicht gut genug aus, und es handelt sich um irgendwelche besonderen Exemplare?«

»Nein, das sind ganz normale Fliegen. Die fange ich hier im Büro, manchmal auch unterwegs wie zuletzt im Bauernhofmuseum, und dann nehm ich sie mit nach Hause. Daheim fange ich auch welche, viel mehr als hier, natürlich, ich wohne ja auf dem Dorf.«

»Haben wir deshalb in den Büros hier in Kempten keine Probleme mit Fliegen?«

Haffmeyer nickte.

»Das ist gut, da muss ich mich bei Ihnen bedanken – bei mir auf dem Bauernhof ist das mit den Fliegen manchmal eine ganz schöne Plage. Aber was machen Sie mit den Viechern?«

»Das … das lässt sich nicht so leicht erklären. Und um ehrlich zu sein …«

»Ja?«

»Na ja, eigentlich ist mir das Ganze etwas peinlich. Aber so ist das halt mit Hobbys: Hat man mal damit angefangen, bleibt man auch dabei – auch wenn es auf andere seltsam wirkt. Von Hannas Liebe zum Eistanz wissen Sie ja schon …«

»Sie macht das auch sehr gut, das habe ich ja in Füssen mit eigenen Augen gesehen. Außerdem: Hobbys gibt es in jeder Variante – wenn ich da nur an die Sportarten denke, die ich früher selbst betrieben habe. Und Sie sammeln halt, na und? Sind Sie Hobbybiologe oder so was?«

»Nein, das nicht. Ich präpariere die Tiere auch nicht so penibel wie ein Insektenforscher, ich nehm die Fliegen, wie sie kommen, sozusagen.«

»Aha?«

»Das interessiert Sie jetzt nicht wirklich, oder?«

Hansen sah kurz auf die Uhr, dann zuckte er mit den Schultern. »Wir haben noch etwas Zeit, bis wir zur Soko-Besprechung losmüssen – und Frau Fischer sitzt unten im Wagen und wollte noch ein paar private Sachen am Telefon organisieren. Ich glaube, sie ist ganz froh, wenn ich mir noch ein bisschen Zeit lasse. Dann schießen Sie mal los. Ich bin schon ganz gespannt, was Sie mit diesen Viechern anstellen.«

Haffmeyer musterte seinen Vorgesetzten, ob der sich womöglich über ihn lustig machte, aber Hansen lächelte so freundlich, dass er sich schließlich einen Ruck gab und die Styroporplatte vorsichtig an eines der Tischbeine lehnte.

»Also gut, Sie haben es so gewollt.« Er grinste breit und

deutete auf Hanna Fischers Stuhl. »Setzen Sie sich, dann zeig ich Ihnen ein paar Sachen.«

Hansen nahm Platz, während Haffmeyer allerlei Gerätschaften aus seinen Schubladen kramte und vor sich auf den Tisch legte. Dabei bewegte er die rechte Hand auffallend vorsichtig, als schmerze ihn jede unbedachte Berührung. Am verletzten Daumen klebte ein Pflaster.

»Damit geht's normalerweise los.«

Er zeigte auf eine seltsame Mischung aus Fliegenklatsche und Kescher.

»Hab ich selbst entwickelt«, erklärte er stolz. »Denn wenn ich intakte Fliegen haben will, kann ich sie ja schlecht mit einer normalen Klatsche zu Brei hauen, gell? Wenn ich das Tier gefangen habe, kommt es hier rein.«

Er schob Hansen ein Glas hin, das im Durchmesser etwas größer war als die Öffnung des Keschers. Das Glas hatte einen Schraubverschluss, auf dem Boden lagen einige Zellstoffstücke, und als Haffmeyer den Deckel abnahm, breitete sich der wohlbekannte stechende Geruch aus. Schnell schraubte er das Glas wieder zu.

»Der Zellstoff ist mit Essigsäureethylester getränkt, Ethylacetat. Sie kennen den Geruch sicher von Klebstoffen, ist auch im Nagellackentferner. Wahrscheinlich ist Ihnen das Aroma auch schon im Bauernhofmuseum aufgefallen – da gab es wegen der Leichen so viele Fliegen, dass ich ein paar mit der bloßen Hand fangen und sie dann in eine kleine Plastikschachtel mit getränktem Zellstoff stecken konnte. Vroni hat es leider auch bemerkt und auf der Wiese vor dem Uttenhof die Kollegen nach

Watte mit Narkosemittel suchen lassen. Hoffentlich lässt sie es auf sich bewenden, wenn sie nichts finden. Es wäre mir sehr recht, wenn ich Vroni nicht auch noch von meinem Hobby erzählen müsste. Ich mag sie gern, aber sie kann nicht immer den Mund halten.«

»Sie haben Fliegen vom Tatort mitgenommen?«

»Natürlich nicht aus der Stube – die habe ich Vronis Leuten überlassen. Aber draußen vor dem Uttenhof sind dermaßen viele von den Viechern herumgeschwirrt ... Da konnte ich nicht widerstehen, schließlich brauche ich eine Menge Fliegen für das, was ich mit ihnen vorhabe. Und deshalb habe ich immer ein, zwei kleine Plastikdosen bei mir.«

Hansen grinste und schüttelte den Kopf.

»Sie sind schon eine Marke, Herr Haffmeyer.«

»Tja. Die gefangenen Fliegen kommen also in das Glas mit dem Zellstoff, werden betäubt und sterben. Anschließend stecke ich die toten Tierchen mit den Nadeln auf die Styroporplatte. Die Nadeln beziehe ich über den Fachhandel, inzwischen gibt's die natürlich auch im Internet. Das Besondere an ihnen ist, dass sie sehr dünn sind.«

»Und was machen Sie dann mit den Fliegen? Sammeln Sie schon lange?«

Haffmeyer nickte, und es sah so aus, als meinte er damit »sehr lange«.

»Meine Güte«, sagte Hansen. »Sie müssen ja Tausende von den Dingern bei sich zu Hause haben.«

Haffmeyer zuckte mit den Schultern und grinste.

»Jetzt sagen Sie schon!«

»Das kann ich Ihnen nicht sagen. Das muss ich Ihnen zeigen.«

Hansen sah sich im Zimmer um.

»Nein«, erklärte Haffmeyer, »nicht hier, sondern bei mir daheim. Meine Güte, wenn das die Kollegen sehen würden … die würden mich glatt für verrückt erklären.« Er unterbrach sich und grinste. »So gesehen wäre es eigentlich auch egal. Mich halten doch eh die meisten für verrückt, oder?«

Er zwinkerte Hansen kurz zu, dann wurde er wieder ernst.

»Besuchen Sie mich einfach mal, dann zeig ich Ihnen, was ich mit den Fliegen mache. Sie müssen es hinterher ja nicht unbedingt weitererzählen.«

»Das kann ich Ihnen gerne versprechen«, sagte Hansen. »Damit wären wir auch quitt: ich mit meiner Vergangenheit als Rhönrad-Leistungsturner, Frau Fischer als heimliche Eistänzerin und Sie mit … mit Ihren Fliegen. Ich bin schon ganz gespannt.«

Die drei Leichen lagen nackt auf dem Rücken, nebenan waren die Kleider sorgfältig für die weitere Untersuchung durch die Kriminaltechnik bereitgelegt. Resi setzte die nötigen Schnitte sicher und zügig, Kurrleitner stand neben ihr und beobachtete sie mit wohlwollendem Lächeln. Ab und zu ging er ihr zur Hand, wenn es darum ging, Gewebe- oder Organproben fürs Labor aufzubereiten, und zwischendurch hielt er ihr das Werkzeug hin, das sie für den nächsten Arbeitsschritt brauchen würde.

Anfangs hatte es im Autopsiesaal nach nichts gerochen, weil Desinfektions- und Reinigungsmittel ohne Aromen eingesetzt wurden. Inzwischen dominierte allerdings der schwere Geruch nach geöffneten Körpern, nach Blut und getrocknetem Schweiß, aber Resi nahm das kaum wahr.

Die drei Toten, wie sie im Bauernhofmuseum um den Holztisch herum gesessen hatten, waren kein schöner Anblick gewesen, und so etwas setzte ihr auch nach all den Jahren in ihrem Beruf immer noch zu. Doch hier, auf den Metalltischen der Rechtsmedizin, konnten Tote noch so grausam zugerichtet sein. Hier war sie in ihrem Element, hier bewegte sie sich auf vertrautem Terrain, und hier waren Leichen nur noch Objekte, die es möglichst genau zu untersuchen galt.

»Rechtshänder, oder?«, fragte Kurrleitner, als sich Resi noch einmal über die Halswunde der Frau beugte.

»Ja, und das gilt für alle drei Schnitte. Könnte derselbe Täter gewesen sein: kräftig, würde ich sagen, nicht ungeübt, mit einem normal scharfen Messer.«

Kurrleitner nickte zufrieden.

»Die Todeszeitpunkte liegen sehr nah beieinander«, fuhr Resi fort, »die Reihenfolge der Schnitte kann höchstens die Kriminaltechnik bestimmen, falls sie am Tatort Spuren gefunden haben, die sich passend dazu überlagern.«

Sie fühlte sich fast wieder wie während des Studiums, als sie vor erfahrenen Kollegen sezieren und dozieren musste. Kurrleitner ließ sie keinen Moment lang aus den

Augen, aber seine Miene wirkte viel entspannter als die ihrer damaligen Prüfer. Und natürlich wusste Resi heute viel besser, was sie tat.

»Wie die Kriminaltechnik schon vermutet hat, wurden die Opfer jeweils von einem Helfer mit beiden Händen von vorn und von hinten mit der linken Hand des Täters fixiert.«

Sie deutete bei dem älteren Mann auf Hämatome an Brustkorb und Oberarmen sowie im Bereich von Schläfe und Stirn. Die Haut über der Wirbelsäule wies eine Druckstelle auf. Außerdem hatte irgendetwas einen horizontalen, etwa fünf Zentimeter breiten und einen halben Zentimeter starken Striemen in die Haut gedrückt und sie dabei am linken Ende des Striemens leicht aufgeritzt.

»Das hier«, sie deutete auf den Striemen, »könnte von einer Gürtelschnalle herrühren – das hieße, dass der Täter entweder ein sehr kurzes Oberteil anhatte oder dass er sein Hemd oder seinen Pulli in die Hose gesteckt hatte. Wobei es für einen Pulli gestern eher zu warm war. Die Druckstelle dürfte vom oberen Ende der Stuhllehne stammen. Wenn ich mich recht erinnere, saß dieses Opfer auf einem Stuhl mit einer Lehne, die oben mit Verzierungen endete. Das könnte passen.«

Sie warf Kurrleitner einen kurzen Blick zu. Der Kollege lächelte, nickte und sah aufmerksam auf die Stellen, die sie ihm gerade an der Leiche gezeigt hatte.

»Sehr schön, Frau Kollegin«, lobte er sie nun. »Jens hat wirklich nicht übertrieben.«

»Danke.«

Fast wurde Resi ein wenig verlegen, vor allem aber fand sie es angenehm, dass Kurrleitner wirklich nur an ihrer Arbeit interessiert schien und ihr nicht, wie manche Kollegen, zwischendurch heimlich auf den Hintern schielte.

»Die Täter sind wohl doch nicht ganz so plump vorgegangen, wie ich zuerst dachte«, sagte sie dann. »Diese Druckstellen über den Wangenknochen, an der Nasenspitze und am Kinn sehen ganz danach aus, als hätten sie ihre Opfer zunächst mit Chloroform oder Ähnlichem betäubt, bevor sie bewusstlos geschlagen wurden.«

Kurrleitner trat etwas näher und hielt seine eigene Hand in ein paar Zentimeter Entfernung vor Mund und Nase des Toten.

»Und es sieht ganz so aus, als wäre ihnen das Chloroform von jemandem verabreicht worden, der kräftige, breitere und etwas weniger knochige Hände hat als ich.«

Resi nickte.

»Und warum, glauben Sie«, hakte Kurrleitner nach, »wurden die drei dann noch obendrein bewusstlos geschlagen?«

»Wahrscheinlich ließ die Wirkung des Chloroforms nach, als sie gerade keines zur Hand hatten. Wenn ich mir vorstelle, dass die Täter da gerade auf dem Weg zu diesem Bauernhaus waren, konnten sie aufwachende Opfer so gar nicht brauchen. Da musste es schnell gehen, und deshalb: zack!«

Kurrleitner grinste noch breiter, dann deutete er eine Verbeugung an. »Das war eine Eins mit Sternchen.«

Beinahe zwei Stunden lang saß sie da, das grobe Holz des Fensterrahmens im Rücken und die Sonne im Gesicht. Manchmal, wenn sie den Arm hochnahm, um die Augen zu beschatten, ließ sie den Blick über den See schweifen, der nur an klaren Tagen von der Luke im Giebel der Scheune aus so gut zu sehen war. Es war ein schöner Platz, noch immer, trotz allem, was hier in der Scheune und an anderen Ecken des Weilers in den vergangenen Jahren geschehen war.

Mitzi strich an ihr vorbei, drückte sich gegen ihre nackten Beine und streifte mit ihrem warmen Fell über die Waden, schien sich mit dem aufgestellten Schwanz fast an ihr festhalten zu wollen, bevor sie schnurrend wieder umdrehte und die kurze Prozedur in entgegengesetzter Richtung wiederholte.

Sandra Vöckler beugte sich vor, so gut es eben ging, schnappte sich die Katze und hob sie auf ihre kräftigen Oberschenkel. Eine Weile kraulte sie ihr den Nacken, bis es sich das Tier auf ihrem Schoß bequem machte und das Schnurren allmählich etwas schläfriger klang.

Sie sah der zusammengerollten Katze noch ein wenig dabei zu, wie sich ihr Fell immer gleichmäßiger hob und senkte und wie die Schlitze ihrer sich schließenden Lider immer schmaler wurden. Dann hob sie wieder den Blick und blinzelte ins Sonnenlicht.

Wie unterschiedlich ihr diese Umgebung schon vorgekommen war. Als unbegrenzten Abenteuerspielplatz hatte sie die Wiesen und Wälder um ihren kleinen Weiler als Kind empfunden. Als Teenager hatte sie sehnsüchtig hinunter in die Ebene gestarrt, wo das Leben toben musste, während sie hier oben zwischen Kühen und Scheunen versauerte. Später war sie immer wieder gern von ihrer Wohnung in Lindau hier heraufgekommen und hatte die ruhigen Wochenenden genossen. Und jetzt …

Trotz der Wärme stellten sich ihre Nackenhaare auf, und es lief ihr kalt über den Rücken. Die Bremsen auf ihren nackten Unterarmen störte das nicht weiter beim Essen, und als Sandra Vöckler den ersten Stich spürte, klatschte sie schnell und treffsicher vier der Fliegen platt. Mitzi schreckte hoch und purzelte ohne den Halt durch die Unterarme auf den Bretterboden. Einen Augenblick besann sie sich, dann warf sie der jungen Frau einen verständnislosen Blick zu und trollte sich weiter hinein in die Scheune.

Sandra Vöckler tupfte sich mit dem Finger ein bisschen Spucke auf den brennenden Stich, dann schnippte sie die toten Bremsen von der Haut und lehnte sich wieder zurück.

Sie schaute hinüber zum Anwesen der Habergsells, das ähnlich heruntergekommen war wie der Hof ihrer Eltern und wie die anderen Gebäude des Weilers. Aus dem Stall der Nachbarn und dem umzäunten Hof dahinter drangen ab und zu leise Geräusche der Tiere, die hier gehalten wurden. Die wenigen Kühe der Habergsells waren auf der Weide. Im Haus und drum herum gab es nur noch ein paar Schweine und Hühner. Und keine Spur von den menschlichen Bewohnern. Schon seit gestern Abend nicht mehr.

Die Habergsells waren fort. Verschwunden. Zur Sicherheit hatte sie noch im Haus nachgesehen – hier schloss keiner ab, und als niemand auf ihr Rufen reagiert hatte, war sie durch alle Räume gegangen. Auf den ersten Blick herrschte hier die übliche Unordnung. Bei genauerem Hinsehen war ihr einiges merkwürdig vorgekommen. In der Küche standen überall Zutaten für eine Vesper herum, als habe die Mutter gerade den Tisch fürs Abendbrot herrichten wollen. In der Scheune lag unter dem Traktor allerlei Werkzeug. Jedenfalls sah es nicht danach aus, als hätten die drei oder auch nur einer von ihnen eine Reise oder einen Ausflug vorbereitet.

Sie musste lächeln. Als hätte einer der Alten hier im Weiler jemals so etwas wie einen Ausflug auch nur in Erwägung gezogen. Na gut, der Seeblick-Wirt vielleicht, und seine Frau war erst gerade wieder über Nacht in Lindau geblieben und mit einer Freundin um die Häuser gezogen. Aber genau genommen gehörten die nicht so richtig zu ihnen.

Sandra Vöckler wurde wieder ernst und nagte auf ihrer Unterlippe herum. Egal, was nach dem Streit, den sie gestern mitbekommen hatte, noch alles geschehen war: Sie sollte wahrscheinlich die Polizei rufen. Denn bis auf den zerbeulten VW-Bus standen alle Fahrzeuge der Familie wie immer kreuz und quer auf dem Vorplatz herum, und gemeinsam waren die drei schon seit Jahren nirgendwo mehr hingefahren. Die Ehe der Nachbarn war nicht mehr die beste, und ihr Sohn Toni verhielt sich auch den Eltern gegenüber wie ein Arschloch – meistens waren die so froh wie er, wenn er unter dem Traktor lag und schraubte und sie möglichst in Ruhe ließ. Zu Fuß war der nächste Ort zu weit entfernt, und dass jemand anderer aus dem Weiler die Eltern oder Toni mitgenommen haben könnte, mochte sie nicht recht glauben. So nett waren die Leute hier oben schon länger nicht mehr zueinander.

Zu dumm, dass sie gestern den größten Teil des Nachmittags und Abends an ihrem Lieblingsplatz verbracht hatte, wo sie von dem, was hier im Weiler vor sich ging, nichts mitbekam.

Sie seufzte, dann wuchtete sie sich umständlich hoch und ging zu ihrem Wagen hinüber, wo sie das Handy auf dem Beifahrersitz hatte liegen lassen.

Hansen schaute in die Runde. Für die meisten Mitglieder der neu gebildeten Ermittlungsgruppe, der Soko Museum, wie sie kurzerhand getauft worden war, gab es ganz offensichtlich tausend Dinge, die sie an diesem schönen Sonntag lieber gemacht hätten, als in der Kriminalpolizeiinspektion Memmingen die Details eines Dreifachmordes durchzugehen. Im Besprechungsraum waren Tische zu einer großen Tafel zusammengeschoben worden, um die nun alle herumsaßen, die sich zur ersten Sitzung der Sonderkommission eingefunden hatten.

Die Stirnseite besetzten Staatsanwältin Gudrun Labranz, Polizeipräsident Franz Stiller, der Kemptener Kripochef Benedikt Huthmacher und Pressesprecher Christoph Ohser. Huthmacher hatte Hansen neben sich auf den letzten freien Stuhl dirigiert. Der Rest der Runde setzte sich aus Beamten der Memminger Kripo, der dortigen Schutzpolizei und einigen Kemptener Kollegen zusammen, darunter auch Hanna Fischer und Willy Haffmeyer, die sich auf zwei Plätze am unteren Ende der Tafel zurückgezogen hatten.

Nur die Rechtsmedizin fehlte. Resi hatte sich inzwischen gemeldet: Sie war noch im Memminger Klinikum, wo sie gemeinsam mit dem zuständigen Gerichtsmediziner die Obduktion durchführte. Vielleicht würden sie noch während der Besprechung Neuigkeiten von ihr hören.

Vroni Schliers trat nach vorne, schaltete Laptop und Beamer ein und schilderte den Anwesenden, was ihre Kriminaltechniker bisher über den mutmaßlichen Ablauf des Verbrechens herausgefunden hatten. Für den ersten Tag nach der Tat waren die Ergebnisse sehr beachtlich.

»Schauts, Kollegen«, sagte Vroni Schliers und richtete die Aufmerksamkeit der Runde auf eine Luftaufnahme des Bauernhofmuseums Illerbeuren. »Hier sind die Täter reingekommen.« Sie beleuchtete mit dem Laserpointer eine Stelle am Nordrand des Museumsgeländes. »Die haben ihre Opfer über eine kleine Wiesenböschung heruntergeschafft.«

»Gibt es dort keinen Zaun oder so was?«, fragte Staatsanwältin Labranz dazwischen.

»Nein, da stehen seit einiger Zeit nur noch die steinernen Pfosten, der Zaun selbst ist wohl schon länger umgedrückt worden und wurde irgendwann ganz entfernt.«

Sie lachte und wandte sich an Pressesprecher Ohser.

»Das mit dem fehlenden Zaun kannst du, wenn du's brauchst, gern mit in die Presseinfos reinnehmen. Der Museumsleiter hat meinen Leuten bei der Spurensicherung zugeschaut und einem seiner Mitarbeiter gleich an Ort und Stelle den dringenden Auftrag gegeben, einen neuen Zaun aufzustellen, sobald wir mit unserer Arbeit fertig sind. Da kann sich also demnächst keiner mehr am Kassenhäuschen vorbei aufs Gelände schleichen.«

»Machen Sie bitte mit Ihren Fakten weiter, Frau Schliers?«, warf Staatsanwältin Labranz etwas genervt ein. »Die Eintrittsgelder des Museums sind im Moment nicht unser dringendstes Problem.«

Ohser konnte sich ein Grinsen kaum verkneifen, und Vroni Schliers fuhr ungerührt in ihrem Vortrag fort.

»Die sind da also rein, ihren Wagen haben sie außerhalb des Museums in der Einfahrt einer Doppelgarage stehen lassen.«

Sie rief das nächste Foto auf: Die erwähnte Doppelgarage war zu sehen, vor der linken stand ein Kleinlaster, vor dem Metalltor der rechten war Brennholz gestapelt.

»Links vom Lastwagen steht in ein paar Metern Entfernung ein Mehrfamilienhaus, aber ihr seht, dass der Lastwagen die Sicht auf das Fahrzeug der Täter von dort verdeckte, und durch das gestapelte Holz mussten sie auch nicht befürchten, dass jemand in die rechte Garage fahren wollte. Rechts zum Museum hin steht dichtes Buschwerk, auch eine prima Deckung. Auf der anderen Seite der Memminger Straße stehen schräg gegenüber einige

Wohnhäuser, von den meisten aus ist der Stellplatz wegen der erwähnten Büsche nicht einzusehen.«

»Wir haben die Anwohner schon befragt«, meldete sich Kriminalrat Fritz Marle zu Wort, der Leiter der Memminger Kripoinspektion. »Da hat offenbar niemand etwas Verdächtiges gesehen. Die meisten haben in der fraglichen Zeit beim Abendessen gesessen oder haben ferngeschaut, und zwei Familien waren schon seit dem frühen Nachmittag gar nicht da, sondern bei Freunden in Woringen grillen.«

»Tja«, fuhr Vroni Schliers fort, »das wär ja zu schön gewesen. Auch der Platz, an dem der Wagen der Täter abgestellt wurde, hat nur sehr bedingt Anhaltspunkte ergeben. Sie haben ihr Fahrzeug sehr dicht am Gebüsch geparkt, und anhand der abgebrochenen Äste können wir sagen, dass es sich sehr wahrscheinlich um einen Transporter oder etwas in der Art handelt, vermutlich älterer Bauart und nicht sehr gepflegt, was wir wiederum von den Rostspuren an den Ästen ableiten. Zwischen den Reifenabdrücken konnten wir außerdem einen kleinen Fleck Motorenöl sichern – die Position des Flecks lässt ebenfalls auf einen Transporter schließen, möglicherweise auf einen VW-Bus etwas älterer Bauart, da sind wir noch dran.«

»Vielen Dank, Frau Schliers«, meinte Gudrun Labranz, »da haben Sie gute Arbeit geleistet.«

»Danke. Aber es geht noch weiter: Die Täter sind also die Wiese runter und haben sich am Betriebsgebäude des Museums zwei Schubkarren geschnappt. In die haben sie ihre Opfer gepackt und sind mit ihnen zum Uttenhof gefahren. Das sind keine hundert Meter.«

Hansen stellte sich vor, wie die Täter mit den beiden Schubkarren über das Gelände marschierten. Das kam ihm zwar ziemlich dreist vor, aber nach Betriebsschluss war die Chance recht groß, dass sich in den hinteren Bereich des alten Museumsdorfs niemand mehr verirrte.

»Auf den Wegen rund um den Uttenhof haben wir natürlich jede Menge Spuren gefunden, darunter aber eben auch einige Abdrücke, die von den zwei Schubkarren stammen müssten, die schwer beladen zum Uttenhof hin und dann – leer – hinter das Haus geschoben wurden. Ein Museumsmitarbeiter schwor Stein und Bein, dass er die Karren kurz vor Feierabend nicht hinter dem Uttenhof, sondern auf dem Betriebshof abgestellt hat, nicht weit von der Stelle entfernt, an der die Täter über die Wiesenböschung aufs Gelände gekommen sind.«

»Und die Opfer sollen das alles nicht mitbekommen haben? Dieses ganze Hin- und Hergewuchte?«

Kripochef Huthmacher zog seine Stirn zweifelnd in Falten.

»Vermutlich waren sie betäubt und wurden, sobald sie zu sich kamen, mit einem heftigen Schlag gegen den Kopf wieder außer Gefecht gesetzt. Resi Meyer von der Rechtsmedizin hat ja passende Beulen gefunden – nach der Obduktion wissen wir sicher mehr.«

»Gut«, brummte Huthmacher. »Und was ist den Spuren zufolge dann passiert?«

Vroni Schliers wechselte auf dem Laptop zu einer

Innenansicht des Uttenhofs: Die gute Stube war zu sehen, der Herrgottswinkel im Eck, davor zwei der Leichen auf den beiden Stühlen um den Esstisch sowie die dritte auf der Eckbank.

»Die drei Opfer befanden sich in Plastiksäcken oder waren in Plastikfolien eingeschlagen. Mitsamt der … Verpackung wurden sie auf die Stühle gesetzt, dann wurde das Plastik hinten geöffnet, aufgerissen oder aufgeschnitten.«

Anschließend beschrieb Vroni Schliers den vermuteten weiteren Tathergang, wie sie ihn Resi und Hansen bereits vor Ort geschildert hatte. Staatsanwältin Labranz war dabei etwas bleich geworden. Der neben ihr sitzende Polizeipräsident Stiller bot ihr ein Malzbonbon an, aber sie lehnte dankend ab und bemühte sich mit zusammengekniffenen Lippen um Haltung.

»Auf jeden Fall hielten die Täter das jeweilige Opfer so lange fest, bis es sich nicht mehr rührte, erst dann zogen sie die Folien unter den Toten hervor und verstauten sie dort drüben in einem größeren Plastiksack«, fuhr Vroni Schliers fort. Sie rief das nächste Bild auf und zeigte mit dem Pointer auf eine Stelle rechts neben der Eingangstür. »Dafür sprechen auch die hier gefundenen Blutspritzer. Außerdem …«

Ein weiteres Bild zeigte die Detailaufnahme eines kleinen, bläulichen Plastikfetzens.

»Das haben wir unter dem Hintern des älteren Mannes gefunden. Hatte sich irgendwie in einer der Nieten seiner Arbeitshose verhakt und war wohl beim Herausziehen der Folie abgerissen. Das ist Plastik, wie wir es von haushaltsüblichen blauen Müllsäcken kennen. Die sind einigermaßen reißfest, und es gibt verschiedene Größen, unter anderem auch eine, in die eine Leiche problemlos passt.«

Vroni Schliers klickte zum nächsten Bild, das die Fenster der Stube zeigte.

»Eine Besonderheit dieses alten Bauernhauses kam den Tätern übrigens zugute. Der Uttenhof ist mit Fensterläden ausgestattet, die sich von innen schließen lassen. Das ist aus größerer Entfernung nicht unbedingt zu erkennen, weil die Läden ja hinter dem Fensterglas und die Fenster in der Abendsonne schon ein wenig im Schatten liegen.«

Ein weiteres Foto zeigte den geschlossenen Fensterladen, dann wechselte Vroni Schliers auf einen offenbar von Hand skizzierten Grundriss des Uttenhofs.

»Wenn die Täter diese Holzläden verschlossen haben«, sie tippte auf vier der fünf eingezeichneten Fenster, »waren sie vor Blicken von draußen weitgehend geschützt und hatten durch das verbleibende Fenster im Wohnzimmer und durch ein Fenster im Hausflur noch genügend Licht, um ihre … Arbeit zu verrichten. Als Herr Stadler, der Museumspädagoge, ins Haus ging und die Leichen entdeckte, waren die Läden wieder geöffnet. Wir haben an den Holzläden und an den Eisenringen nur noch verwischte Fingerabdrücke gefunden, die vermutlich von Besuchern oder Mitarbeitern des Museums stammen. Die Täter haben sie verwischt, indem sie mit Handschuhen herumhantiert haben. Einen winzigen Partikel von einem solchen Handschuh haben wir an einem alten Nagel gefunden, der ein wenig aus der Wand hervorsteht. Offenbar haben die Täter – oder zumindest der eine, dessen Handschuh dort kurz hängen blieb – handelsübliche Spülhandschuhe benutzt.«

Die Soko-Besprechung brachte keine weiteren Erkenntnisse. Die verschiedenen Aufgaben wurden verteilt, die Leitung der Sonderkommission Museum übernahm Kriminalrat Fritz Marle. Hansen sollte für die Ermittlungen vor Ort federführend sein.

Pressesprecher Ohser hatte die undankbare Aufgabe, den Dreifachmord den Medien so unspektakulär bekannt zu geben, wie das angesichts der Umstände möglich war. Ohnehin hatten die ersten Journalisten längst Wind von der Sache bekommen, denn einige Besucher, die sich auf den Familiensonntag gefreut hatten und nun die innerhalb der Polizeiabsperrung liegenden Gebäude nicht besichtigen konnten, hatten erst die Beamten vor Ort nach dem Grund der Absperrung gefragt und dann, als die Polizei nichts verraten wollte, mit ihren Smartphones SMS-Anfragen an die Zeitungen der Gegend abgesetzt. Deshalb riefen die ersten Redaktionen schon kurz nach halb zehn in der Pressestelle an, und Ohser hatte seine liebe Not, die Reporter auf Infos zu vertrösten, die ganz sicher noch rechtzeitig vor dem Redaktionsschluss für die Montagsausgabe an sie herausgegeben würden. Allerdings schien bisher nicht durchgesickert zu sein, was wirklich im Museum passiert war.

Als Haffmeyer in Illerbeuren die Abzweigung zum Museum nahm, war der Parkplatz rappelvoll. Der Uniformierte mit dem Schnauzbart, der Hansen schon am Vorabend gesehen hatte und ihn auf dem Beifahrersitz wiedererkannte, winkte ihn zu sich heran und wies ihm einen Stellplatz zwischen zwei Streifenwagen zu. Die drei Polizisten aus Kempten stiegen rasch aus.

Vor dem Museumseingang war der Teufel los. Besucher bestürmten den Mann am Empfang mit Fragen, Journalisten mit Notizblöcken, Fotoapparaten und Mikrofonen drängten sich vor den Zäunen um das Museumsgelände und versuchten irgendetwas aufzuschnappen, was sie für ihre Zeitung oder für ihre Radiostation verwerten könnten.

»Reden Sie doch bitte mit ein paar Kollegen hier vor dem Museum«, wandte sich Hansen an Fischer und Haffmeyer. »Vielleicht hat sich ja was Neues ergeben. Ich geh schon mal zu Frau Schliers in den Uttenhof.«

»Gut«, sagte Haffmeyer. »Dann kommen wir später nach.«

Auf dem schmalen Steinweg, der zum Biergarten führte, diskutierte ein Mann mittleren Alters aufgeregt mit zwei Polizisten, die ihm wieder und wieder erklärten, dass sie ihm keine Informationen über die Teilsperrung des Museums geben durften und dass er sich doch bitte an die Pressestelle des Polizeipräsidiums Schwaben-Süd/West in Kempten wenden solle.

Wütend drehte der Mann ab, zog sein Handy hervor und tippte eine Nummer ein. Hansen erkannte ihn: Es war ein Reporter, dem er bei einem früheren Fall ein längeres Interview gegeben hatte. In diesem Moment entdeckte ihn der Journalist, steckte sein Handy wieder weg, winkte ihm zu und eilte herbei.

Hansen tat so, als hätte er ihn nicht gesehen, und schlüpfte mit gezücktem Kripoausweis am Empfang vorbei. Der Reporter stutzte kurz, dann blieb er zurück und zückte erneut sein Handy. Spätestens jetzt musste ihm klar sein, dass es sich um ein Tötungsdelikt handelte – schließlich leitete Hansen das zuständige Kommissariat in Kempten.

Im Uttenhof war noch immer die Kriminaltechnik bei der Arbeit, Vroni Schliers war allerdings gerade nicht da. Von ihrem Stellvertreter erfuhr Hansen, dass sich die Chefin vor einer halben Stunde in einem der Museumsbüros zum Schlafen hingelegt habe und vermutlich jeden Moment wieder zurück an die Arbeit gehen werde.

Museumsleiter Fessler kam herbeigeeilt.

»Herr Hansen«, sagte er erleichtert, »vielen Dank, dass wir unsere Veranstaltung trotz allem nicht absagen mussten. Vielen Dank!«

»Das haben Sie nicht mir zu verdanken, sondern den Kollegen von der Kriminaltechnik.«

»Sie müssen unbedingt mit auf den Festplatz kommen«, fuhr der Museumsleiter fort. »Die Leute an den Verkaufsständen wollen sich auch noch bei Ihnen bedanken. Die kommen kaum nach mit Grillen und Zapfen – das Geschäft ist nicht schlechter als sonst, sondern viel besser.«

»Ach? Warum das denn?«

»Na«, sagte Fessler und zwinkerte ihm lachend zu, »die Reporter haben doch auch Hunger und Durst!«

Er lachte, ging durch den trassierten Weg zurück in Richtung Gromerhof und winkte Hansen, ihm zu folgen.

»Ich wollte eigentlich nur noch kurz mit meiner Kollegin Schliers reden, bevor ich zurück nach Kempten ins Büro fahre«, erklärte Hansen. »Und in die Nähe des Empfangs möchte ich lieber nicht gehen – dort steht ein Journalist, der mich von früher her kennt und mich sicher löchern würde.«

Das Klingeln seines Handys rettete Hansen aus der Situation. Soko-Chef Marle war dran.

»Herr Hansen, wir haben einen Hinweis auf die Identität der drei Opfer.«

Wenig später war Hansen schon auf dem Weg in Richtung Empfang. Wenn er nun auf den Journalisten stoßen sollte, musste er das in Kauf nehmen. Er würde ihn schon abwimmeln können. Jetzt drängte die Zeit, er musste Haffmeyer und Fischer einsammeln.

Schon auf dem Weg zum Empfangsgebäude hatte er Haffmeyers Handynummer gewählt, aber als der Kollege nach dem dritten Klingeln noch nicht ranging, steckte Hansen das Telefon wieder weg und hielt stattdessen Ausschau nach ihm. Den hageren Kollegen entdeckte er vor einem Grillstand, wie er gerade ein Steak abwehrte, das ihm eine resolute Frau mit hochgesteckten Haaren und einer blütenweißen Schürze über die Theke reichte. Er hielt in der einen Hand einen Getränkebecher und in der anderen ein Brötchen, in dem eine braun glänzende Bratwurst steckte, und als er Hansen näher kommen sah, wirkte er sehr erleichtert.

»Haben Sie gerade angerufen?«

Hansen nickte.

»Tut mir leid, ich konnte nicht gleich drangehen«, sagte Haffmeyer und hob seine vollen Hände, »und dann hörte das Klingeln auch schon wieder auf.«

»Es gibt Neuigkeiten«, sagte Hansen. »Kommen Sie. Ist Frau Fischer vorne am Auto?«

»Ja.« Haffmeyer stutzte und sah seinen Vorgesetzten fragend an. »Woher wissen Sie das?«

»Ich hab sie vorhin in Richtung der Parkplätze gehen sehen. Ich dachte mir, Sie beide hätten sich die Kollegen aufgeteilt, die Sie befragen wollten.«

»Wir …« Haffmeyer wirkte überrumpelt, fing sich aber schnell wieder. »Ja, genau, wir haben uns das aufgeteilt, und Hanna ist jetzt vorne beim Auto.«

Tatsächlich war Hanna Fischer beim Auto, allerdings sah sie nicht gerade so aus, als würde sie einen Kollegen nach Neuigkeiten zum Dreifachmord im Uttenhof befragen. Lässig lehnte sie mit der Hüfte am Kotflügel des Wagens. Ihr gegenüber stand der Uniformierte mit dem Schnauzbart, der ihnen vorhin die Parklücke zugewiesen hatte, und stützte sich mit einer Hand auf der Motorhaube ab. Die beiden lächelten und schienen sich angeregt zu unterhalten.

»Na, Frau Fischer«, fragte Hansen, »haben Sie etwas Neues erfahren?«

»Ja, hab ich«, sagte sie, und der uniformierte Kollege schaffte das Kunststück, gleichzeitig den Blick zu senken und vor Hansen Haltung anzunehmen. Sie zwinkerte ihm noch einmal zu, dann drehte sie sich seelenruhig zu Hansen um. Ihre vollen Wangen waren von einer leichten Röte überzogen, aber sie sah ihn geradeheraus an und wirkte kein bisschen verlegen.

»Aber leider nichts zu unserem Fall«, schob sie keck nach und musste dann kurz lachen.

»Dann steigen Sie mal ins Auto, wir müssen schnell nach Kempten. Es ist ein Hinweis darauf eingegangen, wer unsere drei Opfer sein könnten.«

»Also dann, pfiat di!«, sagte sie zu dem Schnauzbart, und der trat einen Schritt zur Seite, um Haffmeyer, der schon längst hinter dem Steuer saß, beim Losfahren Platz zu machen. Dieser rangierte den Wagen aus der Lücke, Hansen stieg vorne ein, Hanna Fischer hinten, und im Wegfahren winkte sie kurz dem uniformierten Kollegen zu und machte mit der rechten Hand eine Geste, als halte sie ein Telefon. Er hob den Daumen und sah ihnen mit einem breiten Grinsen hinterher.

Hanna Fischer hatte zwar am Auto ausgiebig mit Thomas Groß geflirtet – so hieß der schnauzbärtige Kollege. Aber sie hatte zuvor ihren Job gemacht und alle Polizisten zwischen Empfang und Parkplatz nach etwaigen Neuigkeiten befragt.

Aber die Information, die Hansen aus Memmingen erreicht hatte, zog im Moment sowieso ihre ganze Aufmerksamkeit auf sich, und als Hansen mit Hanna und Haffmeyer den Soko-Raum erreichte, herrschte dort eifrige Betriebsamkeit. Die Kollegen vom Innendienst telefonierten unablässig, der Beamer warf einen Kartenausschnitt an die Wand, der die Gegend zwischen Lindau und Lindenberg zeigte – in der Nähe von Scheidegg war ein kleiner, etwas abgelegener Weiler mit einem roten Kreis markiert.

»Ist das dieses Wiesenhofen?«, fragte Hansen, und der Soko-Leiter nickte.

»Wir haben schon Kollegen von der Inspektion Lindenberg losgeschickt, die uns in Wiesenhofen Proben von den Vermissten beschaffen sollen, damit wir die mit der DNA der Opfer abgleichen können«, informierte ihn Fritz Marle. »Für alle Fälle hat Frau Labranz schon mal alle notwendigen Gerichtsbeschlüsse besorgt, aber in solchen Weilern lassen einen oft auch die Nachbarn ins Haus, oder die Häuser sind ohnehin unverschlossen. Auch den behandelnden Zahnarzt der betreffenden Familie kennen wir, seine Praxis in Scheidegg hat bereits die Zahnschemata ins hiesige Klinikum geschickt. Ich rechne jeden Moment mit einem Anruf des Gerichtsmediziners.«

Hansen betrachtete die Karte und notierte sich ein paar Details zur Lage des Weilers.

»Die Kripostation Lindau«, fuhr Marle fort, »wird uns zuarbeiten, auch die dortige Polizeiinspektion hat ein paar Beamte abgestellt – damit wir es gleich erfahren, falls die drei Vermissten womöglich doch wieder wohlbehalten in Wiesenhofen auftauchen sollten.«

»Falls das Zahnschema passt, möchte ich gleich nachher nach Wiesenhofen runterfahren«, sagte Hansen.

»Gute Idee, wen aus der Soko soll ich Ihnen mitgeben?«

»Ich würde am liebsten mit Haffmeyer und Fischer oder auch mal nur mit einem der beiden unterwegs sein. Wir sind ein eingespieltes Team.«

Marle grinste. »Dass Koller schon ein paar Mal angerufen hat, wird Sie nicht überraschen, nehme ich an?«

»Nein, natürlich nicht – er ist mein Stellvertreter und zudem ein erfahrener Ermittler, der sicher noch gute Arbeit in diesem Fall leisten wird.«

»Allerdings hat er mich angerufen und nicht Sie als seinen direkten Vorgesetzten.«

Hansen zuckte mit den Schultern. »Meine Handynummer hat er, aber vielleicht wollte er mich nicht bei der Arbeit stören.«

Marle lachte schallend und klopfte Hansen auf die Schulter. »Meinetwegen müssen Sie sich nicht verstellen: Ich weiß, welche Schwierigkeiten Sie mit Koller hatten, als Sie vor einem Jahr in Kempten angefangen haben. Ihr Vorgänger Rolf Hamann war sehr beliebt, auch bei uns hier in Memmingen – bei dem hat Koller gespurt. Aber ich rechne es Ihnen hoch an, dass Sie den Kollegen mir gegenüber so positiv beschreiben, obwohl Sie einigen Grund hätten, ihn nicht besonders gut dastehen zu lassen.«

»Keine Ahnung, wovon Sie reden«, versetzte Hansen mit breitem Grinsen.

»Ich habe ihn gebeten, sich für die Soko bereitzuhalten«, fuhr Marle fort und grinste ebenfalls. »Ich habe ihm aber auch gesagt, dass es noch reichen würde, wenn er am Montag zur Ermittlungsgruppe stößt, und dass er das am besten direkt mit Ihnen abstimmen soll. Im Moment seien Sie aber so eingespannt, dass er die Absprache mit Ihnen am besten auf Montag früh verschieben soll.«

»Danke, Herr Marle. Ich wollte am Montag ohnehin erst einmal in Kempten vorbeischauen – wann wird sich die Soko denn morgen treffen?«

»Passt Ihnen elf? Dann können Sie in Kempten noch alles regeln und die Leute einteilen, die bei uns mitarbeiten sollen, und Sie schaffen es noch rechtzeitig nach Memmingen.«

»Prima, danke.«

Eine Kollegin vom Innendienst kam von ihrem Schreibtisch herüber und wedelte mit einem Notizzettel.

»Die Zahnschemata der drei Vermissten passt auf unsere Leichen«, sagte sie und hielt Marle den Zettel hin. Der warf nur einen kurzen Blick auf die Notiz.

»Für Sie, Herr Hansen«, sagte er dann, nickte ihm aufmunternd zu und ging zurück an seinen Schreibtisch.

Hansen ließ sich den Zettel geben. In großer, schön geschwungener Handschrift war die Adresse von Friederike, Richard und Anton Habergsell in Wiesenhofen bei Scheidegg notiert.

Den größten Teil der Strecke legten sie auf der eher unspektakulären Autobahn zurück. Dafür kamen Hansen, Haffmeyer und Hanna zügig voran. Die letzten Kilometer allerdings entschädigten sie überreich: Die Bundesstraße führte an der deutsch-österreichischen Grenze entlang und schlängelte sich über bewaldete Hänge aufwärts. Schließlich deutete Haffmeyer auf ein Sträßchen, das nach links von der Bundesstraße abzweigte.

»Hier müssen wir rauf«, sagte Haffmeyer.

Nun ging es steil nach oben, und wenig später fuhren sie auf einem asphaltierten Weg, der gerade breit genug war für ein Fahrzeug. Jeden Augenblick erwartete Hansen ein Schild mit dem Hinweis: »Ende der Welt«, aber Haffmeyer schüttelte auf seinen zweifelnden Blick hin nur lachend den Kopf und bedeutete ihm, einfach immer weiterzufahren.

»Rechts lang«, kommandierte Haffmeyer, nachdem sich das asphaltierte Sträßchen in zwei Kieswege aufgeteilt hatte. Hansen bog ohne ein weiteres Wort nach rechts ab – er selbst hatte längst die Orientierung verloren, da konnte er genauso gut auf Haffmeyers Bauchgefühl vertrauen.

Nach einigen hundert Metern rumpelte der Wagen aus dem Wald heraus, und Hansen bot sich ein wunderbarer Blick über Wiesen und weiter entfernte Waldstücke hinaus auf das in sanften Wellen absteigende Land.

Der Weg, dem sie nun folgten, war wieder asphaltiert, und eine scharfe Biegung später war Hansen auch klar, warum: Die Steigung, die vor ihnen lag, verlangte nach möglichst guten Straßenverhältnissen. Der steile Weg führte in einer Rechtskurve um ein verschachteltes und ziemlich mitgenommenes Gebäude aus ergrautem Holz herum, und dann endlich sahen sie Wiesenhofen vor sich: einige über eine sanft abfallende Wiese verstreute Gehöfte, zwischen denen hindurch man einen eindrucksvollen Ausblick auf die Landschaft im Westen hatte.

Alle Gebäude hätten sich nahtlos in die Ecke des Museumsdorfs in Illerbeuren eingefügt, in der der Uttenhof stand, auch wenn die Holzplanken der Wände und die verwitterten Scheunentore längst nicht so gut in Schuss waren. Vor jeder Haustür war ein großzügiger Platz mit Kies ausgestreut, zwischen den Steinen kamen allerdings an vielen Stellen bereits wieder Grasbüschel hervor. Schubkarren, Traktoren und allerlei landwirtschaftliche Geräte lagen und standen herum.

Die Straße, auf der Hansen den Wagen nun langsam ausrollen ließ, verlief erst in Richtung Norden an den obersten Gebäuden des Weilers entlang und bog dann nach einer Linkskurve nach Westen ab. Genau in der Kurve führte ein ebenfalls asphaltierter Seitenweg nach rechts weiter den Berg hinauf – um das einzige Haus herum, das sich hier deutlich von den anderen abhob: ein steinerner Bau, der sich mit seinem zumindest für Wiesenhofener Verhältnisse modernen Baustil stolz über die anderen Häuser erhob.

»Gasthof Seeblick« stand auf einem bereits etwas ramponierten Schild, das über einem großzügigen Balkon angebracht war. Auf der ebenso großzügig angelegten

Terrasse standen ein paar Sonnenschirme. Entlang des Balkons und an der Vorderseite der Terrasse befanden sich üppig bestückte Blumenkästen mit Geranien.

Das erste Gehöft auf der linken Seite war mit weißrotem Trassierband umgeben, das leicht im Wind flatterte. Auf der gegenüberliegenden Straßenseite standen ein paar Streifenwagen, und zwei uniformierte Beamte sahen den Neuankömmlingen interessiert entgegen.

Hansen parkte hinter den Streifenwagen und stellte sich und die Kollegen vor. Die beiden Beamten kamen von der Polizeiinspektion Lindau und sollten hier auf das Eintreffen der Kriminaltechnik warten. Vier weitere Kollegen von der Lindenberger Dienststelle, erzählten sie, seien droben auf der Seeblick-Terrasse und würden gerade den Gastwirt und seine Frau befragen. Die Anruferin, die den Hinweis auf die Identität der Mordopfer gegeben hatte, sei im Moment nicht hier.

Hansen steuerte auf den Gasthof zu, während seine Mitarbeiter bei den Kollegen aus Lindau blieben. Haffmeyer sah ihm noch kurz nach, dann murmelte er etwas Unverständliches und marschierte zu dem Bauernhof, der dem abgesperrten am nächsten stand. Als Hanna Fischer bemerkte, wie er aus der Tasche eine kleine Plastikdose zog, noch bevor er aus dem Blickfeld der beiden Uniformierten verschwunden war, verwickelte sie die Kollegen schnell in ein Gespräch und fragte sie über das aus, was sie bisher in Wiesenhofen in Erfahrung gebracht hatten.

Währenddessen hatte Hansen die Außentreppe zur

Terrasse erklommen und entdeckte gleich die vier Beamten aus Lindenberg bei ihrer »Befragung«: Sie fläzten in ihren Stühlen, jeder ein großes, schon halb geleertes Henkelglas vor sich, und schäkerten mit einer Frau im Dirndl, die Hansen den Rücken zukehrte. Neben ihr saß ein Mann in speckigen knielangen Lederhosen, offenbar der Gastwirt, und warf ab und zu eine deftige Bemerkung ein. Sie schienen sich prächtig zu amüsieren, und der Gastwirt bemerkte Hansen erst, als er an den Tisch getreten war.

»Grüß Gott, der Herr«, dienerte er und stand schnell auf. »Nehmen Sie doch dort drüben Platz, das ist unser bester Tisch, mit Blick weit hinunter ins Tal. Was darf ich Ihnen bringen?«

Hansen zeigte statt einer Antwort seinen Dienstausweis, woraufhin sich die Polizisten am Tisch anstießen und sich etwas aufrechter hinsetzten.

»Ah, die Kripo«, sagte der Gastwirt und zog schnell einen weiteren Stuhl vom Nachbartisch heran. »Setzen Sie sich doch zu uns! Mein Name ist Xaver Groschinger, ich bin der Wirt hier, und das ist meine Frau Anke.«

Die Frau im Dirndl hatte sich inzwischen ebenfalls zu ihm umgedreht und musterte Hansen aufmerksam.

»Ich hoffe, die Kollegen haben Sie nicht allzu sehr für ihre … Fragen in Anspruch genommen. Ich müsste Sie nämlich bitten, mir auch noch einiges zu erzählen. Und es täte mir leid, wenn Sie jetzt alles wiederholen müssten, nur weil meine Kollegen nicht auf mich warten konnten.«

Er warf den vier Polizisten mitsamt den Bierkrügen einen scharfen Blick zu.

»Nur Radler, Herr Kommissar«, versicherte Groschinger. »Da ist natürlich nur Radler drin!«

Der Wirt lachte dröhnend und hätte Hansen gleich plump vertraulich auf den Schenkel geklatscht. Doch als er bemerkte, wie der Kommissar ihn ansah, ohne eine Miene zu verziehen, zog er seine Hand wieder zurück.

»Ich hoffe, Sie nehmen Ihren Lindenberger Kollegen das eine Radler nicht übel. Daran bin gewissermaßen ich schuld. Wissen Sie, bei uns hier oben spricht man nicht miteinander, ohne dazu etwas zu trinken, auch nicht mit der Polizei. Wollen Sie auch ein Radler oder doch lieber gleich eine Halbe? Frisch gezapft schmeckt's bei diesem schönen Wetter einfach am besten, nicht wahr? Und ein Bier löst halt auch die Zunge viel besser.«

Groschinger lachte wieder, Hansen blieb ernst.

»Dann nehme ich ein Mineralwasser, aber vielleicht bringen Sie sich selbst ein Bier mit. Wenn's dann besser funktioniert …«

Der Wirt verstand nicht gleich, dann kicherte er ein wenig gekünstelt und trollte sich. Seine Frau sah Hansen mit einem amüsierten Lächeln an, sagte aber nichts.

»Und Sie«, fuhr er an die Lindenberger Polizisten gewandt fort, »trinken bitte aus und gehen zu Ihren Kollegen hinunter. Ich nehme an, das Gehöft, das Sie trassiert haben, ist der Hof der Habergsells?«

»Trassiert haben ihn die Lindauer Kollegen, aber es stimmt, das ist der Habergsell-Hof.«

»Gut, danke. Wissen Sie inzwischen, wo die Frau ist, die uns wegen der Habergsells angerufen hat?«

Einer der Lindenberger schüttelte den Kopf.

»Schade. Schicken Sie mir bitte gleich die beiden Lindauer herauf, mit denen muss ich noch kurz reden.«

Die vier tranken schnell aus, der Älteste zwinkerte Anke Groschinger noch kurz zu, dann machten sie, dass sie zur Treppe und hinunter zur Straße kamen.

»Die gehorchen Ihnen aber aufs Wort«, sagte die Wirtin schließlich.

»Na, so wie Sie das sagen, klingt das ja nicht sehr schmeichelhaft für meine Kollegen.«

Sie zuckte mit den Schultern und lächelte ihn weiterhin an.

»Und so wie Sie das sagen, scheinen Sie nicht von hier zu stammen«, fuhr er fort.

»Oh, hat mich mein reines Hochdeutsch verraten? Auch Sie klingen nicht gerade wie ein Einheimischer.«

Sie hatte einen angenehmen Tonfall, und ihre Augen lachten so sehr mit, dass sie wirklich fröhlich aussah. Hansen schätzte sie auf Anfang oder Mitte vierzig, allerdings hatten sich schon einige tiefe Falten um Mund und Augen eingegraben, und die Haut an den Fingern deutete darauf hin, dass sie im Gasthof ordentlich mit anpacken musste. Ihre dunkelblonden Haare hatte sie im Nacken hochgesteckt, und geschminkt war sie nur sehr dezent an Wimpern und Lippen.

»Ich komme ursprünglich aus Paderborn. Nach Wiesenhofen hat mich die Liebe verschlagen.«

So spöttisch, wie sie das Wort »Liebe« aussprach, war Hansen gleich klar, dass es mit den großen Gefühlen für ihren Mann nicht mehr allzu weit her war und dass sie den Umzug nach Wiesenhofen heute wahrscheinlich für einen Fehler hielt. Ihr Mann kam zurück. Auf seinem Serviertablett brachte er ein Bier für sich, ein Mineralwasser für Hansen und eine Holzplatte mit Speck- und Käsewürfeln, Zwiebelringen und etwas Bauernbrot mit.

»Und Sie?«, fragte sie zurück. »Wie hat es Sie ins Allgäu verschlagen?«

Hansen dachte an seine künftige Exfrau in der alten Heimat, an die heftigen Streitigkeiten der letzten gemeinsamen Monate und an seinen Schwiegervater, der im niedersächsischen Innenministerium ein hohes Tier war und Hansens Eheprobleme nicht sehr gut aufgenommen hatte. Seine Drohung, dem Mann, der seine Tochter nicht glücklich machte, das künftige Berufsleben nicht unbedingt einfacher zu machen, hatte recht glaubhaft geklungen.

»Na ja«, sagte Hansen schließlich, »in gewisser Weise war es bei mir auch die Liebe.«

Die Wirtin wollte gerade nachhaken, da meldeten sich die beiden Lindauer Polizisten bei Hansen und fragten, was er mit ihnen besprechen wolle.

»Nichts«, sagte Hansen nur. »Setzt euch dort rüber und bestellt euch was zu trinken. Bei dem schönen Wetter habt ihr euch auch mal eine Pause verdient. Die vier Lindenberger haben sich das schon gegönnt, jetzt seid ihr dran, okay?«

Die beiden tippten sich grinsend an die Mützen, setzten sich etwas abseits und ließen sich vom Wirt zwei große Apfelschorlen bringen.

Anke Groschinger sah ihn nun noch freundlicher an, und als ihr Mann endlich wieder mit am Tisch saß, lehnte sie sich entspannt zurück und verschränkte ihre Arme so vor dem Oberkörper, dass ihr üppiges Dekolleté noch ein wenig besser zur Wirkung kam. Hansen tat so, als schaute er gar nicht hin.

»Herr Groschinger«, begann er, »die Kollegen aus Lindenberg haben Ihnen sicher schon erzählt, warum wir hier sind, oder?«

»Jemand hat wegen der Habergsells die Polizei gerufen.«

»Ja. Herr Habergsell, seine Frau und der Sohn wurden vermisst gemeldet.«

»Na, ich vermisse sie nicht, das muss ich leider so offen sagen, Herr Kommissar.«

»Ach?«

»Wir hatten nicht das beste Verhältnis. Da brauche ich gar nicht drum herumreden – und das wird Ihnen hier im Weiler ohnehin jeder bestätigen.«

»Und warum mochten Sie sich nicht?«

»Schauen Sie runter zum Hof der Habergsells.« Groschinger deutete zu dem Haus hin, von dem aus man vor allem das hohe, breite Dach sehen konnte. »Wär das alte Glump nicht da, könnten Sie von hier aus bis zum Bodensee schauen. Kommen Sie mal mit, Herr Hansen.«

Groschinger stand auf, und sie gingen zu dem Bereich der Terrasse, der an den umlaufenden Balkon des Hauses anschloss. Von hier ging der Blick weit ins Tal hinunter und in die Landschaft hinaus, über die bewaldeten Hügel und die Wiesen hinweg. Ein traumhafter Blick, aber vom Bodensee war auch von hier aus nichts zu sehen. Linker Hand wurde das Panorama durch die Bauerngebäude von Wiesenhofen begrenzt, links vom Habergsellschen Hof versperrte ein bewaldeter Hügel die Sicht. Und rechts vom Gasthof bildete ebenfalls ein Hügel mit dichtem Mischwald den natürlichen Rahmen für dieses romantische Bild. Hansen suchte noch einmal den Horizont nach einer blauen Fläche ab, vergeblich.

»Den Bodensee kann ich nicht sehen, tut mir leid.«

»Na eben!« Groschinger blickte ziemlich mürrisch drein. »Kommen Sie noch ein Stück weiter mit?«

Sie gingen auf den Balkon, und nach ein paar Schritten zeigte Groschinger nach Südwesten.

»Aber jetzt, oder?«

Ganz hinten sah er nun tatsächlich den Bodensee liegen, eine blaue Fläche, in der sich das Sonnenlicht spiegelte.

»Das ist ja wirklich schön. Und deshalb heißt Ihr Lokal Seeblick?«

»Ja, das machen hier alle so. Die ganze Richtung dort hinüber gibt es Gasthäuser, Hotels und Pensionen namens Seeblick – Freunde von uns haben ein paar Zimmer für Feriengäste, die haben ihr Haus inzwischen auch Seeblick getauft. In Scheidegg dort drüben haben sie sogar extra eine meterhohe Terrasse gebaut, damit sie über die Bäume hinweg auf den See schauen können.«

»Da haben Sie ja noch Glück. Stellen Sie sich vor, der Gasthof würde an einem Hang auf der anderen Seite stehen – da wäre die Aussicht auf den Bodensee von vornherein kein Thema.«

»Na ja, dann würde unser Gasthof halt Alpenblick heißen – dort drüben auf der anderen Seite«, sagte Groschinger und deutete nach Osten, »heißen viele Lokale einfach Alpenblick, weil man von dort die Berge sehen kann.«

Hansen versuchte ernst zu bleiben.

»Den Seeblick habe ich nur vom Balkon aus und durch die Fenster meiner Gaststube«, sagte Groschinger.

»Aber so war das doch sicher schon, als Sie Ihren Gasthof gebaut haben. Die Bauernhäuser sehen deutlich älter aus als Ihr Gebäude.«

»Den hat noch mein Vater gebaut, in den Sechzigern. Aber seither hat sich viel verändert hier oben. Wiesenhofen ist ein sterbendes Kaff, Herr Hansen. Die Bauernfamilien sind zum Teil längst weggezogen, inzwischen leben nur noch drei Familien hier: Vöckler, Kritz und Habergsell.«

Er deutete nacheinander von rechts nach links auf die drei oberen Höfe.

Jetzt also nur noch Kritz und Vöckler, dachte Hansen und war froh, dass sich die Polizisten aus Lindau und Lindenberg bisher offenbar an ihre Weisungen gehalten und von den Morden im Museum nichts erwähnt hatten.

»Wäre der Seeblick nicht hier, wäre hier gar nichts mehr los, aber auch für uns gehen die Geschäfte immer schlechter. Am Wochenende haben wir eigentlich zu, gestern hatten wir drüben in der Gaststube eine geschlossene Gesellschaft. Aber auch sonst ist das Haus selten voll. Wir haben fast nur noch Wanderer und ein paar Geländeradler – die kommen morgens rauf und bleiben am Sonntag höchstens noch zum Mittagessen. Durch Kontakte rüber nach Lindau haben wir wenigstens noch Übernachtungsgäste, für die wir bunte Abende, Candle-Light-Dinner, Volksmusik am Lagerfeuer oder auch mal ein kleines Theaterstück organisieren. Ein Heidenaufwand, aber es bleibt wenigstens ein bisschen was hängen.«

Er rieb Daumen, Zeige- und Mittelfinger gegeneinander.

»In dieser Richtung würde ich gerne mehr machen, aber wir haben nicht genügend Gästezimmer. Ich hätte sogar schon einen Investor, der Geld in einen Anbau stecken und zugleich auch für die nötige Auslastung sorgen würde – ein Gastronomie-Unternehmer aus Lindau, der mit einem ähnlichen Konzept schon ein Vermögen gemacht hat und der im Moment nach einem Projekt in ländlicher, gerne auch einsamer Lage sucht.«

Groschinger lachte bitter.

»Und abgelegener als Wiesenhofen geht's ja kaum, oder?«

Hansen nickte. »Wissen Sie, Herr Hansen, außer der Aussicht gibt's hier oben nichts, womit Geld zu verdienen wäre. Wir liegen zu weit ab vom Schuss, um direkt vom See zu profitieren. Drüben in Sigmarszell oder Weißensberg wird gebaut, da ziehen immer mehr Leute hin, die sich Grundstücke näher am See nicht leisten können, das treibt die Preise nach oben. Aber hier oben bei uns ist tote Hose. Weiter drüben, mitten im Wald, hat mal einer einen einsamen Bauernhof gekauft und für ein Schweinegeld ein Luxusanwesen draus bauen lassen. Das war für die Erben des Hofs wie ein Sechser im Lotto – auch wenn sie ihr Gerümpel, verglichen mit den Preisen in Sigmarszell, für ein Butterbrot hergegeben haben. Aber hier in Wiesenhofen?« Er schüttelte den Kopf und schnaubte.

»Mein Investor«, fuhr er fort, »hat den Leuten gute Angebote für ihre alten Höfe gemacht, da hätte ich an deren Stelle sofort unterschrieben.«

»Der will die Höfe kaufen und dann abreißen, damit Sie eine bessere Aussicht haben?«

»So ungefähr. Das einzige Grundstück, auf dem ich im Moment bauen könnte, liegt dort.«

Er zeigte auf die andere Seite der Terrasse, wo sich eine Wiese direkt oberhalb des Habergsell-Hofs befand.

»Da kann ich bauen, sofort. Aber wie nenne ich die Zimmer und Appartements dort dann? Habergsell-Blick?«

Groschinger winkte wütend ab.

»Aber gleich einen ganzen Weiler kaufen«, fragte Hansen, »ist das nicht etwas viel Aufwand für ein paar Ferienwohnungen?«

Der Wirt grinste. »Sie sind Kommissar in Kempten, richtig? Und dort wohnen Sie auch?«

»Nein, ich hab ein Haus in Füssen gemietet.«

»Kempten, Füssen – damit dürfen Sie die Preise hier oben natürlich nicht vergleichen. Wissen Sie, in Wiesenhofen ist der Grund praktisch nichts wert, genau wie die Häuser. Wer will das alte Glump denn haben? Daran müssen Sie das Angebot messen, das mein Investor den Leuten gemacht hat. Die Weggezogenen sind schon alle einverstanden – auf diese Weise würden sie aus den verfallenden Bretterbuden wenigstens noch ein bisschen was rausholen. Und die Vöcklers hatte ich auch schon fast überredet. Deren Tochter Sandra wohnt längst in Lindau, wo sie auch arbeitet, und kommt nur noch ab und zu hierher. Und die Rosemarie Kritz würde auch lieber heute als morgen wegziehen – aber ihr Mann, der Alfred, der halsstarrige Depp, will nicht. Na, und am meisten Scherereien hatte ich mit den Habergsells.«

Hansen blinzelte überrascht. Hatte?

»Die machen mir Schwierigkeiten, wo sie nur können. Die wollen auf keinen Fall verhandeln, und irgendwann wird mein Investor auch nicht mehr länger warten wollen. Lange kann's eigentlich nicht mehr dauern, bis er die Geduld verliert und sich nach etwas anderem umsieht.«

Groschinger redete wie ein Wasserfall. Gut möglich, dass sich Hansen einfach nur verhört hatte.

»Und dann kann ich hier einpacken!«

Der Wirt redete sich gerade um Kopf und Kragen. Falls er wusste, was mit den Habergsells geschehen war, musste er ziemlich dämlich sein – oder sehr raffiniert. Und falls er es nicht wusste, konnte er nicht direkt mit dem Tod der drei zu tun haben, obwohl er natürlich ein klassisches Motiv hatte: Habgier, vermischt mit Existenzangst.

Er wirkte deutlich älter als seine Frau, sein Haar war schon ergraut, und über den Augen standen die ungepflegten Brauen wirr und drahtig nach allen Seiten ab. Er war nachlässig rasiert, seine Zähne wiesen gelbliche Flecken auf, und sein Atem roch nicht besonders frisch. Der rötliche Teint und das aufgeschwemmte Gesicht deuteten darauf hin, dass er selbst einer der besten Kunden seiner Gastwirtschaft war. Hansen sah kurz zur Wirtin hinüber, die entspannt auf ihrem Stuhl lümmelte und die beiden Männer beobachtete. Im Vergleich mit ihrem Mann sah sie aus wie das blühende Leben, und Hansen fragte sich, was die Frau noch hier oben hielt.

Gewohnheit, ging es ihm durch den Kopf, konnte manches zuwege bringen. In diesem Moment war er froh, dass er sich gegen die Gewohnheit entschieden hatte. Resi kam ihm in den Sinn, und ein Lächeln legte sich auf sein Gesicht. Die Wirtin, die er dabei immer noch angesehen hatte, lächelte zurück und winkte ihm kurz zu.

Hansen wandte sich ab und stellte Groschinger noch ein paar Fragen. »Wann haben Sie denn die Habergsells zuletzt gesehen?«

»Den Richard gestern so gegen fünf, halb sechs, die anderen seit dem gestrigen Vormittag nicht mehr.«

»Haben denn Sie oder Ihre Frau gestern vielleicht beobachtet, dass die drei Nachbarn danach irgendwann weggefahren sind?«

»Meine Frau war da schon in Lindau, die hatte über Nacht eine Freundin besucht, und ich hab niemanden wegfahren sehen.«

Dann verabschiedete sich Hansen eilig, nickte der Wirtin nur kurz zu und ging hinunter zum Hof der Habergsells. Die beiden Lindauer Polizisten legten Geld auf den Tisch und folgten ihm.

Auf dem Weg zum Hof der Familie Habergsell schickte Hansen die beiden Lindauer Polizisten zu ihrem Streifenwagen, damit sie über Funk nachfragten, ob es etwas Neues in ihrem Fall gebe. Die vier Lindenberger standen plaudernd beisammen und langweilten sich offensichtlich.

»So«, fragte Hansen, »haben Sie die Frau inzwischen gefunden, die uns vom Verschwinden ihrer Nachbarn verständigt hat?«

Alle vier schüttelten den Kopf.

»Aber die anderen Familienmitglieder halten sich bereit, damit Sie sie befragen können«, sagte ein untersetzter Beamter mit lichtem Haar, der auch schon vorher als Einziger gesprochen hatte.

»Gut, dann frage ich die Leute mal. Sandra Vöckler heißt die Frau, richtig?«

»Ja, und die Vöcklers ...«

»... wohnen dort drüben im letzten der drei oberen Höfe. Ich weiß, Kollege, danke.«

Damit marschierte Hansen los, und die Lindenberger schauten ihm verdutzt nach.

Vor dem mittleren Hof, dem des Ehepaars Kritz, stand Hanna Fischer. Als sie Hansen kommen sah, drehte sie sich schnell um und versuchte Haffmeyer unauffällig ein Zeichen zu geben. Doch der war ganz darauf konzentriert, mit bloßen Händen Fliegen zu fangen, ohne sie dabei zu zerdrücken.

»Können wir?«, fragte Hansen, als er Hanna erreicht hatte, und sie räusperte sich zweimal, um den Kollegen wenigstens jetzt auf den Chef aufmerksam zu machen. Haffmeyer sah auch wirklich auf, nahm sich aber noch die Zeit, unter Hansens aufmerksamem Blick das Plastikdöschen zu verschließen und in der Hosentasche verschwinden zu lassen. Dann stapfte er den kleinen Pfad zum Fahrweg hinauf, und Hanna schaute irritiert zwischen den beiden Männern hin und her. Wusste Hansen denn, dass Haffmeyer Fliegen sammelte? Und wofür?

»Ich würde jetzt gerne mit den Vöcklers reden«, erklärte Hansen, ohne weiter auf die Fliegenfängerei einzugehen. »Sandra Vöckler ist noch immer nicht aufgetaucht, oder?«

Hanna und Haffmeyer schüttelten den Kopf.

»Bei den Vöcklers wollten wir Ihnen nicht vorgreifen«, fügte Hanna noch hinzu.

»Das war gut so. Die Lindenberger meinten, dass die ganze Familie auf uns wartet – außer Sandra, der Tochter.«

Die Haustür stand offen. Hansen trat ein und klopfte ein paar Mal gegen die offene Tür.

»Frau Vöckler? Herr Vöckler?«

Aus der Küche flitzte eine Frau mittleren Alters herbei und wischte sich die Hände an der Schürze ab, bevor sie die Beamten begrüßte. Hansen stellte sich und die Kollegen vor, dann folgten sie der Frau in die gute Stube. Am Kopfende des Tisches saß ein offensichtlich schlecht gelaunter Mann um die fünfzig auf der Eckbank, der sie über den Rand seines Glashumpens misstrauisch beäugte. Auf der Holzbank am Kachelofen hockte eine alte Frau und versuchte sich, als die Besucher eintraten, mit ihren knochigen Fingern mehr schlecht als recht hochzuwuchten. Frau Vöckler huschte zu ihr hin und drückte sie sanft zurück auf die schmale Holzbank.

»Bleib doch sitzen, Oma, das verstehen die Herrschaften von der Polizei sicher.«

Sie wandte sich Hansen zu.

»Oma Johanna tut sich schwer mit dem Stehen«, erklärte sie.

Dann beugte sie sich ein wenig zu ihm hin und senkte ihre Stimme. »Die Mutter meines Mannes müssen Sie auch gar nicht weiter befragen. Die kriegt längst nicht mehr alles mit, ständig erzählt sie alte Geschichten – und von ihren neuen hat sie die Hälfte geträumt, und die andere schmückt sie aus, wie es ihr gerade passt.«

»Geht's jetzt mal los?«, dröhnte es vom Tisch her. »Ich hab meine Zeit nicht gestohlen, und ich tät gerne weiterschaffen.«

Hansen warf Franz Vöckler einen kurzen Blick zu. Er sah, um ehrlich zu sein, nicht so aus, als könne er heute noch irgendeine Arbeit bewältigen. Das Bierglas war gut zur Hälfte geleert, und ganz offensichtlich war es nicht das erste Bier des Tages.

»Kommen Sie doch bitte an den Tisch«, lud sie Frau Vöckler ein, um das pampige Verhalten ihres Mannes zu überspielen.

Haffmeyer folgte ihr sofort, Hansen nickte der Großmutter grüßend zu, bevor er sich setzte. Hanna Fischer drückte prüfend auf die schmale Ofenbank und brachte die Alte damit zum Lachen.

»Des hebt di aus, Mädle, do kasch di ruhig nahucka!«

Sie hatte eine raue Stimme, und Hansen sah prüfend zu Hanna und der Oma hin. Doch die beiden lächelten sich freundlich an – Hanna ohne jeden Groll über die Anspielung auf ihr Gewicht, die Alte ohne Zähne und offenbar auch ohne böse Hintergedanken.

Die beiden begannen eine Unterhaltung in gedämpftem Tonfall, während Hansen am Tisch das Gespräch eröffnete. Weder Sabine Vöckler noch ihr Mann schienen zu wissen, wo ihre Tochter steckte. Immerhin konnten sie sagen, dass sie kurz nach dem Anruf bei der Polizei verschwunden war.

»Und jetzt holt uns die Sandra die Polizei ins Haus!«

Franz Vöckler nahm ihr das unverkennbar übel.

»Hat Ihnen Ihre Tochter erzählt, dass sie die Polizei verständigt hat?«

»Ja, natürlich«, beeilte sich Sabine Vöckler zu versichern, »wir haben ja keine Geheimnisse voreinander. Wir sind schließlich eine Familie.«

»Pah«, fiel ihr Franz Vöckler ins Wort. »Familie! Ich

hab die Sandra dabei erwischt und ihr deutlich gesagt, was ich davon halte.«

Er wirkte wie einer, der sich zu Recht über einen Verräter in den eigenen Reihen empört. Und ein bisschen kam seine Polterei Hansen so vor, als wolle er mit seiner unwirschen Art selbstsicherer wirken, als er war.

»Was hat Sie denn daran gestört, dass sie uns angerufen hat?«, fragte Hansen.

»Man ruft doch nicht die Polizei an, nur weil mal die Nachbarn nicht nach Hause kommen! Mensch, das sind doch erwachsene Leut!«

Hansen verkniff sich zu erzählen, was mit den Habergsells geschehen war. Heute wollte er noch so tun, als würden die drei nur vermisst, und erst morgen würde er mit der Nachricht vom Dreifachmord die Runde durch den Weiler machen. Vielleicht ließ sich so aus dem Verhalten der Wiesenhofener mehr schließen, als wenn er gleich mit der Tür ins Haus fiel. Und vielleicht verplapperte sich auch einer. Wobei ... hatte sich Groschinger nun verplappert oder nicht? Hansen beschloss, von nun an noch mehr auf jedes Wort zu achten.

Vöckler jedenfalls schien entweder nichts vom Schicksal seiner Nachbarn zu ahnen – oder er war auf seine derbe Art ein guter Schauspieler.

»Haben Sie sich mit Ihrer Tochter gestritten?«

»Warum das denn?«

»Na ja, Sie haben sie am Telefon ›erwischt‹, wie Sie selbst sagen, und dann haben Sie ihr die Meinung gesagt – und seither ist sie spurlos verschwunden.«

»Ach, was heißt schon streiten?«

Vöckler winkte unleidig ab und trank einen kräftigen Schluck.

»Also haben Sie sich gestritten. Ist Ihre Tochter wieder nach Lindau gefahren?«

»Woher wissen Sie, dass Sandra in Lindau wohnt?«

»Ich habe mich vorhin ein bisschen mit dem Wirt vom Seeblick unterhalten. Er hat mir das eine oder andere über Sie und Ihre Nachbarn erzählt.«

»Der Xaver?« Er lachte dröhnend. »Dann kann ich mir schon denken, was er alles über uns dahergeschwindelt hat. Wissen Sie, dass der unsere Höfe abreißen lassen will, damit seine Feriengäste auf den Bodensee schauen können?«

»Ja, das hat er mir erzählt. Und er hat mir auch erzählt, dass die Habergsells auf gar keinen Fall verkaufen wollen.«

Vöckler sah Hansen etwas überrascht an, und er wirkte nun eine Spur unsicherer als bisher.

»Das hat er Ihnen erzählt? Einfach so?« Vöckler schüttelte nachdenklich den Kopf. »Na ja, das muss er selbst am besten wissen.«

»Warum hätte er es mir denn nicht erzählen sollen?«

»Ha, weil er sich damit ...«

Vöckler unterbrach sich, trank noch einen Schluck und knallte seinen Humpen mit Schwung auf die Tischplatte.

»Ist seine Sache. Und was wollen Sie jetzt von uns?«

»Wir wollen mit Ihrer Tochter reden«, sagte Hansen ganz ruhig.

»Und die ist nicht da«, brummte Vöckler.

»Aber ich weiß vielleicht, wo sie sein könnte«, meldete sich Hanna Fischer von der Ofenbank her zu Wort. Sie stand auf, drückte der Oma die Hand und flüsterte ihrem Chef ein paar Sätze ins Ohr. Daraufhin ging sie mit Hansen und Haffmeyer aus dem Haus. Sie ließen eine selig lächelnde Oma, eine unruhige Mutter und einen sehr nachdenklichen Vater zurück.

Hanna Fischer war puterrot angelaufen und wischte sich von Zeit zu Zeit Schweißtropfen von der Stirn, auch Hansen begann allmählich schwer zu atmen, nur Haffmeyer stakste stoisch den Waldweg hinauf.

»Kurze Pause, Frau Fischer?«, fragte Hansen und blieb stehen.

Sie nickte, stoppte ebenfalls, bückte sich vor und stützte sich mit beiden Händen auf den Oberschenkeln ab. Hansen war froh, dass er auf diese Weise verschnaufen und das auch noch als Höflichkeit seiner korpulenten Kollegin gegenüber darstellen konnte.

»Sind wir noch richtig?«, fragte er.

»Die Oma hat gesagt: Rechts ab, dann immer aufwärts, und wenn man glaubt, es geht nicht mehr weiter, sind's noch fünf Minuten.«

Hansen sah sich um. Der Weg war längst nur noch ein schmaler Trampelpfad, und das Laub und die Nadeln der eng stehenden Bäume ließ das Licht an diesem sonnigen Abend nur noch an manchen Stellen bis auf den Boden dringen.

»Dann müssten es jetzt noch fünf Minuten sein«, sagte er und ging langsam weiter.

Die letzten zweihundert Meter waren besonders steil, und das Ende des Anstiegs kam überraschend: eine letzte enge Biegung, dann führte der Pfad zwischen dichten Büschen hinaus ans Licht. Der Weg knickte oben nach links ab und folgte dem Waldrand, aber die Frau, die sie suchten, saß ein Stück rechts von ihnen entfernt auf einer karierten Decke, mitten auf der Wiese, und sah geradeaus. Als Hanna Fischer schwer zwischen den letzten Büschen hindurchbrach, drehte sich die Frau zu ihnen um, musterte sie kurz und wandte sich dann wieder ihrer Aussicht zu.

»Frau Vöckler?«, japste Hansen, als er sie erreicht hatte.

»Ja. Und Sie sind von der Polizei, nehme ich an?«

»Kriminalhauptkommissar Hansen, Kripo Kempten. Und das sind meine Kollegen Hanna Fischer und Willy Haffmeyer.«

»Angenehm«, sagte sie und rückte auf ihrer Decke ein wenig zur Seite.

»Danke«, stöhnte Hanna und sank keuchend neben ihr zu Boden. »Ich hätte mir meinen Lieblingsplatz sicher nicht so weit oben gesucht.«

Sie lächelte entschuldigend und tätschelte sich den Bauch.

»Ach, da gewöhnt man sich schnell«, antwortete Sandra Vöckler. »Ich mach den Weg ja schon seit meiner Kindheit – die Kondition wird besser, aber leider nimmt man davon nicht ab.«

Hansen sah die beiden molligen Frauen grinsend nebeneinander auf der Decke sitzen und beschloss, sich selbst gegenüber ins Gras zu setzen. Er hörte Sandra Vöckler sagen: »Das würde ich nicht tun, hier sind immer wieder mal Kühe unterwegs.«

Doch da war es schon zu spät. Seine linke Hand tauchte schon in die weiche Stelle ein, und er versuchte das Missgeschick wenigstens tapfer zu ignorieren. Haffmeyer stellte sich neben ihn, räusperte sich und reichte ihm ein Papiertaschentuch.

»Haben Sie mit meiner Oma gesprochen?«, fragte Sandra Vöckler, während sich Hansen umständlich die Hand säuberte, so gut es ging.

»Ja«, antwortete Hanna Fischer an seiner Stelle, »eine sehr nette alte Dame.«

Sandra Vöckler nickte. »Aber meine Eltern nehmen sie nicht mehr für voll. Sie tut mir manchmal leid, weil meine Mutter und mehr noch mein Vater glauben, sie bekommt das meiste gar nicht mehr mit – aber sie hört noch gut, und auch hier oben …« Sie tippte sich an die Schläfe. »… funktioniert noch alles. Nur die Knochen machen halt nicht mehr so richtig mit, und die Augen werden immer schwächer.«

Sie sah talwärts. »Deshalb musste ich unbedingt von Wiesenhofen weg und nach Lindau, raus ins Leben. Ich hab immer meine Oma gesehen, wie sie mehr und mehr verhutzelt ist und immer unbeweglicher wurde, immer mehr auf andere angewiesen war und immer weniger als vollwertiges Familienmitglied wahrgenommen wurde …

Wissen Sie: Oma und ich verstehen uns prima, und manchmal habe ich das Gefühl, ihr Zustand und ihre zunehmende Unselbstständigkeit führen mir die Zukunft vor Augen, die mir blüht, wenn ich auch hier oben bleibe.«

Sie lächelte Hanna an. »Also, ich meine natürlich, drunten in Wiesenhofen.«

»War das hier auch mal der Lieblingsplatz Ihrer Oma?«, fragte Hanna.

»Ja, den hab ich sozusagen von ihr übernommen. Vorigen Sommer habe ich ihr ein paar Fotos von hier oben gemacht und für sie ausdrucken lassen. Die hat sie in ihrem Nachtkasten, und vor dem Einschlafen schaut sie sich die Bilder oft noch an.«

Sandra Vöcklers Augen begannen feucht zu schimmern.

»Und warum hier oben?«, hakte Hansen nach.

»Weil's so einsam ist, so ruhig. Und wegen der Aussicht.«

Hansen sah sich um. Vor ihnen erstreckte sich eine völlig unspektakuläre Wiese, die in etwa fünfzig, sechzig Metern am Waldrand endete. Auch hinter ihnen und links und rechts war die Grünfläche von Wald umgeben, und die hohen Bäume gewährten in keiner Richtung den Blick weiter in die Landschaft hinaus.

»Aber da …«, begann Hansen und unterbrach sich sofort.

»Ja?« Sandra Vöckler sah ihn gespannt an.

»Da ist keine Aussicht. Nur diese Wiese und der Wald ringsum.«

»Eben«, sagte Sandra Vöckler und lachte. Sie legte den Kopf in den Nacken und atmete tief ein und aus. »Nur die Wiese und der Wald – genau deshalb.«

Hansen verstand nicht ganz, aber Hanna und Haffmeyer nickten so inbrünstig, dass er nicht weiter nachzufragen wagte. Aber eigentlich interessierte ihn ohnehin etwas ganz anderes.

»Ihr Vater fand es nicht so gut, dass Sie die Polizei angerufen haben, was?«

Sie schüttelte den Kopf und wirkte plötzlich wieder sehr ernst.

»Hatten Sie Streit deswegen?«

»Ja. Das kommt zwar immer wieder mal vor, aber diesmal hat's mir einfach gereicht und ich bin hergegangen, um meine Ruhe vor ihm zu haben. Mein Vater ist ein fürchterlicher Dickschädel, und dass ich den Aki angerufen habe, fand er …«

Sie suchte nach den richtigen Worten.

»Ich weiß gar nicht, wie ich das nennen soll … Fast so, als wäre es ein persönlicher Affront ihm gegenüber. In Wiesenhofen regelt man gerne alles unter sich, wissen Sie? Da hat man nicht gern Fremde mit am Tisch. Die Nachbarn kennt man von klein auf, und man weiß sich zu nehmen – meistens jedenfalls.« Sie lachte bitter und schwieg.

»Sie haben vorhin einen Aki erwähnt«, versuchte Hansen das Gespräch wieder in Gang zu bringen.

»Achim Hehnel, genannt Aki, der ist Hauptmeister bei der Polizeiinspektion Lindau. Er hat zwar gerade Urlaub, aber ich habe ihn trotzdem angerufen. Wir sind … befreundet.«

Ein wehmütiges Lächeln huschte über ihr Gesicht.

»Ich wollte nicht direkt bei der Polizei anrufen, weil ich ja eher nur so ein Gefühl hatte. Was hätte ich denn sagen sollen? Dass ich meine Nachbarn heute den ganzen Tag über noch nicht gesehen habe? Da versteht doch im Revier keiner, wo das Problem liegt. Aki dagegen konnte ich beschreiben, warum mir das Angst gemacht hat.«

»Beschreiben Sie es mir auch noch einmal?«

Sie sah ihn ruhig an, dann nickte sie langsam.

»In Wiesenhofen ist eigentlich nie jemand – zumindest niemand aus den Bauernfamilien – länger weg als morgens raus aufs Feld und nach der Arbeit wieder nach Hause. Oder man fährt runter ins Tal und kauft ein, und auch da wird das Zeug zügig in den Kofferraum gepackt, und danach gibt's vielleicht noch ein Bier im Gasthaus dort drunten oder ein Eis – das ist aber auch schon das höchste der Gefühle.«

»Wann haben Sie Ihre Nachbarn denn zuletzt gesehen?«

»Gestern am späten Nachmittag. Ich bin übers Wochenende zu meinen Eltern gefahren, und gestern hab ich gesehen …« Sie unterbrach sich.

»Ja?«, fasste Hansen nach.

»Ach, gestern so gegen vier Uhr nachmittags habe ich den Richard Habergsell zum letzten Mal gesehen. Seine Frau habe ich in der Küche klappern gehört, und ihren Sohn, den Toni …«

Ein bitterer Zug spielte um ihren Mund.

»... den hab ich schon da nicht mehr gesehen, aber vermutlich ist der in der Scheune unter dem alten Schlepper gelegen und hat irgendwas am Motor herumgeschraubt. Das kann er ganz gut.«

»Haben Sie die drei oder einen von ihnen denn später noch wegfahren sehen? Vor dem Bauernhof stehen zwei alte Motorroller und ein altes Fahrrad und in der Scheune ein Traktor – aber der VW-Bus, den sie wohl auch noch besitzen, ist nicht da.«

»Nein, tut mir leid. Ich war gestern die meiste Zeit hier oben. Im Job ist es gerade etwas stressig, da wollte ich verschnaufen. Zwischendurch bin ich mal zur Oma und zur Mutter runter, um mit den beiden einen Kaffee zu trinken – das war kurz vor halb vier. Wir haben im Wohnzimmer gesessen, und als ich aus der Küche noch frische Milch holen wollte, hab ich ... den Richard gesehen. Das war, wie gesagt, etwa um vier Uhr nachmittags. Und fünfzehn, zwanzig Minuten später bin ich wieder hier heraufgekommen. Geblieben bin ich bis ...«

Sie dachte nach.

»... bis halb zehn, schätze ich. Ich hab nicht auf die Uhr gesehen, aber als ich wieder daheim war, lief im Fernsehen eine Quizshow im Zweiten, und ich hab da sicher noch eine ganze Weile zugeschaut, bevor ich ins Bett gegangen bin. Und oben auf der Wiese bin ich kurz nach Sonnenuntergang losgelaufen.«

»Und da haben Sie unten im Dorf niemanden gesehen?«

»Im Seeblick war Licht, da haben die Männer wohl noch zusammengesessen. Die halten dort immer wieder mal ›Besprechungen‹ ab.«

Sie machte eine Bewegung, als würde sie ein Bier austrinken, und lachte. Dann wurde sie ernst, kaute auf der Unterlippe herum und erzählte nach kurzem Zögern von den Erweiterungsplänen des Gastwirts.

»Bei diesen Besprechungen im Seeblick geht es natürlich um Groschingers Pläne, der gibt den anderen dann gern mal einen aus, und wahrscheinlich hat er recht: Nach ein paar Runden Schnaps und Bier überlegt es sich der eine oder andere vielleicht doch noch anders.« Sie zuckte mit den Schultern.

»Aber gesehen haben Sie die Männer im Seeblick nicht?«

»Nein, da kann man vom Weg aus nicht so gut reinschauen. Und die Fenster waren zu, da hören Sie die auch nicht, wenn sie nicht gerade total rumgrölen. So zerknittert, wie mein Vater am nächsten Morgen ausgesehen hat, ist die ›Besprechung‹ im Seeblick wohl etwas länger gegangen.«

Hansen dachte nach. Die »Besprechung« im Seeblick war wohl die »geschlossene Gesellschaft«, von der Groschinger vorhin auf der Terrasse erzählt hatte. Eigentlich konnte er Richard Habergsell nicht schon um fünf Uhr nachmittags zum letzten Mal gesehen haben, denn der war bestimmt auch im Gasthaus dabei gewesen. Außer wenn Habergsell die Versammlung früher als die anderen Männer verlassen hätte.

Hatte es Streit gegeben? Hatte Richard Habergsell deshalb sterben müssen?

»Dieser VW-Bus, den die Habergsells besitzen und der jetzt weg ist … stand der gestern Abend, als Sie gegen halb zehn nach Hause gingen, noch vor dem Bauernhof?«

»Hm … da bin ich mir nicht sicher. Ich kann mich nicht erinnern, dass ich ihn gestern noch bei den Habergsells hätte stehen sehen – aber ich komm ja auf dem Rückweg an einer Stelle aus dem Wald raus, von wo aus ich nur einen Teil des Habergsell-Hofs einsehen kann. Tut mir leid, da kann ich Ihnen nicht wirklich helfen.«

»Und heute Vormittag hatten Sie also das ungute Gefühl, dass den Habergsells etwas passiert sein könnte?«

Sandra Vöckler nickte.

»Und warum?«

»Na ja, dass die Männer wegen der Pläne vom Groschinger Besprechungen abhalten, ist nur die halbe Wahrheit – diese ganze Geschichte bringt seit Monaten Unruhe ins Dorf. Ein paar wollen verkaufen, die anderen nicht, da gibt's Streit, und vor allem die Familien, die weggezogen sind und ihre alten Häuser gerne noch zu Geld machen würden, setzen uns andere gehörig unter Druck. Inzwischen traut kaum einer mehr dem anderen über den Weg, und wir, die Habergsells und das Ehepaar Kritz werden von den anderen inzwischen ziemlich angefeindet – und der Groschinger hätte uns sowieso lieber heute als morgen draußen aus Wiesenhofen.«

»Und deshalb hatten Sie Angst, dass Ihren Nachbarn

etwas passiert sein könnte? Was genau befürchten Sie denn?«

Sie zuckte mit den Schultern. »Es muss ja was passiert sein – und zwar genug, dass sich drei Beamte von der Kripo Kempten hier herauf quälen und mich befragen.«

Hansen überlegte, ob er zumindest ihr schon heute die ganze Wahrheit erzählen sollte – aber sie würde es mindestens ihrer Oma und sehr wahrscheinlich auch ihren Eltern erzählen.

»Ich komme morgen wieder«, sagte er deshalb nur. »Dann können wir weiterreden.«

»Ist es schlimm?«, fragte sie noch.

»Wir reden morgen, ja?«

Für einen Moment schien sie sich mit Hansens Antwort zufriedenzugeben, doch als er sich zum Gehen wandte, rief sie ihm noch nach: »Sagen Sie den Habergsells bitte schöne Grüße, es wird schon wieder alles gut werden.«

Hansen verharrte mitten im Schritt, und Hanna und Haffmeyer sahen sich vielsagend an. Langsam drehte sich Hansen zu der jungen Frau auf der karierten Decke um. Sie sah ihn mit einem traurigen Lächeln an und nickte langsam.

»Also doch schlimm«, murmelte sie und zog eine zerknitterte Visitenkarte aus der Tasche, die sie Hansen hinhielt. »Morgen werden Sie mich nicht mehr hier oben oder in Wiesenhofen finden. Ich muss nachher noch nach Lindau zurück. Wir haben gerade ein dringendes Projekt auf dem Tisch.«

Hansen las die Visitenkarte. Sandra Vöckler war Projektleiterin einer Lindauer IT-Firma.

»Und lassen Sie mich bitte nicht so lange warten, ja?«, sagte sie noch, dann wandte sie sich ab und sah starr auf die Wiese, die vor ihr in der einsetzenden Dämmerung lag, rundum eingeschlossen vom Wald.

Hansen ging leise davon, und an der Lücke, die auf den Trampelpfad zurück nach Wiesenhofen führte, bog er die Zweige auseinander, damit Hanna Fischer und Haffmeyer beinahe geräuschlos durchschlüpfen konnten.

Auf dem Weg zurück nach Wiesenhofen machte Hansen zweimal kurz Pause, um sich an einem kleinen Bach die linke Hand zu schrubben und sie anschließend notdürftig an Grasbüscheln trocken zu reiben.

Unten im Weiler sprachen sie noch kurz mit Oma Johanna, die auf einer Bank vor dem Haus saß, und bedankten sich für den Tipp zum Aufenthaltsort ihrer Enkelin. Hansen wollte eigentlich um Seife und eine Waschgelegenheit bitten, weil sich seine Finger noch immer nicht ganz sauber anfühlten, aber die alte Frau erzählte so unbekümmert drauflos, dass er sie nicht unterbrechen wollte.

Nebenbei bestätigte sie ihnen durch ihr Geplauder, dass sie gestern mit ihrer Schwiegertochter und gegen Ende auch mit ihrer Enkelin ferngeschaut habe. Die Sandra sei »a ganz a Liabe«, die ihr am Abend sogar noch beim Zubettgehen geholfen habe. Ansonsten sei sie gestern den ganzen Tag auf ihrer Lieblingswiese gewesen –

bis auf eine knappe Stunde am Nachmittag. Da sei sie extra für einen Kaffee mit ihr und der Mutter ins Haus heruntergekommen. »Aber vrzällat von dera Wies do droba nix mim Bua oder siner Frau!«, beschwor sie die Alte noch und sah sich die ganze Zeit über mehrfach misstrauisch um, als befürchte sie, belauscht zu werden. Doch von Franz Vöckler war nichts zu sehen, es rumpelte nur im Schuppen, als wäre dort jemand nicht sehr feinfühlig bei der Arbeit. Sabine Vöckler war wieder in der Küche zugange und sah ab und zu neugierig durchs geschlossene Fenster.

»Und wäschat Sia sich mol d' Händ!«, riet sie ihm und rümpfte mit einem Blick auf Hansens Finger die Nase, dann wandte sie sich umständlich zum Haus hin um und rief: »Sabine!«

Das Küchenfenster schwang nur einen Augenblick später auf, und Oma Johannas Schwiegertochter schaute heraus. Hansen ließ sich Seife geben und wusch die Hände in einem Trog neben dem Haus so gründlich, dass seine Linke nur noch ganz schwach nach dem Kuhfladen von Sandra Vöcklers Lieblingswiese roch.

Das Gespräch mit dem Ehepaar Kritz brachte nicht viel, rundete aber das Bild der verbliebenen Einwohner von Wiesenhofen ab. Alfred Kritz war ein einsilbiger Mann von Mitte fünfzig, mit einer kräftigen Statur und einem schwarzen Haarkranz, der in der Küche seine Pfeife rauchte und hinter den dichten Schwaden immer wieder nervös auf Hansen und seine Begleiter schaute. Seine Frau war etwa im selben Alter wie ihr Mann, aber sie trug Jeans und ein tailliertes Hemd, dazu eine randlose Brille und eine moderne Kurzhaarfrisur. Erst im Kontrast zu Rosemarie Kritz fiel Hansen auf, wie sehr das Erscheinungsbild der meisten anderen Wiesenhofener dem Klischee der hinter dem Wald lebenden Bauern entsprach.

Während Alfred Kritz ziemlich maulfaul war und nur das Allernötigste sagte, redete seine Frau wie ein Wasserfall. In wenigen Minuten wusste Hansen, dass die schöne Katze der Habergsells Mitzi hieß und seit Sonntag früh ganz unruhig ums Haus streifte, dass Sabine Vöckler die Schwester von Alfred Kritz war, dass sich die Landwirtschaft schon lang nicht mehr lohnte und dass sie, Rosemarie Kritz, am liebsten längst woanders leben würde.

Hansen sprach sie auf Groschingers Erweiterungspläne an. Sie wurde etwas einsilbiger, ließ aber durchblicken, dass an ihr ein Verkauf sicher nicht scheitern würde – das bestätigte auch der finstere Blick, mit dem Alfred Kritz die Äußerungen seiner Frau quittierte.

Als die flotte Bauersfrau begann, im Gegenzug Fragen nach den Habergsells zu stellen, flüchtete sich Hansen in Allgemeinplätze, gab seiner Hoffnung Ausdruck, dass er schon morgen mehr sagen können würde, und verabschiedete sich. Vor dem Habergsell-Hof saß eine Katze in der Sonne, die wirklich auffällig schön gezeichnet war: Sie hatte ein rötliches Fell, eine weiße Brust und weiße Tatzen und an Beinen und am Schwanz bräunliche Streifen.

Auf der Rückfahrt nach Füssen telefonierte Hansen ausführlich mit Soko-Chef Marle und erzählte ihm, was sie in Wiesenhofen erfahren hatten. Auch Marle hatte Neuigkeiten. Aus dem Memminger Klinikum war inzwischen auch per DNA-Spuren bestätigt, dass es sich bei den drei Leichen um das Ehepaar Friederike und Richard Habergsell und ihren Sohn Anton handelte. Der Innendienst hatte einige entfernte Verwandte aufgetan – engster Angehöriger war ein Cousin von Friederike Habergsell, der in Leutkirch eine kleine Firma betrieb.

»Polizeihauptmeister Achim Hehnel hat uns sehr geholfen«, berichtete Marle. »Ein Kollege aus Lindau, der eigentlich gerade Urlaub hat, aber er scheint ein guter Freund von Sandra Vöckler zu sein. Ihn hat sie auch angerufen, um das Verschwinden der Nachbarn zu melden.«

»Stimmt, von ihm hat mir Frau Vöckler auch erzählt«, sagte Hansen. »Mit dem würde ich mich gerne einmal unterhalten – vielleicht können Sie mir seine Nummer geben?«

»Ich schicke sie Ihnen gleich per SMS. Sie sollten sich ohnehin mit ihm abstimmen, wenn Sie Frau Vöckler vom Tod ihrer Nachbarn erzählen. Er hat mir versprochen, sich da zunächst noch bedeckt zu halten. Ich wusste ja, dass Sie das in Wiesenhofen heute noch nicht erwähnen wollten. Vielleicht sollte Kollege Hehnel dabei sein, wenn Frau Vöckler vom Tod der Habergsells erfährt.«

Hansen fiel der Abschied von Sandra Vöckler ein, und sein Magen verkrampfte sich ein wenig.

»Ja«, sagte er nach einer kurzen Pause, »das wäre sicher besser.«

Er verabschiedete sich von Marle und drückte das Gespräch weg. Von hinten hörte er Hanna Fischer telefonieren. Haffmeyer bemerkte seinen fragenden Blick.

»Hannas Freundin ist dran, schon eine ganze Weile«, erklärte er. »Große Probleme!« Er verdrehte die Augen.

Hanna tippte Hansen leicht auf die Schulter. Das Handy hatte sie vom Ohr genommen, aus dem Gerät war leises Schluchzen zu hören.

»Soll ich auflegen?«, wisperte sie.

»Nein, nein. Hören Sie Ihrer Freundin zu, Frau Fischer, das hilft ihr sicher. Liebeskummer?«

Hanna nickte lächelnd und nahm das Handy wieder ans Ohr.

»Danke, Chef«, flüsterte sie.

»Da haben wir beide es besser, was, Chef? Ich hab gar niemanden und Sie die Frau Meyer.«

Haffmeyer grinste breit und sah dabei sehr zufrieden nach vorn. Dann deutete er auf ein Schild, auf dem die verbleibende Entfernung nach Kempten stand.

»Sollen wir noch im Büro vorbeifahren?«

»Nein, heute nicht mehr. Ich will endlich nach Hause, und Sie und Frau Fischer haben sich den Feierabend auch redlich verdient.«

»Na ja, die Hanna wird wohl noch zu tun haben, wenn wir in Füssen ankommen. Ihre Freundin wohnt nur zwei Häuser von ihr entfernt. Das dürfte noch ein ziemlich langer Frauenabend werden.«

Und tatsächlich: Vor Hanna Fischers Haus stand eine schmale Blondine, die aufgeregt ins Handy redete und erst auflegte, als sich die hintere Tür von Haffmeyers

Wagen öffnete. Die junge Frau war eigentlich hübsch, aber im Moment sah sie furchtbar aus: Der Kajal war verschmiert, die Augenlider und die Lippen waren aufgequollen, und die Nase leuchtete rot. Hanna Fischer legte den Arm um ihre Freundin und begleitete sie zum Haus. Kurz darauf waren die beiden verschwunden, und Haffmeyer nahm Kurs auf das alte Bauernhaus, das Hansen gemietet hatte.

Der Kollege war noch nicht vom Hof gefahren, als Hansen im Bad stand und sich die linke Hand bürstete, bis sie knallrot leuchtete und hoffentlich endgültig vom Kuhmist befreit war. Nachdem er sie mit viel Seife gewaschen hatte, schnupperte er vorsichtig an den Fingern und trocknete sich anschließend die Hände erleichtert ab.

Auf dem Rückweg aus dem Bad stachen ihm ein paar Käsestückchen auf dem Flurboden ins Auge – ganz so, als habe jemand eine Spur für ihn ausgelegt oder wohl eher für seinen Mitbewohner Ignaz. Die Spur bog vor dem Badezimmer ab und führte zu seinem Bett. Wenn der Käse noch unberührt da lag, konnte der Kater nicht im Haus sein. Neben sein Bettzeug hatte jemand eine Wolldecke auf die Matratze gelegt. Auf dem Kissen lag ein Schokoladenriegel mit roter Schleife, und darunter war ein kleiner Zettel geklemmt.

»Damit wenigstens Sie und Ignaz heute miteinander feiern können! Ich hoffe, es ist Ihnen recht, wenn der Kater ausnahmsweise mal bei Ihnen schläft. Ihre Frau Walburga«

Das war ihm ganz und gar nicht recht. Kater Ignaz sah

nicht nur räudig aus, er hatte auch allerlei Unrat in seinem Fell hängen, wenn er von draußen ins Haus kam – und nur der Himmel wusste, welches Ungeziefer ihm das Vieh ins Bett schleppen würde! Seine Vermieterin mochte es ja gut meinen, wenn sie zwischen ihm und Ignaz Freundschaft stiften wollte, aber das ging Hansen dann doch zu weit. Also bückte er sich und begann, die Käsestückchen einzusammeln.

Ein leises Klappern war zu hören, vielleicht kam Ignaz gerade durch die Katzenklappe. Hansen beeilte sich. Er würde dem Kater alles auf einem Teller servieren, seinetwegen würde er ihm auch noch Dosenfutter aus dem Schuppen holen – aber im Bett neben ihm würde das Vieh ganz sicher nicht schlafen!

Auf allen vieren arbeitete Hansen sich aus dem Schlafzimmer in den Flur hinaus. Auf halbem Weg zur Küche hörte er plötzlich ein leises Geräusch direkt vor sich, er sah hoch – und blickte mitten in die grünen Augen von Ignaz, der ihn wie gebannt anstarrte.

Eine Weile standen sie sich so gegenüber, dann bemerkte Ignaz die Käsestücke in Hansens linker Hand, und hinter der Stirn des Tieres begann es zu arbeiten. Schließlich kam der Kater langsam näher, stierte mal auf Hansens Hand, mal auf sein Gesicht. Dann war ganz leise, aber schon bedrohlich ein rasselndes Geräusch zu hören, Ignaz legte die Ohren an, und seine Augen verengten sich zu Schlitzen. Offenbar sah er Hansen als Eindringling, der ihm sein Futter stibitzen wollte. Als der Kater zu fauchen begann, rappelte sich Hansen schnell auf und machte ein, zwei langsame Schritte nach hinten. Eine Flucht ins Schlafzimmer oder ins Bad fand er unter seiner Würde. Also öffnete er die linke Hand und warf die Käsestücke ein Stück entfernt auf den Fußboden. Der Kater schoss an ihm vorbei und machte sich darüber her.

Hansen lächelte zufrieden und ging gemächlich in die Küche hinüber, um sich ein Feierabendbier aus dem Kühlschrank zu holen. Es wurde ein gemütlicher Abend ohne weitere Störungen. Nur als er schließlich ins Bett ging, sah er den Kater rücklings ausgestreckt auf der Wolldecke liegen, die Frau Walburga dort ausgebreitet hatte.

Einen Moment lang überlegte er, das Tier aus dem Zimmer zu jagen, doch als er die Hände ausstreckte, um Ignaz von der Matratze zu heben, öffnete dieser ein Auge einen Spalt breit und schien nur darauf zu lauern, den Zweibeiner doch noch seine Krallen spüren zu lassen. Also ließ er das Vieh notgedrungen liegen, wo es war, schlüpfte unter die Decke und drehte sich zur Seite.

Begleitet vom leisen Schnarchen des Katers dämmerte er allmählich in einen unruhigen Schlaf hinüber.

Montag, 2. Juni

Haffmeyer hatte Hanna und Hansen wie meistens abgeholt. Zwar bedeutete Füssen für ihn einen kleinen Umweg, aber dafür hatte er auf der Fahrt nach Kempten Gesellschaft, anstatt allein ins Kommissariat zu fahren.

Diesmal allerdings lümmelte Hanna müde und stumm auf der Rückbank, Hansen nickte auf dem Beifahrersitz ein paar Mal fast ein, und so wurde es eine ruhige Fahrt. Dabei hätte Haffmeyer ein unterhaltsames Gespräch gut brauchen können, um sich vom Pochen in seinem rechten Daumen ablenken zu lassen.

Rosemarie Schwegelin, die Sekretärin von Kripochef Huthmacher, hatte ihre Bürotür offen stehen, und als Hansen mit den beiden Kollegen durch ihr Sichtfeld marschierte, griff sie schnell nach dem Telefon, um die anderen wie versprochen zu alarmieren.

Hanna blinzelte ihrem Chef noch einmal zu, bevor sie mit Haffmeyer auf ihr Büro am Ende des Gangs zusteuerte, und Hansen wappnete sich für die Überraschung, auf die sie ihn schon gestern vorbereitet hatte. Es dauerte nur fünf Minuten, da hörte er Schritte vor der Tür. Jemand klopfte an, die Tür schwang einen kleinen Spalt auf, und Hardy Koller steckte seinen Kopf durch die Öffnung.

»Haben Sie einen Moment, Herr Hansen?«, fragte er ungewohnt beflissen.

»Ja, wieso, Herr Koller?«, gab er betont ahnungslos zurück.

»Ich ... wir ... Könnten Sie kurz rüber ins Besprechungszimmer kommen?«

Hansen zuckte mit den Schultern und stand auf, als habe er nicht den geringsten Verdacht, was nun kommen würde. Er folgte Koller gemächlich, und der sah sich immer wieder nach seinem Vorgesetzten um, inzwischen schon mit einem Feixen im Gesicht. Offenbar freute sich der Kollege schon diebisch auf die Überraschung, die Hansen gleich erleben würde.

Vor dem Besprechungsraum stieß Koller die Tür auf, trat zur Seite und ließ Hansen den Vortritt. Noch bevor er den Raum betreten hatte, sah er das improvisierte Büfett auf dem großen Konferenztisch und setzte Koller und den anderen zuliebe eine überraschte Miene auf.

Koller schloss die Tür hinter ihm, und die komplette Besetzung des Kommissariats 1, Kripochef Benedikt Huthmacher und seine Sekretärin Rosemarie Schwegelin schmetterten: »Guten Morgen, Herr Hansen!« Ein bisschen erschrak er nun doch, und die anderen dankten es ihm mit fleißigem Schulterklopfen, breitem Grinsen und launigen Worten. Dann trat Koller nach vorn.

»Im Namen der Kollegen möchte ich Ihnen zu Ihrem einjährigen Jubiläum als Leiter des K1 diese Urkunde überreichen.«

Er hielt Hansen einen Bilderrahmen hin. Darin befand

sich ein Blatt Eselshaut, auf dem in geschwungenen Buchstaben sein Name stand, darunter »K1-Leiter und Allgäuer ehrenhalber«. Die Formulierung fand Hansen ein wenig unglücklich, denn zumindest das Kommissariat 1 leitete er ja nicht ehrenhalber – aber so, wie es hoffentlich gemeint war, konnte er das symbolische Geschenk durchaus als Friedensangebot auffassen. Entsprechend fest drückte er Koller die Hand und bedankte sich auch bei allen anderen im Raum. Hanna und Haffmeyer standen ganz hinten im Eck und beobachteten ihn grinsend.

»Herr Stiller lässt sich entschuldigen«, sagte Huthmacher, als sie anschließend bei Schnittchen und Kaffee zusammenstanden. »Er hat heute früh einen anderen wichtigen Termin – aber ich soll Sie herzlich von ihm grüßen.«

Das hätte ja auch noch gefehlt, dachte Hansen, dass der Polizeipräsident bei diesem Kindergeburtstag aufmarschiert.

Laut sagte er: »Vielen Dank für die Grüße und danke, Herr Huthmacher, dass Sie extra gekommen sind.«

Koller trat zu den beiden und begann mit belanglosem Small Talk. Huthmacher und Hansen wechselten einen schnellen Blick.

»Ach, wie gut, dass Sie … Ich muss dann auch …«, murmelte der Kripochef.

Hansen lächelte. Jeder wusste, dass Huthmacher seine Sätze gern unvermittelt abbrach, wenn er sich in einer Situation unwohl fühlte. Und schon nickte er allen kurz zu und verließ die gemütliche Runde.

Seine Sekretärin Rosemarie Schwegelin blieb noch mit zwei anderen Kollegen in einer Ecke stehen, lachte meckernd über einen Witz und versuchte, dabei keinen Kaffee auf ihr Kostüm zu verschütten.

»Na, Herr Hansen, haben Sie sich inzwischen bei uns im Allgäu eingelebt?«, erkundigte sich Koller so freundlich, als könne er kein Wässerchen trüben, obwohl gerade er ihm anfangs ziemlich übel mitgespielt hatte. Hansen hatte das keineswegs vergessen, wollte es aber im Moment auf sich beruhen lassen.

»Ja, mir gefällt es gut hier im Kommissariat und auch in meinem Häuschen in Füssen.«

»Das freut mich zu hören.«

Dass Koller auf etwas Bestimmtes hinauswollte, war klar, und Hansen hatte auch schon einen Verdacht. Aber er ließ ihn zappeln, so viel Revanche musste erlaubt sein.

»Und wie läuft's mit der Soko in Memmingen?«, fragte Koller nach einer kurzen Pause.

»Gut, dass Sie das erwähnen.« Hansen sah auf die Uhr. »Wir haben um elf die nächste Besprechung, da muss ich bald los.«

»Ja, ich …«

Koller wand sich und sah Hilfe suchend zu seinen Kollegen hinüber, doch die machten sich gerade einen Spaß daraus, Rosemarie Schwegelin mit anrüchigen Witzen zu einer kräftigeren Gesichtsfarbe zu verhelfen.

»Ich wollte Sie eigentlich fragen, welche Aufgaben wir hier …«

»Ja?«, fragte Hansen nach, und er kam sich dabei nur ein klein wenig gemein vor.

»Welche Aufgaben soll denn unser K1 in diesem Fall übernehmen?«

Hansen war klar, dass Koller vor allem sich selbst und seine Rolle meinte.

»Ich werde weiterhin im Team mit Frau Fischer und Herrn Haffmeyer ermitteln.«

Hansen machte eine kurze Pause, aber der Treffer hatte längst Wirkung gezeigt. Nun war es Zeit für das Trostpflaster.

»Und Sie, Herr Koller, hätte ich gerne mit zwei weiteren Kollegen ebenfalls in der Ermittlungsgruppe. Und die beiden suchen Sie bitte selbst aus, ja? Ich verlasse mich da ganz auf Sie – wichtig wäre mir nur, dass unser K1 hier in Kempten auch in Ihrer und meiner Abwesenheit funktioniert.«

Koller wirkte ein wenig irritiert, er wusste Hansens Vorgabe noch nicht recht einzuschätzen.

»Eigentlich müssten Sie hier die Stellung halten, wenn ich zur Soko abgestellt bin«, setzte Hansen nach. »Aber Ihre Erfahrung können wir für die Ermittlungen in diesem spektakulären Fall sicher gut brauchen. Sie wissen ja selbst, dass ich wenig davon halte, Potenziale von Mitarbeitern ungenutzt zu lassen.«

Koller schluckte. Das war eindeutig auf die frühere Gepflogenheit gemünzt, Haffmeyer und Fischer bei wichtigen Ermittlungen außen vor zu lassen und sie immer nur für den Innendienst einzuteilen.

»Ja, das weiß ich«, brummte Koller, und er brachte nach einer kurzen Pause sogar noch hervor: »Und da haben Sie ja auch recht.«

»Das freut mich, Herr Koller. Um elf ist, wie gesagt, die nächste Besprechung der Soko Museum. Mit dem Fall selbst, nehme ich an, sind Sie bereits vertraut?«

Koller nickte beflissen.

»Gut, dann wählen Sie bitte jetzt noch die beiden Kollegen aus, die Sie nach Memmingen mitnehmen möchten, und dann können wir gleich los.« Hansen wandte sich an die übrige Mannschaft und erhob seine Stimme: »Liebe Kolleginnen, liebe Kollegen, noch einmal vielen Dank für die gelungene Überraschung! Herr Koller wird gleich zwei Kollegen einteilen, die ihn zur Soko nach Memmingen begleiten. Die anderen wird er briefen, damit auch hier in Kempten der Laden läuft. Ich muss jetzt leider wieder los. Ihnen allen einen schönen Tag noch! Und auf weiterhin so gute Zusammenarbeit!«

Rosemarie Schwegelin sah aufmerksam zwischen Hansen und Koller hin und her, und Hansen glaubte fast so etwas wie Respekt in ihrem Blick zu erkennen.

In Lindau bog Haffmeyer von der Ludwig-Klick-Straße ab und suchte einen freien Parkplatz. Achim Hehnel wartete schon vor dem Polizeigebäude und kam ihnen entgegen. Hansen begrüßte ihn: einen sympathisch wirkenden Mittdreißiger in Zivilkleidung, groß, schlank, mit wuscheligen dunkelblonden Haaren und kräftigem Händedruck. Er stellte ihm Haffmeyer und Hanna vor, die sich gleich wieder verabschiedeten – sie waren mit Kollegen von der hiesigen Kripo verabredet, um sie für die Mitarbeit in der Soko Museum auf den aktuellen Stand zu bringen.

»Ich habe schon mit Sandra gesprochen, wir sollen zu ihr nach Hause kommen«, erklärte Hehnel und ging mit Hansen zu seinem Wagen. »Das ist drüben auf der Insel, mit dem Auto sind das nur ein paar Minuten. Und es ist sicher besser, sie erfährt daheim vom Tod ihrer Nachbarn als im Büro. Allzu viel Zeit hat sie allerdings nicht, sie betreut wohl gerade ein stressiges Projekt. Gleich nach unserem Gespräch will sie wieder zurück an die Arbeit.«

Er ließ eine kleine Pause und wurde nachdenklich. »Falls sie dann noch dazu in der Lage ist …«

»Nimmt sie der Tod der drei denn so mit? Das sind doch nur Nachbarn, oder ist … war Frau Vöckler mit den Habergsells befreundet?«

Hehnel sah ihn mit schmerzlichem Lächeln an.

»Wissen Sie, Herr Hansen, in einem Weiler wie Wiesenhofen sind das nicht einfach nur Nachbarn wie … sagen wir: in Lindau oder in Kempten. Da lebt man viel … viel näher beieinander.«

»Ach so, verstehe«, sagte Hansen, der sich als Stadtmensch nicht ganz in die Wiesenhofner hineinzuversetzen vermochte. »Danke übrigens, dass Sie sich in Ihrem Urlaub die Zeit nehmen. Und dafür, dass Sie ihr noch nichts gesagt haben.«

»Na ja, Herr Marle meinte, Sie hätten ermittlungstaktische Gründe – daran halte ich mich natürlich.« Er zuckte mit den Schultern. »Auch wenn's mir diesmal etwas schwerer fiel. Wissen Sie, Sandra und ich waren mal … wir sind seit Langem gut befreundet. Da habe ich mich nicht leicht damit getan, ihr nicht die ganze Wahrheit zu sagen.«

Hehnel stellte den Wagen schon nach einigen Minuten wieder ab. Sie waren über eine Brücke auf die Lindauer Bodenseeinsel gefahren und machten sich nun auf den kurzen Fußweg zu Sandra Vöcklers Wohnung, die in einem markanten Eckhaus mit grün-weiß gestreiften Fensterläden lag. Im Erdgeschoss des Gebäudes war ein Bistro eingerichtet, einige Tische und Stühle standen auf der Straße vor den großen Panoramascheiben – und aus einem Fenster im zweiten Stock sah ihnen schon Sandra Vöckler entgegen.

Kurz darauf saßen Hehnel und Hansen in ihrem Wohnzimmer. Sandra Vöckler hatte schon Kekse und Kuchen hingestellt und kam nun mit drei Bechertassen zu ihren Besuchern.

»So, bitte schön, der Cappuccino«, sagte sie und setzte sich zu ihnen.

»Sie sind tot, oder?«, begann sie, an Hehnel gewandt, noch bevor Hansen sich eine passende Gesprächseröffnung bereitgelegt hatte.

Hehnel sah kurz zu Hansen hin, dann nickte er langsam.

»Du hast es gestern schon gewusst, stimmt's?«, sagte sie zu Hehnel. Es klang eher traurig als vorwurfsvoll, und der Polizist sank ein wenig in sich zusammen, senkte den Blick und nickte noch einmal.

»Das ist meine Schuld«, mischte sich Hansen ein. »Ich habe meinen Vorgesetzten gebeten, dass Ihnen und auch allen anderen Bewohnern von Wiesenhofen noch niemand etwas vom Schicksal Ihrer Nachbarn erzählt. Und mein Vorgesetzter hat auch Herrn Hehnel angewiesen, sich daran zu halten. Er hat mir vorhin schon gestanden, dass es ihm nicht leichtgefallen ist.«

Hehnel warf ihm einen dankbaren Blick zu, wirkte aber noch immer wie ein Hund im Gewitterregen.

»Und warum treiben Sie solche Spielchen?«, fragte Sandra.

»Wir stehen bisher noch ganz am Anfang unserer Ermittlungen«, fuhr Hansen fort. »Da ist jede noch so kleine Information wichtig für uns – da wollte ich nicht gleich mit der Tür ins Haus fallen. Die Nachricht von einem Mord ist nichts, was jeder einfach so wegsteckt. Da kann es von Vorteil sein, wenn man schon vorher miteinander gesprochen hat.«

Sandra Vöckler nickte langsam. »Mord also«, murmelte sie. »Und wie?«

»Das möchte ich Ihnen nicht sagen. Und das würden Sie so genau auch nicht wissen wollen, glauben Sie mir.«

Sie sah ihn nachdenklich an.

»Friederike Habergsell, ihr Mann Richard und der gemeinsame Sohn Anton sind tot«, fuhr Hansen fort. »Lassen Sie es dabei bewenden.«

Er hatte kurz den Eindruck gehabt, als habe sich der

Blick der jungen Frau für einen Moment etwas verhärtet, als er Anton Habergsell erwähnte – aber ganz sicher war er nicht. Und kurz darauf konnte er nicht mehr länger darüber nachdenken: Sandra Vöckler griff nach ihrer Tasse, doch ihre Geste ging ins Leere. Während sie weiterhin Hansen starr anblickte, rutschte ihre rechte Hand langsam auf die Tischkante zu, fiel nach unten, und der massige Körper der Frau kippte nach rechts vom Stuhl.

Noch bevor Hansen reagieren konnte, hatte Hehnel ihren linken Arm gepackt, wurde aber von Sandra mitgerissen. Er landete hart auf den Knien, schubste ihren Stuhl zur Seite und bettete ihren Kopf möglichst sanft in seinen Schoß. Inzwischen war auch Hansen aufgesprungen und sah sich um, wo es zur Küche ging, um ein Glas Wasser zu holen.

»Kommen Sie her«, kommandierte Hehnel und bedeutete Hansen, seinen Platz einzunehmen und Sandra zu stützen. Hansen stützte ihre Schultern mit seinen Oberschenkeln und ihren Hinterkopf mit seinem linken Arm ab. Die Frau war schwer, und von ihren Haaren stieg der Duft eines fruchtigen Shampoos auf.

Hehnel kam mit einem durchsichtigen Röhrchen und einem halb gefüllten Glas Wasser zurück. Er schüttete sich zwei kleine Tabletten in die Hand und steckte der Bewusstlosen das Medikament in den Mund. Dann tätschelte er ihre Wangen, bis ihre Lider zuckten und sie langsam ein wenig die Augen öffnete.

»Hier, trink, Sandra«, forderte er sie auf. »Die Tabletten hast du schon im Mund.«

Sie sah ihn kurz fragend an, dann lächelte sie und trank das Glas leer. Hansen sah den beiden schweigend zu. Hehnel ließ Sandra nicht aus den Augen, bis sie alles geschluckt hatte und wieder die Augen schloss.

»Was haben Sie ihr gegeben?«, fragte Hansen leise.

»Die Tabletten nimmt sie seit Jahren, wenn sie mal wieder Probleme mit dem Kreislauf hat. Sie hat immer welche im Nachttisch. Normalerweise sollte sie in ein paar Minuten wieder auf dem Damm sein.«

Liebevoll lächelnd betrachtete er die Frau vor sich, dann sah er zu Hansen und tätschelte sich auf den Bauch.

»Sie sollte ein paar Kilo abnehmen, dann hätte sie das Problem nicht mehr in dem Ausmaß«, sagte er.

»Früher hat dir das mal gefallen«, murmelte Sandra Vöckler mit geschlossenen Augen, drückte ihm die Hand und lächelte.

»Ja, hat es. Sehr sogar.«

Hansen fühlte sich wie das fünfte Rad am Wagen, aber daran war im Moment nichts zu ändern. Er blieb auf dem Fußboden hocken, obwohl ihm allmählich ein leichter Krampf in den linken Oberschenkel kroch. Und als sich Sandra Vöckler nach fünf Minuten mit Hehnels Hilfe umständlich wieder hochwuchtete, konnte er mit seinen tauben Beinen kaum aufstehen und schleppte sich mit Müh und Not zurück auf seinen Stuhl.

»Sie hatten ja gleich, als Sie Ihre Nachbarn vermissten, etwas Schlimmes befürchtet«, setzte Hansen nach einer Weile wieder an. »Was denn genau?«

»Nichts Konkretes. Ich habe Ihnen ja schon droben auf

der Waldwiese erzählt, dass es nur so ein Gefühl war – und da lag ich ja leider richtig.« Sie stierte vor sich auf die Tischplatte.

»Könnten Sie sich vorstellen, wer die Habergsells genug gehasst haben könnte, um ihnen so etwas anzutun?«

Hansen behielt die junge Frau genau im Auge und drückte sich so schonend wie möglich aus, um nur ja nicht zu riskieren, dass sie noch einmal das Bewusstsein verlor. Sie saß jetzt aber nur schweigend da und starrte vor sich hin. Nach einer Weile zuckte sie mit den Schultern.

»Glauben Sie, dass die Pläne von Xaver Groschinger damit zu tun haben könnten?«

Sie hob langsam den Kopf und sah ihn an.

»Keine Ahnung. Aber bringt man denn drei Menschen um, nur weil man seinen Gasthof vergrößern möchte?«

Das haben Leute schon für viel weniger getan, dachte Hansen, aber er sagte nichts.

Sie forschte in seiner Miene.

»Ist Groschinger einer Ihrer Verdächtigen?«, fragte sie dann. »Glauben Sie, dass er's war?«

»Mit Glauben komme ich in meiner Arbeit meistens nicht sehr weit. Sie hatten mir auf der Wiese auch erzählt, dass die Stimmung in Wiesenhofen unter Groschingers Erweiterungsplänen leidet. Wie sehr denn?«

Sandra Vöckler dachte einen Moment lang nach, dann huschte ein trauriges Lächeln über ihr Gesicht.

»Also halten Sie auch meine Eltern und das Ehepaar Kritz für verdächtig?«

»Wie gesagt, wir stehen mit unseren Ermittlungen noch ganz am Anfang.«

»Verdächtigen Sie mich?«

Hansen schwieg und wartete, bis sie weiterredete.

»Wissen Sie, Herr Hansen, ich wohne jetzt schon seit gut fünf Jahren hier in Lindau. Ich arbeite in einem IT-Unternehmen, und ich bin gut in meinem Job. Manchmal fliege ich nach Asien oder in die USA, wenn mein Chef sichergehen will, dass vor Ort alles so läuft, wie er es sich vorstellt und wie es gut ist für unsere Firma. Das Leben, das ich führe, ist von Wiesenhofen weiter weg, als Sie sich das vorstellen können. Würden Sie für ein paar Tage in dem kleinen Nest wohnen, wüssten Sie wahrscheinlich bald mehr über die Leute dort als ich.« Ihre Augen schimmerten ein wenig.

»Hatten die Habergsells mit jemandem in Wiesenhofen Streit – mal abgesehen von Groschinger?«, fragte Hansen. »Mit Ihren Eltern? Mit dem Ehepaar Kritz? Groschinger hat angedeutet, dass nicht alle drei Familien seinen Plänen gleich ablehnend gegenüberstanden.«

»Wenn Sie meinen Eltern etwas anhängen wollen, dürfen Sie nicht mich fragen. Glauben Sie denn ernsthaft, ich würde sie Ihnen gegenüber schlechtmachen?«

Sie schüttelte ungläubig den Kopf. Hansen wusste, dass sie recht hatte. Aber einen Versuch wollte er noch unternehmen, bevor er sich verabschiedete.

»Und Anton Habergsell?«

Sandra Vöckler erstarrte, antwortete aber nicht.

»Können Sie mir zu ihm noch etwas sagen?«, hakte Hansen nach.

Sandra Vöcklers Oberkörper schwankte ganz leicht, dann atmete sie ein paar Mal unregelmäßig und griff mit einer Hand nach Hehnel. Hansen fand den neuen Schwächeanfall nicht sehr überzeugend, aber sicher konnte er nicht sein – und so stand er auf, erkundigte sich bei ihr, ob es ihr gut genug gehe, dass er sie jetzt allein lassen könne.

»Ich würde gerne bei ihr bleiben«, sagte Hehnel.

»Kein Problem, mein Kollege kann mich vorne an dem Parkplatz abholen, wo Sie Ihren Wagen abgestellt haben.«

Er reichte ihm seine Visitenkarte.

»Und wenn irgendetwas ist, rufen Sie mich bitte gleich an.«

Hehnel nickte und kümmerte sich dann wieder um Sandra Vöckler, die noch immer mit geschlossenen Augen dasaß und sich sehr bemühte, angeschlagen zu wirken.

»Bitte entschuldigen Sie, Frau Vöckler, wenn ich Ihnen so sehr zusetzen musste. Leute zu befragen, denen es nicht gut geht, und sie wie Verdächtige zu behandeln, wenn sie wahrscheinlich eher Leidtragende sind … das ist kein Teil meines Jobs, den ich besonders mag.«

Hehnel brachte ihn hinaus und drückte die Tür hinter ihm zu. Hansen blieb noch zwei, drei Minuten im Hausflur stehen, lehnte an der Wand und horchte, ob er aufschnappen konnte, was in der Wohnung vor sich ging.

Dann näherten sich Schritte auf der Treppe und er sah zu, dass er aus dem Haus kam.

»Glauben Sie, dass Sandra Vöckler Ihnen etwas verschweigt?«, fragte Haffmeyer mit leiser Stimme, denn Hanna auf dem Rücksitz hatte schon wieder ihre Freundin am Telefon. Währenddessen chauffierte er seine Kollegen zügig durch den dichter werdenden Verkehr aus Lindau hinaus in Richtung Wiesenhofen.

»Natürlich. Das wäre ja auch noch schöner! Nehmen Sie mal an, Ihr Vater hätte sich zuletzt noch mit Richard Habergsell gestritten – was ich mir übrigens sehr gut vorstellen kann, so angespannt, wie die Stimmung in Wiesenhofen gerade zu sein scheint. Würde mir seine Tochter das brühwarm erzählen, wo sie doch weiß, dass ich auch alle Nachbarn der Habergsells für deren mögliche Mörder halte? Na, das wär mir ja eine schöne Tochter!«

Hanna steckte das Handy weg, und Hansen wollte sich schon nach ihrer Freundin erkundigen, da summte das Gerät bereits wieder und sie meldete sich. Danach hörte sie eine Weile wortlos zu. Hansen klappte den Sonnenschutz vor sich herunter und schaute in den kleinen Schminkspiegel: Zu seiner Überraschung lächelte seine Mitarbeiterin selig und sah mit funkelnden Augen zum Seitenfenster hinaus. Auch Haffmeyer hatte mit einem kurzen Blick in den Rückspiegel den Stimmungsumschwung der Kollegin bemerkt. Er zwinkerte Hansen zu und sagte nichts mehr, bis Hanna nach einigen Minuten auflegte.

Die beiden Männer horchten ein wenig und sahen dabei so unbeteiligt nach vorn, wie sie konnten, und als Hanna wegen der Stille im Wagen stutzig wurde, fing sie Haffmeyers amüsierten Blick im Rückspiegel auf.

»Was denn?«, fragte sie mit gespielter Empörung, aber eine zarte Röte zog sich dabei über ihre Wangen, dann lachte sie und warnte ihn: »Kein Wort jetzt, ja?«

Vor dem verwinkelten Haus, das an der letzten Kurve vor Wiesenhofen lag, saß eine hagere Frau in weitem Rock und weiter Bluse auf dem Boden und rollte einen Ball zu einem kleinen Kind hin, das ihr gegenübersaß, den Ball stoisch wieder zurückrollte und dabei vor Vergnügen jauchzte.

Haffmeyer hielt an, und Hansen stieg aus, um mit der Frau zu reden, die er während ihres ersten Besuchs nicht gesehen hatte. Groschinger zufolge waren nur die drei Höfe gegenüber vom Gasthof noch dauerhaft bewohnt, und weder das Ehepaar Kritz noch die Vöcklers hatten eine Familie erwähnt, die in diesem Haus am Rand des Weilers lebte.

Die Frau sah auf, als sie wahrnahm, dass das Auto stehen geblieben und Hansen ausgestiegen war. Das kleine Kind begann zu weinen, sobald das Spiel unterbrochen wurde, da rollte die Frau den Ball wieder zu ihm hin, ohne Hansen jedoch aus den Augen zu lassen. Allerdings wurde ihre Miene eisiger mit jedem Schritt, den er sich ihr näherte.

»Entschuldigen Sie bitte, könnte ich kurz mit Ihnen reden?«

Die Frau dachte kurz nach, dann antwortete sie in einem Dialekt, der Hansen komplett überforderte. Allgäuerisch war es nicht, es klang eher nach einer sehr wilden Mischung aus rauem Schwyzerdütsch, Französisch, Italienisch und irgendeiner Sprache vom Balkan. Er fragte noch einmal, sprach noch etwas deutlicher – und verstand auch die zweite Antwort nicht einmal ansatzweise. Allerdings glaubte er, aus den Gesten der Frau schließen zu können, dass sie ihn nicht verstand. Also nickte er ihr zu, murmelte noch eine Entschuldigung und kletterte zurück ins Auto.

Am Wegrand vor dem Habergsell-Hof standen nun ein Streifenwagen und der große Transporter der Kriminaltechnik. Durch die Scheiben konnte man die Kollegen in ihren weißen Ganzkörperanzügen sehen. Mitzi, die Katze der Habergsells, verschwand gerade gemächlich hinter einem Schuppen.

Haffmeyer stellte den Wagen auf dem Parkplatz vor dem Gasthaus ab, und sie gingen zuerst zum Haus der Vöcklers. Hansen wollte so bald wie möglich mit dem Ehepaar reden, um sie vielleicht noch sprechen zu können, bevor ihre Tochter ihnen vom Tod der Habergsells erzählt hatte.

Oma Johanna saß wieder auf der Bank vor dem Haus, und Hanna setzte sich zu ihr.

»Ist denn jemand im Haus?«, fragte Hansen, und die Alte bedachte ihn mit einem zahnlosen Lächeln und wies mit einer wackligen Geste auf die offen stehende Eingangstür.

Haffmeyer und Hansen traten ein. Im Flur kam ihnen Sabine Vöckler entgegen, in jeder Hand einen Weidenkorb, gefüllt mit Gefriergut, Getränken und einem großen Stück Brot.

»Warten Sie schon lange auf mich?«, fragte sie ihre Besucher. »Ich war grad im Keller.«

Sie hob die Körbe ein wenig an, um den beiden zu zeigen, was sie geholt hatte, dann schlurfte sie in die Küche.

»Kommen Sie?«, rief sie ihnen über die Schulter zu. Dann wies sie ihnen Plätze am Küchentisch zu und setzte sich ebenfalls.

»Was wollen Sie denn noch wissen?«, fragte sie. »Mein Mann ist übrigens nicht da, der hockt drüben im Seeblick. Stammtisch …« Sie rollte vielsagend mit den Augen.

»Komisch eigentlich«, sagte Hansen. »Hier im Weiler ist die Atmosphäre angespannt, weil Herr Groschinger unbedingt seinen Gasthof erweitern will – und trotzdem gehen alle zu ihm, wenn sie ein Bier trinken wollen.«

»Wo soll mein Mann denn sonst hin am Abend?«

Es war erst vier Uhr nachmittags.

»Wir haben hier oben keine große Auswahl an Lokalen. Und in Wiesenhofen streitet man sich zwar auch mal, aber miteinander ein Bier trinken und zusammensitzen – das geht dann trotzdem noch, vor allem Männer müssen dazu ja nicht die dicksten Freunde sein.« Sie lachte freudlos. »Und? Was wollen Sie noch wissen?«

»Wir wollten Ihnen eher etwas sagen«, begann Hansen. »Von Ihren Nachbarn.«

Sie versteifte sich ein wenig, und ihr Blick wurde ängstlicher.

»Die Habergsells sind tot«, sagte Hansen und wappnete sich schon dafür, dass Sabine Vöckler ebenso dramatisch reagieren könnte wie vorhin ihre Tochter – obwohl sie gesund und robust wirkte.

Es wurde still im Raum, nur der Kühlschrank vibrierte mit einem leichten Surren.

»Tot?«, brachte sie erst nach einer Weile hervor. »O Gott ...«

Sie saß einen Moment unbeweglich da, dann schlug sie beide Hände vor den Mund. »O Gott ...« Inzwischen war sie recht bleich geworden. Haffmeyer stand schnell auf, nahm ein Glas von einem Wandregal, ließ Wasser aus dem Hahn einlaufen und stellte es vor Sabine Vöckler auf den Tisch.

Sie sah ihn verständnislos an.

»Trinken Sie doch einen Schluck«, ermunterte er sie.

Sabine Vöckler schob das Glas ein Stück von sich weg, dann schüttelte sie den Kopf. »Daraus ganz sicher nicht. Darin sammle ich die Schnecken, die mir im Küchengarten an die Kräuter gehen.«

Ihr kurzes, trauriges Lächeln verschwand so schnell, wie es gekommen war. Haffmeyer räusperte sich und nahm wieder Platz. Ein paar Minuten saßen sie schweigend um den Küchentisch herum, dann begann Sabine Vöckler den Kopf zu schütteln, hob den Blick und sah Hansen mit gerunzelter Stirn an.

»Beide?«

Hansen wollte schon antworten, da redete sie bereits weiter.

»O Gott, beide also … Dabei ist der Toni doch noch gar nicht so weit, dass er den Hof weiterführen könnte … Wobei, wird der jemals so weit sein? Ich meine, der ist jetzt auch schon einunddreißig und dabei immer noch ein Kindskopf vor dem Herrn!«

Sie redete in einem fort, und erst als Hansen sie besorgt ansah, unterbrach sie sich.

»Was denn noch? Sie haben doch gesagt, dass beide tot sind, oder?«

»Nicht nur die Eltern sind tot, auch ihr Sohn Anton.«

Sabine Vöcklers Unterkiefer klappte nach unten, sie versuchte etwas zu sagen, brachte aber keinen Ton heraus. Dann griff sie nach dem Schneckenglas und trank es in einem Zug leer.

Rosemarie Kritz trafen sie nicht zu Hause an, ihr Mann war vermutlich ebenfalls im Seeblick. Oma Vöckler erklärte den drei Polizisten, dass »die Rosi« vermutlich noch in Scheidegg sei, wo sie sich regelmäßig mit Freundinnen traf. Dabei grinste die Alte so breit, als freue sie sich diebisch darüber, dass die Nachbarin ihrem Mann so deutlich zeigte, dass sie Herrin ihrer Zeit war.

Hansen und Haffmeyer gingen in den Gasthof, um mit den Wiesenhofener Männern zu reden. Hanna Fischer erklärte sich nur zu gerne bereit, bei Oma Johanna zu bleiben und sich zusammen mit ihr notfalls um Sabine Vöckler zu kümmern. Erstens mochte sie die alte Frau und unterhielt sich gern mit ihr, und zweitens hatte sie keine rechte Lust, im Seeblick das bierselige Beisammensein der männlichen Stammtischler zu stören.

Im Gasthof war tatsächlich nur ein Tisch besetzt. Um eine große runde Tafel, in deren Mitte ein ausgesucht hässliches Holzgebilde mit einem »Stammtisch«-Metallschild stand, saßen Alfred Kritz, Franz Vöckler und Xaver Groschinger, jeder einen Humpen Bier vor sich. Hinter der Theke polierte die Wirtin Gläser und lächelte Hansen und Haffmeyer zur Begrüßung freundlich zu.

Die beiden Polizisten begrüßten die Männer am Stammtisch, steuerten dann aber auf einen der benachbarten Tische zu – Hansen hatte in seinen ersten Monaten im Allgäu immer wieder böse Blicke und abweisende Mienen erlebt, wenn er sich ungefragt an den Stammtisch setzte. Hier aber erhob sich der Wirt von seinem Platz und kam zu ihnen herüber, noch bevor sie sich hatten setzen können.

»Herr Kommissar«, wandte er sich an Hansen, »wollen Sie nicht lieber zu uns an den Tisch kommen? Es sind heute Abend nur die Hiesigen da, und da gehören Sie ja durch Ihre Arbeit im Moment gewissermaßen auch dazu – und ich nehme an, dass Sie ohnehin mit uns reden wollen.«

Hansen warf Haffmeyer einen kurzen Blick zu, und Groschinger beeilte sich hinzuzufügen: »Natürlich gilt das auch für Ihren Kollegen.«

Sie nahmen das Angebot gerne an und ließen sich jeder ein Bier bringen. Kritz und Vöckler war anzusehen, dass sie auf die Gesellschaft der Kripobeamten gut hätten verzichten können.

»Und jetzt wollen Sie uns Löcher in den Bauch fragen, wo wir doch eigentlich nur auf ein Feierabendbier zusammenhocken wollten?«

Vöckler machte sich gar nicht erst die Mühe, seine ablehnende Haltung zu überspielen.

»Tja«, versetzte Hansen und schluckte den aufkeimenden Ärger hinunter, »das bringt mein Beruf eben so mit sich. Aber wir können auch erst einmal miteinander anstoßen, dann redet es sich leichter – nicht wahr, Herr Groschinger?«

Hansen hob sein Glas, Haffmeyer tat es ihm gleich, und auch Groschinger griff schnell nach seinem Bier und stieß mit den beiden an. Er nickte ihnen grinsend zu, wirkte sehr beflissen und auch ein bisschen aufgeregt. Die Krüge von Kritz und Vöckler blieben auf dem Tisch stehen, ein brummiges »Prosit!« war das Äußerste, was sich Franz Vöckler abringen konnte.

»Wir wissen inzwischen, wo Ihre Nachbarn sind«, begann Hansen.

Kritz, Vöckler und Groschinger sahen ihn nun etwas aufmerksamer an – aber entweder konnte die drei nichts mehr erschüttern, oder sie wussten längst, was mit ihren Nachbarn geschehen war.

»Alle drei sind tot.«

Von der Theke her war zu hören, wie ein Glas hart auf der Spüle aufschlug. Am Stammtisch herrschte Schweigen.

Haffmeyer stand auf und ging zur Theke hinüber. Anke

Groschinger stand kreidebleich hinter der Zapfanlage. Er ging zu ihr, nahm ihr behutsam das Glas aus der Hand und blieb bei ihr stehen.

»Sie wussten das schon?«, fragte Hansen die drei Männer am Stammtisch.

Kritz senkte den Blick und setzte seinen Bierkrug an. Vöckler lehnte sich auf seinem Stuhl zurück und verschränkte die Arme. Groschinger schaute kurz zu seiner Frau hinüber, die noch immer wie erstarrt am Zapfhahn stand, den wachsamen Haffmeyer neben sich.

»Nein, woher denn?«, brummte er schließlich. »Ich hab mich zwar gewundert, dass die Polizei gleich so viele Leute schickt und heute früh sogar noch die Spurensicherung, nur weil die Nachbarn mal eine Nacht weggeblieben sind, aber ... nein, gewusst habe ich das natürlich nicht!«

Er sah die beiden Stammgäste an.

»Ihr etwa?«

»Nein, natürlich nicht.«

Hansen kam es vor wie ein elendes Schmierentheater, das ihm da geboten wurde.

Irgendwann wurde es ihm zu dumm im Gasthof. Er hatte Groschinger, Kritz und Vöckler ausgiebig befragt und jedes Mal mit einer Engelsgeduld gewartet, bis die Männer endlich so geantwortet hatten, dass er etwas damit anfangen konnte. Darüber waren mehrere Bier gezapft worden, und die Aussprache der Wiesenhofener war immer schleppender geworden. Schließlich bat er Haffmeyer, noch ein wenig mit den dreien zu reden, klopfte zum Abschied zweimal hart auf die Tischplatte, nahm sein noch halb gefülltes erstes Glas und ging nach draußen.

Auf der Terrasse war nur ein einziger Sonnenschirm aufgeklappt. Er setzte sich auf den erstbesten Stuhl, der ihm einen Blick auf die umliegende Landschaft bot. Dass er dabei den Gasthof selbst im Rücken hatte, war ihm nur recht. Hansen wollte seine Ruhe.

Immerhin hatten Groschinger, Kritz und Vöckler alle Informationen bestätigt, die er bisher zum Nachmittag und Abend des vergangenen Samstags in Wiesenhofen gesammelt hatte, und es hatten sich weitere Puzzleteile in das Bild eingefügt. Die sogenannte Besprechung hatte gegen zwölf Uhr mittags im Seeblick begonnen. Groschinger hatte gekocht und dann mit allen Anwesenden gegessen. Pünktlich um zwölf waren Kritz und Vöckler gekommen, dazu noch Roth und Sperber, zwei Männer, deren Familien schon vor Jahren aus Wiesenhofen weggezogen waren und denen zwei der weiter unten am Hang stehenden Gehöfte gehörten. Gegen dreizehn Uhr stieß Fesl zu der Runde – »der kommt immer zu spät«, erklärte Groschinger, »und der Lemperger ist erst gar nicht gekommen«. Auch die beiden besaßen noch Gehöfte in Wiesenhofen, lebten aber längst anderswo.

Hansen hörte Schritte hinter sich und drehte sich um. Er hatte Haffmeyer erwartet, ein bisschen auch befürchtet, dass einer der Stammtischler zu ihm herauskommen und noch einmal das Gespräch mit ihm suchen würde,

Groschinger vermutlich. Mit dessen Frau hatte er dagegen nicht gerechnet.

»Darf ich mich ein bisschen zu Ihnen setzen, Herr Hansen?«

Das konnte er ihr auf der eigenen Terrasse ja schlecht verbieten, und die verheulten Augen und die blasse Gesichtsfarbe weckten umgehend seinen Beschützerinstinkt. Er stand auf und zog den neben ihm stehenden Stuhl ein Stück nach hinten.

»Oh«, sagte sie leise und lächelte ganz leicht, »ein Gentleman, wie schön.«

Sie setzte sich, Hansen nahm ebenfalls wieder Platz, und dann saßen sie ein paar Minuten lang schweigend beieinander.

»Ist das schwer?«

Hansen schreckte auf, die Frage war ganz unvermittelt gekommen, und so ganz verstand er sie auch nicht. Anke Groschinger sah ihn an, eine weitere Träne perlte ihr über die Wange. Er schluckte ein wenig, weil er nicht recht wusste, was er jetzt am besten tat – und weil ihre Stimme so kehlig und etwas rau geklungen hatte, dass es ihm durch Mark und Bein fuhr.

»Ist das schwer, den Leuten zu sagen, dass Menschen tot sind, die sie kennen?«

Sie sah ihm direkt in die Augen, und Hansen bekam ganz weiche Knie.

»Ja«, begann er und räusperte sich ein paar Mal, weil er das Gefühl hatte, seine Kehle sei ganz eng und trocken und seine Stimme belegt.

»Ja«, setzte er dann noch einmal an, »das ist nicht gerade der schönste Teil meines Berufs.«

Sie nickte, sah ihn aber weiterhin unverwandt an.

»Ich muss allerdings sagen«, fuhr Hansen fort, »dass mir das in Ihrem Fall nicht besonders gut gelungen ist.«

Sie zuckte mit den Schultern und senkte den Blick.

»Die Nachricht hat Sie sehr mitgenommen, richtig?«

»Wundert Sie das?«

Anke Groschinger nestelte am Stoffbändel ihrer Schürze herum. Sie hatte wieder ein Dirndl an, diesmal war es aus schwarzem Stoff geschneidert, gesprenkelt mit grünen und manchmal auch roten Verzierungen, und die weiße, kurzärmelige Bluse war vorne recht offenherzig geschnitten.

»Wundert Sie das?«, wiederholte sie ihre Frage.

Hansen erschrak. Hatte er ihr Dirndl womöglich zu auffällig gemustert?

»Äh … nein, nein, das wundert mich nicht.«

Sie rückte mit ihrem Stuhl ein klein wenig näher.

»Aber …«

Er hatte keine Ahnung, was er sie noch Sinnvolles fragen sollte, doch das Gespräch wollte er trotzdem nicht abreißen lassen.

»Aber waren Sie denn mit den Habergsells sehr gut bekannt?«

Sie lächelte ihn an, ein etwas spöttischer Zug schlich sich in ihren Blick.

»Na ja, in so einem kleinen Nest kennt man sich natürlich immer gut. Da weiß ja jeder von jedem fast alles, wenn man auf so engem Raum …«

Sie rückte noch ein winziges Stück näher, Hansen fand es plötzlich viel wärmer als zuvor.

»… auf so engem Raum miteinander lebt, wissen Sie?«

Sie sah ihm in die Augen, von Traurigkeit war im Moment nicht viel an ihr zu bemerken. Hansen griff nach seinem Bierglas und nahm einen Schluck. Als er den Humpen wieder abstellte, sah ihn Anke Groschinger immer noch an, und sie beugte sich eine Spur nach vorn. Wie im Reflex glitt sein Blick für einen Moment nach unten, und als er ihr wieder in die Augen sah, lächelte sie noch breiter und zwinkerte ihm zu.

Hansen räusperte sich und rückte auf seinem Stuhl etwas nach hinten.

Haffmeyer kam zu ihnen auf die Terrasse und setzte sich.

»Von mir aus können wir gehen, Herr Hansen«, sagte er. »Ich glaube nicht, dass wir heute noch viel erfahren werden.«

Hansen nickte.

»Aber vorher lassen Sie mich das mal sehen«, mischte sich Anke Groschinger ein und griff nach Haffmeyers rechter Hand.

Der war zu verblüfft, um seinen Arm gleich wieder wegzuziehen, und im nächsten Moment hatte die Wirtin schon das Handgelenk gepackt und mit einer schnellen Bewegung das verblutete Pflaster vom Daumen gerissen. Hansen sah auf die Wunde und hielt kurz die Luft an. Die

Wunde hatte sich entzündet und tat inzwischen vermutlich höllisch weh. Haffmeyer saß entsprechend stocksteif da und presste die Lippen aufeinander.

»Einen Moment bitte und nicht weggehen, ja?«

Anke Groschinger flitzte ins Haus und kam gleich darauf mit einigen Utensilien zurück, die sie zwischen sich und Haffmeyer auf dem Tisch ausbreitete. Sie besprühte die Wunde mit Desinfektionsspray, rieb sie mit einigen Wattestäbchen aus und besprühte sie erneut. Dann pustete sie den Daumen halbwegs trocken, gab eine Salbe auf die Wunde und verklebte alles mit frischem Heftpflaster.

»Und das lassen Sie jetzt ein, zwei Tage dran. Und wenn Sie am Handgelenk rote Streifen sehen, gehen Sie sofort zum Arzt.«

Ihr Ton duldete keinen Widerspruch, und Haffmeyer murmelte dann auch nur ein etwas verlegenes »Danke« und nickte.

Auf der Heimfahrt hatte Haffmeyer wie üblich zuerst Hanna Fischer abgesetzt. Sie wirkte sehr aufgekratzt, nachdem sie kurz vor der Ankunft in Füssen noch einmal ein Telefonat geführt und dabei unablässig gelächelt hatte.

Kurz darauf war auch Hansen ausgestiegen, und der Kollege hatte noch im Rückwärtsfahren gemerkt, dass sein Vorgesetzter ein wenig unschlüssig im Hof stand – gerade so, als wolle er jetzt noch nicht allein sein. Haffmeyer drehte den Zündschlüssel um und ging zu Hansen.

»Na, Chef, haben Sie Hunger?«

Hansen sah ihn an und zuckte mit den Schultern.

»Falls Sie nämlich keine Lust haben, jetzt ewig mit Töpfen und Pfannen zu hantieren und hinterher die ganze Küche auch wieder sauber zu machen ...«

Haffmeyer hatte das Prozedere hinreichend eindringlich beschrieben, und Hansen grinste entsprechend breit.

»Was hätten Sie denn vorzuschlagen?«, fragte er. »Kennen Sie hier in der Stadt ein besonders gutes Lokal?« Dann klatschte er sich mit der flachen Hand an die Stirn. »Blöde Frage, natürlich haben Sie einen guten Tipp auf Lager, Sie kennen im Allgäu ja offenbar ohnehin alles und jeden.«

Er lachte, und Haffmeyer lachte mit.

»Oder Sie kommen mit rein«, schlug Hansen vor, »ich mach uns ein Bier auf, und wir vespern was – Rauchfleisch, Käse und Brot habe ich eigentlich immer da, seit ich hier wohne.«

»Danke für das Angebot, Chef, vielleicht komme ich mal darauf zurück. Aber ich schulde Ihnen noch was.«

»Ach so, Sie wollen mich zum Essen einladen?«, witzelte Hansen.

»Na ja, um ehrlich zu sein, das nicht gerade. Aber ich schulde Ihnen noch eine Antwort.«

»Eine Antwort? Worauf?«

»Sie wollten doch unbedingt wissen, was ich mit den Fliegen mache, die ich sammle. In Wiesenhofen bin ich ja auch wieder fündig geworden.«

Hansen zwinkerte ihm zu. »Das hab ich gesehen, auch

wenn Frau Fischer Sie noch vor mir warnen wollte. Sie weiß Bescheid über Ihr Hobby, oder?«

Haffmeyer nickte, dann grinste er. »Und? Wollen Sie es nun wissen, das mit den Fliegen?«

»Klar, warum nicht? Ich hab ohnehin noch keine Lust, allein in diesem Bauernhaus zu hocken. Und zum Bogenschießen fehlt mir heute die Ruhe. Dieser Dreifachmord …« Und diese Wirtin, fügte er in Gedanken noch hinzu.

»Gut, dann nehmen Sie Ihren Wagen, und fahren Sie einfach hinter mir her. Ich wohne in Zell, das liegt nur ein paar Kilometer von hier entfernt, in einer Viertelstunde sind wir dort. Und von mir daheim sind es nur ein paar Minuten zu Fuß bis zu einem Hotel, wo man wirklich gut essen kann – da gehen wir anschließend hin. Ist das ein Vorschlag?«

»Das klingt sehr gut, ich hol nur kurz meinen Autoschlüssel.«

Wenig später bog Hansen hinter dem Wagen seines Mitarbeiters auf die B16 ein, und tatsächlich waren sie eine Viertelstunde später am Ziel. Das Haus von Willy Haffmeyer war ein schmucker, zweigeschossiger Bau mit Garage, Scheune und großem Grundstück. Das Erdgeschoss war verputzt und weiß gestrichen, der erste Stock war in Holz gefasst, und ein großer Balkon zog sich über die gesamte Frontseite.

»Nicht schlecht«, staunte Hansen. »Sie wohnen ja nicht gerade in beengten Verhältnissen. Ist Ihre Familie denn so groß?«

»Nein, hier wohne ich allein – früher lebten hier meine Eltern zusammen mit Oma, Opa und meinen drei Geschwistern. Aber inzwischen ... Na ja, meine Großeltern und die Eltern sind gestorben, und das mit den Geschwistern verläuft sich halt manchmal.«

Haffmeyer ging voraus. »Hier ist die Küche, dort das Wohnzimmer, hinten links das Bad, rechts das Schlafzimmer und davor zwei Kinderzimmer. Ich wohne oben unterm Dach, den Rest könnte ich theoretisch als Ferienwohnung vermieten – aber dann hätte ich keine Hobbyräume mehr, und die Fliegen da drin würden die Gäste verschrecken.«

Damit war er ins erste der beiden Kinderzimmer marschiert, die er offenbar zur weiteren Verarbeitung der gesammelten Fliegen nutzte. Hansen fand sich in einem sonnendurchfluteten Raum wieder, an dessen Wänden großformatige Gemälde hingen. Sie sahen interessant aus und erinnerten ihn an den Malstil des Pointillismus, bei dem sich ab einer bestimmten Entfernung zum Bild einzelne Punkte zu Farbverläufen verbinden. Aber Hansen schaute sich nach etwas anderem um.

»Bitte schön, das ist es!«

Haffmeyer sah lächelnd in die Runde, und Hansen suchte nach den Fliegen, die er erwartet hatte. Auf dem Tisch lagen ein paar herum, auf einem Stuhl daneben lehnten ein paar leere Styroporplatten.

»Was meinen Sie?«

»Na, die Fliegen!« Haffmeyer lächelte spitzbübisch.

»Was liegt denn da alles auf dem Tisch?«, fragte Hansen und ließ seinen Blick schweifen. »Ein paar Fliegen, ein paar Nadeln. Farbe in kleinen Töpfchen, kleine Pinsel, eine Palette, unterschiedlich lange Pinzetten.«

Er sah den Kollegen fragend an.

»Damit mache ich sie bunt. Mit dem Pinsel geht's exakter, mit der Pinzette und den Farbtöpfen schneller.«

Haffmeyer deutete auf eines der Bilder. Es zeigte ruhende und spazierende Menschen auf einer Wiese, links war Wasser zu sehen, mit Badenden und Booten.

Erst als Hansen nur noch einen Schritt von dem Kunstwerk entfernt stand, wurde ihm klar, was Haffmeyer mit all seinen Fliegen anstellte. Er beugte sich bis auf wenige Zentimeter an die Farbpunkte heran und konnte kaum fassen, wie gut sich die Stück für Stück eingefärbten toten Tiere hier zu Grasflächen, Gesichtern oder Sonnenschirmen verbanden.

»Das machen Sie mit den Fliegen?«

»Ja. Gefällt's Ihnen?«

»Das ist der Hammer! Etwas eigenartig, das muss ich zugeben, aber große Klasse!«

»Das ist bisher mein Meisterstück. Eine Kopie von Georges Seurats ›Ein Sonntagnachmittag auf der Insel La Grande Jatte‹. Das Original entstand von 1884 bis 1886 und gilt als erster Meilenstein des Pointillismus.«

»Und wie lange haben Sie daran gearbeitet?«

»Fünf Jahre, es ist aber auch ein riesiger Schinken, zumindest in meiner Version. Dort hinten steht das Bild, an dem ich gerade arbeite. Im Original ist das allerdings kein pointillistisches Gemälde.«

Hansen erkannte das hochformatige Motiv anhand des bereits eingefärbten Hintergrunds, auf dem Haffmeyer später seine bunten Fliegen platzieren würde: Edvard Munchs »Schrei« mit seinen schwungvoll gezogenen Farblinien und der schreienden Gestalt auf der Brücke.

»Munch hat davon zehn verschiedene Versionen gemalt, ich hab mir in einem Möbelhaus einen Druck davon gekauft, den gab's ganz günstig, und dann habe ich einen Copyshop-Betreiber überredet, das Bild zu scannen und mir davon einen abgeschwächten und vor allem stark vergrößerten Ausdruck zu machen. Ich muss ja meine Bildpunkte auch unterbringen.«

Er lachte, und Hansen musterte beeindruckt den Verlauf der Brücke, die teilweise schon mit eingefärbten Fliegen bestückt war.

»So«, sagte Haffmeyer dann und klatschte unternehmungslustig in die Hände, »genug Kunst für heute. Und falls Sie jetzt noch Appetit haben, gehen wir essen.«

Xaver Groschinger verließ den Stammtisch als Letzter, und als er mit weichen Knien aus dem Gastraum in Richtung Schlafzimmer wankte, war es gerade zehn durch. Anke Groschinger werkelte noch in der Küche und sah ihn aus den Augenwinkeln an der Durchreiche vorbeikommen. Sie trocknete sich die Hände ab und räumte die letzten Töpfe weg. Im Flur blieb sie noch stehen, bis die schweren Schritte ihres Mannes in Richtung Bad gepoltert waren, dann ging sie in die leere Gaststube, nahm sich ein Glas und eine Likörflasche, kramte aus einer

Schublade des Tresens eine Zigarettenschachtel, einen gläsernen Aschenbecher und ein Feuerzeug und trug alles auf einem Serviertablett auf den Balkon.

Auf dem Tisch breitete sie alle Utensilien aus und fläzte sich in einen Stuhl. Von oben hörte sie durchs gekippte Fenster ihren Mann im Badezimmer rumoren, und wenig später röhrte unregelmäßiges Schnarchen durchs Gebäude. Den ersten Likör kippte sie schnell hinunter, den zweiten genoss sie in aller Ruhe und ließ dabei ihren Blick durch den blauen Zigarettendunst zum See schweifen.

Dort drunten brannten Lichter, dort wurde gelebt, geliebt, vielleicht auch gestritten – aber hier oben schlief alles, selbst das Vieh machte kaum Geräusche. Wiesenhofen ... inzwischen löste fast schon allein der Klang des Namens Übelkeit in ihr aus. Ein bitteres Lächeln spielte um ihren Mund. Sie erinnerte sich an diesen feschen Bayern, der ihr im Urlaub von seiner Gastwirtschaft erzählt hatte, der erst so sanft und dann so draufgängerisch gewesen war und der ihr damals eine atemberaubende Nacht nach der anderen beschert hatte.

Das hatte sich bald gelegt. Kaum war sie seinetwegen in dieses elende Nest gezogen, hatte er sie eher als billige Arbeitskraft behandelt. Der verdammte Gasthof hatte sie von frühmorgens bis spät in den Abend hinein auf Trab gehalten. Die aufregenden Nächte waren erst seltener geworden, und schließlich hatte er sie gar nicht mehr angefasst.

Als sie ihm auf die Schliche gekommen war, wo er das bisschen Sex auslebte, das ihm nach all dem Alkohol noch möglich war, tat es ihr fast schon nicht mehr weh. Inzwischen fuhr er dafür nicht einmal mehr in die Stadt, sondern nutzte die »Besprechungen« mit den hiesigen Trampeln für seine Schweinereien. Und die Bauerntrottel machten natürlich bereitwillig mit, schwiegen sich ihren Frauen gegenüber aus, was wirklich passierte, wenn sie angeblich im Seeblick beisammensaßen und über Groschingers Pläne verhandelten, und kamen sich dabei auch noch wahnsinnig clever vor.

Ihretwegen konnte ihr Mann mit seinem verkümmerten Ding treiben, was er wollte, aber dass er und die anderen Witzfiguren glaubten, dass sie nichts von alledem ahnte, ärgerte sie insgeheim doch. Ab und zu rächte sie sich, indem sie den Kerlen ins dritte oder vierte Bier spuckte, wenn sie ohnehin nichts mehr schmeckten, und wenn sie ihnen hinterher noch ein bisschen den Ausschnitt ihres Dirndls vor die Nase hielt, bis sie fürs Trinkgeld etwas tiefer als sonst in die Tasche griffen.

Bis auf Andreas Roth hatte keiner dieser Dorftrottel jemals gewagt, sie anzufassen – und ihn hatte sie sich resolut vom Leib zu halten gewusst. In Wiesenhofen gab's keinen, den sie rangelassen hätte. Vielleicht hätte Toni Habergsell einer werden können. Er war ein Arschloch, aber wenigstens ein junges. Und jetzt war er tot.

Sie drückte die Zigarette aus und fuhr sich mit den Fingerspitzen prüfend über die Haut ihrer Brüste. Da war noch alles straff und ansehnlich, und die Blicke des Kommissars hatten ihr sehr gutgetan. Wenn sie in Lindau mit ihrer Freundin um die Häuser zog, gönnten sie sich gelegentlich auch den einen oder anderen Fremden zum Cocktail, aber das waren Begegnungen, die nach ein, zwei Stunden vorbei und vergessen waren. Dieser Hansen dagegen würde wegen der toten Habergsells noch einige Male hier heraufkommen, da würde sich vielleicht etwas einfädeln lassen, da konnte sie ihre Reize in aller Ruhe wirken lassen. Und gefallen würde ihr dieser Hansen schon. Er war schlank, offenbar durchaus sportlich, und er war ein Landsmann. Wenn sie ihn richtig verstanden hatte, war er mit der Liebe, die ihn ins Allgäu gelockt hatte, so wenig glücklich geworden wie sie.

Eine Weile noch sah sie hinunter in Richtung Bodensee, dann räumte sie seufzend alles wieder aufs Tablett und ging nach drinnen. Im Bad riss sie die Fenster auf, zog sich aus und betrachtete prüfend ihr Spiegelbild, dann begann sie Make-up aufzulegen, die Brauen mit schwarzem Kajal nachzuziehen und die Lippen mit kräftigem Rot. Schließlich war sie zufrieden mit dem, was sie im Spiegel sah. Eine Weile stand sie einfach nur so da und genoss den kühlen Nachtwind auf ihrer Haut, dann schminkte sie sich wieder ab, trug ihre Nachtcreme auf und schlüpfte in ihr Nachthemd.

Im Schlafzimmer sah sie eine Weile auf ihren rücklings daliegenden Mann, der schnarchte, die Beine weit gespreizt, und dessen alte, ausgeleierte Feinrippunterhose nichts verbarg. Im Zimmer hing ein unangenehmer Geruch von Schweiß und Urin.

Sie drückte die Tür wieder zu und ging in ihr Ausweichzimmer, wie sie es insgeheim nannte. Es war ein schönes

Gästezimmer im zweiten Stock, das niemand von den Gästen wollte, weil die Fenster nach hinten rausgingen. Deshalb hatte sie leichtes Spiel, als sie es Xaver abschwatzen wollte – angeblich nur, weil sie wegen seines lauten Schnarchens nicht neben ihm einschlafen konnte.

Das Zimmer war geräumig und tagsüber schön hell. Anke Groschinger achtete darauf, dass immer frisch gelüftet war. Im Regal standen Bücher, die vor allem gemeinsam hatten, dass sich am Ende alles zum Guten wendete – und nicht selten ging es in den Geschichten um eine Frau, die ein Schicksalsschlag dazu brachte, ihr bisheriges Leben zu überdenken und anderswo ein neues Glück zu finden. Auch auf ihrem Nachttisch lag ein solches Buch. Das Cover zeigte eine Frau im roten Kleid, die die ganze Welt zu umarmen schien und dabei durch einen Park auf den Eiffelturm zuschlenderte.

Der Likör hatte Anke Groschinger entspannt, die Pause auf dem Balkon hatte sie schläfrig gemacht, und dass sie sich ohne allzu großen Aufwand vor dem Spiegel noch immer ziemlich attraktiv herrichten konnte, schmeichelte ihr. Sie öffnete ein Fenster, dachte kurz nach, dann ließ sie das Nachthemd zu Boden sinken und kroch nackt unter die Bettdecke.

Dass sie in der Nacht von Hansen träumte, gefiel ihr ebenso gut wie die Art des Traums – als sich aber immer wieder die Gesichter der Habergsells ebenso ins Bild drängten wie ihr Mann und die schwitzenden Nachbarn, verflüchtigten sich die schönen Bilder von Hansen und ihr leider wieder.

Auf dem Weg ins Schlafzimmer sah sich Hansen immer wieder um, aber den Kater konnte er nirgendwo entdecken. Zur Sicherheit lugte er auch noch unters Bett und wappnete sich beim Aufschlagen der Decke für eine Überraschung – aber Ignaz war nicht im Schlafzimmer. Erleichtert atmete Hansen auf, die gemeinsame Nacht würde wohl eine Ausnahme bleiben. Ein Glück, denn mit dem Vieh an seiner Seite hatte er alles andere als entspannt geschlafen.

Er streckte sich aus, schloss die Augen und konzentrierte sich auf seinen Atem, um nach dem langen Tag zur Ruhe zu kommen, und versuchte an nichts zu denken. Als er nicht gleich einschlief, störte ihn das noch nicht. Er hatte sich daran gewöhnt, auch mal fünf, zehn oder sogar zwanzig Minuten einfach nur so dazuliegen, bis er wegdämmerte. Und falls er – was zum Glück selten vorkam – an einem Abend überhaupt nicht in den Schlaf fand, stand er eben auf, trank in der Küche ein Glas Wasser, notierte sich die Gedanken, die ihm im Kopf herumgingen, und nahm nach einer halben Stunde einen neuen Anlauf.

Das schien ihm auch heute bevorzustehen. Sobald er glaubte, er schlafe jetzt endlich ein, tauchten Bilder vom Museumsdorf vor seinem geistigen Auge auf, und er war wieder hellwach.

Gegen halb eins schlug er die Decke zurück und tappte in die Küche hinüber. Einen Notizblock brauchte er heute nicht, was ihn umtrieb, war auch so klar. Und das würde so bleiben, bis die Täter gefasst waren. Statt Wasser schenkte er sich ein Bier ein. So spät in der Nacht war es noch nicht, dass er das am nächsten Morgen bereuen würde.

Es war still im Haus. Nur ab und zu knackte einer der Holzbalken, die sich nach dem warmen Tag in der Nacht allmählich abkühlten. Hansen hatte einige Zeit gebraucht, sich daran zu gewöhnen, dass dieses alte Haus in gewisser Weise ein Eigenleben führte, dass es manchmal knarzte und raschelte, als sei jemand heimlich darin unterwegs, den Hansen nie zu Gesicht bekam.

Natürlich hatte er auf dem Dachboden des Bauernhofs und im Schuppen jede Menge Mitbewohner, er hatte schon Wespen, Mäuse und Fledermäuse gesichtet, ein Igel schlich nachts im Garten herum, und vermutlich hatte sich irgendwo auch ein Marder einquartiert. Doch manche Geräusche machte das Haus selbst. »Es atmet«, hatte Frau Walburga mal zu ihm gesagt, als er ihr von den Geräuschen berichtet hatte, die ihn anfangs ziemlich irritiert hatten. Und dabei war sie mit einem seligen Lächeln an die Wand getreten und hatte einen der alten Balken gestreichelt.

Inzwischen störte sich Hansen nicht mehr an diesem »Atmen«, und manchmal, wenn draußen der Nebel vom See herüberwaberte, stellte er sich zu den Geräuschen Gespenster vor, die oben auf dem Dachboden miteinander Karten spielten oder dem Kater drüben im Schuppen kleine Streiche spielten.

Jetzt spazierte Ignaz zur Küche herein. Sein krächzendes Maunzen war vermutlich als Begrüßung gemeint, dann wandte sich der Kater seinem leeren Futternapf zu und schnüffelte so lange, bis Hansen endlich begriffen hatte. Aus dem Kühlschrank holte er die angebrochene Dose Katzenfutter und füllte eine Portion in den Napf.

Ignaz machte sich sofort mit Heißhunger darüber her. Hansen setzte sich wieder und sah dem Kater beim Fressen zu. Das leise Schmatzen machte Hansen ein wenig schläfrig. Dankbar schloss er die Augen und ließ sich von dem Geräusch einlullen. Entsprechend groß war der Schreck, als er plötzlich so etwas wie vier kleine Schläge auf den Oberschenkeln spürte. Er riss die Augen auf und starrte in die Pupillen des Katers, der offenbar erst auf seine Oberschenkel und dann auf den Tisch gesprungen war und nun an der Tischkante stand und Hansen fixierte. Ignaz wartete noch einen Moment, vermutlich wollte er sicher sein, Hansens ungeteilte Aufmerksamkeit zu haben. Dann sprang er in einem Satz wieder auf den Boden zurück und marschierte zur Wasserschüssel, die neben dem Futternapf stand. Ignaz sah erst auf das Wasser, dann auf Hansen, und als der nicht reagierte, tupfte er seine linke Tatze ganz vorsichtig ins Wasser, hob sie wieder heraus und leckte die Tatze ab. Jetzt endlich begriff Hansen. Er gähnte, wuchtete sich hoch und füllte die Schüssel mit neuem frischem Wasser. Auf dem Weg ins Schlafzimmer sah er den Kater im Flur sitzen und sich putzen. Als er sich in der Schlafzimmertür noch einmal umdrehte, verharrte Ignaz mit der Pfote mitten in der Bewegung und sah Hansen lange an. Schließlich seufzte der, ließ die Tür offen und schlüpfte ins Bett.

Nach etwa fünf Minuten kam Ignaz nach, sprang auf

die freie Seite des Betts, suchte sorgfältig nach dem idealen Schlafplatz und rollte sich schließlich zu einem Fellbündel zusammen. Hansen hatte sich auf die linke Seite gelegt und beobachtete den Kater durch halb geschlossene Lider. Ein Lächeln legte sich auf sein Gesicht, und das leise Schnurren des Tiers wiegte ihn im Handumdrehen in den Schlaf.

Es wurde trotzdem eine unruhige Nacht. Ein Traum führte ihn nach Wiesenhofen, wo er mit den Männern am Stammtisch saß, sie tranken Bier und lachten, dann gingen alle nacheinander hinaus, nur Hansen blieb sitzen. Wirt Groschinger verzog sich ebenfalls, und eine Frauenstimme rief seinen Namen. Er drehte sich um und sah Anke Groschinger in einem knapp geschnittenen roten Dirndl mitten in der Gaststube stehen. Starke Scheinwerfer waren auf sie gerichtet, und sie tanzte lasziv an einer Metallstange und sah ihn dabei unverwandt an. Musik war nicht zu hören, nur ihre Stimme, die immer und immer wieder seinen Namen flüsterte. Er näherte sich der tanzenden Frau und hatte dabei das Gefühl, förmlich auf sie zuzufliegen. Dabei nahm ihr Dekolleté erschreckende Ausmaße an, und er trudelte hilflos genau darauf zu, bis es dunkel um ihn wurde.

In diesem Moment erwachte er schweißgebadet, und Ignaz erhob sich schwerfällig, um dann in den dunklen Flur hinauszutrotten. Hansen lag lange wach, starrte zum Fenster hinaus und versuchte, seinen Puls durch tiefes Ein- und Ausatmen wieder zu beruhigen. Das dauerte seine Zeit, und als er endlich schläfrig wurde, kamen ihm auch schon neue Details rund um die drei Morde in den Sinn. Er erinnerte sich an Sandra Vöcklers Worte: »Würden Sie für ein paar Tage in dem kleinen Nest wohnen, wüssten Sie wahrscheinlich bald mehr über die Leute dort als ich.«

Der Gedanke ließ ihn nicht mehr los. Vielleicht würde er so tatsächlich hilfreiche Einblicke bekommen, denn verdächtiger als die Wiesenhofener war in diesem Mordfall bisher niemand – was lag da näher, als die beiden Familien, das Wirtsehepaar und auch die weggezogenen Einwohner, die sicherlich ab und zu nach ihren alten Häusern sahen, etwas genauer unter die Lupe zu nehmen? Haffmeyer und Hanna konnten ihn über die sonstigen Ermittlungen der Soko auf dem Laufenden halten, und die lästige Fahrt nach Wiesenhofen und zurück konnte er sich auf diese Weise auch ein paar Mal ersparen.

Als er wegdämmerte, stand sein Entschluss fest. Hansen war bloß froh, dass er danach nicht noch einmal von Anke Groschinger träumte.

Dienstag, 3. Juni

Die Soko-Besprechung verlief nach dem üblichen Muster. Die Ermittlungen stockten, und anders als am Samstag oder Sonntag gab es diesmal keine wichtigen neuen Erkenntnisse.

Hansen kannte das, und er wusste, dass die Kollegen diese zäheren Phasen ihrer Arbeit vermutlich ebenso wenig mochten wie er selbst. Aber es half nichts: Es gab zwischendurch eben immer wieder Tage, an denen Fleißarbeit gefragt war und an denen man nur auf wenige neue Informationen stieß – Hansen hielt sich in solchen Zeiten gerne bei der Stange, indem er sich vorstellte, dass gerade eine dieser scheinbaren Nebensächlichkeiten später das entscheidende Puzzlestück war, das der Soko schließlich ein genaues Bild von der Tat und den Tätern ermöglichen würde.

»Und deshalb möchte ich mir in Wiesenhofen ein Zimmer im Seeblick nehmen«, sagte Hansen zu Soko-Chef Fritz Marle, mit dem er nach der Besprechung über diese vertrauten zähen Phasen gesprochen hatte. »Ich will die Atmosphäre in diesem abgelegenen Weiler auf mich wirken lassen und in Ruhe beobachten, wie sich die Bewohner verhalten und ob ich nicht durch meine ständige

Anwesenheit doch an Informationen komme, die mir sonst verborgen bleiben würden.«

Auf dem Weg zur Soko-Besprechung war ihm an diesem Morgen auch durch den Kopf gegangen, dass sich Marle dagegen sperren könnte, dass er sich in Wiesenhofen aufhielt – und dass ihm der Kollege vielleicht sogar unterstellen könnte, er wolle sich ein paar lauschige Tage machen und sich von den ätzenden Trippelschritten fernhalten, mit denen sie im Moment in ihrer Arbeit vorankamen.

Aber Marle schien nichts dergleichen zu denken. Er hörte sich Hansens Begründung an, sagte zwei, drei Minuten lang gar nichts und nickte dann bedächtig.

»Gut, Herr Hansen, dann machen Sie das so. Nehmen Sie Frau Fischer mit oder Herrn Haffmeyer?«

»Am liebsten würde ich allein nach Wiesenhofen gehen – wenn wir da zu zweit oder zu dritt auftauchen, könnte das die Leute dort verschrecken. Ich würde mich zum Wirt an den Stammtisch setzen, würde dort am Dorfleben teilnehmen und mehr oder weniger nebenbei mit den Einwohnern oder etwaigen Besuchern reden. Alles ganz inoffiziell, gewissermaßen, vielleicht löst das beim einen oder anderen irgendwann die Zunge.«

Das klang nun allerdings sogar für Hansen selbst nach einer Sommerfrische im südwestlichen Allgäu, und er fügte schnell hinzu: »Außerdem will ich Ihnen nicht unnötig viele Leute aus der Ermittlungsgruppe abziehen.«

Marle grinste. »Das ist nett von Ihnen. Ihr Job klingt ja

auch sehr anstrengend, das sollten wir nur so wenigen Kollegen zumuten wie unbedingt nötig, gell?«

Er lachte und klopfte Hansen auf die Schulter.

»Ich werd schauen, dass Haffmeyer und Fischer immer auf dem Laufenden sind und dass die beiden Sie regelmäßig über alles informieren, was sich hier ergibt. Und jetzt schauen Sie zu, dass Sie in dieses gottverlassene Nest kommen, bevor ich mich noch selbst für diese Recherche einteile. Wenn ich mich hier so umsehe, hätte ich schon auch Lust auf ein, zwei Tage im Seeblick.«

Lachend ging Marle hinaus, und Hansen erzählte Hanna und Haffmeyer von seinen Plänen. Hanna lachte nun ebenfalls und fragte, ob er vor seiner Abreise noch Resi Meyer Bescheid sagen würde oder ob sie das übernehmen sollte.

»Nein, Resi ruf ich nachher selbst an. Sie ist inzwischen wieder in München.«

»Vielleicht kann sie ja ein paar Tage freinehmen«, schlug Hanna noch vor, »dann ist es dort oben doch gleich noch schöner. Dieses Wiesenhofen liegt ja schon sehr einsam.«

»Ach nein, das wird leider nicht klappen«, sagte Hansen und zuckte mit den Schultern. »In der Münchner Rechtsmedizin gibt es gerade so viel zu tun, dass wir uns vermutlich erst am Wochenende wiedersehen können. Außerdem will ich mich da allein unter die Leute mischen, und die Langeweile … na ja, die muss ich eben aushalten.«

Bevor er nach Wiesenhofen fuhr, hatte er sich noch in Lindau mit dem Investor verabredet, der Geld in den Ausbau von Groschingers Gasthof stecken wollte. Soko-Chef Marle hatte ihn gefragt, ob er einen Kollegen von der Kripo Lindau für ihn als Begleitung anfordern solle, und da war ihm Polizeihauptmeister Achim Hehnel eingefallen, der ihm recht sympathisch und ziemlich kompetent vorgekommen war. Mittlerweile hatte der seinen Urlaub abgebrochen und arbeitete von Lindau aus ohnehin der Soko zu.

Nun standen Hansen und Hehnel im Westen von Lindau vor einem Flachdachbau. »Hier ist es?«, fragte Hansen, und Hehnel nickte nur.

Das zur Straße hin komplett verglaste Foyer bot zwei Sitzgruppen, mehrere große Pflanzen, einige Bilder an der Wand und eine große Empfangstheke. Dahinter stand eine Frau Mitte dreißig im dunkelgrauen Kostüm, die den beiden Männern freundlich entgegenlächelte.

Hansen stellte sich vor, und keine Minute später führte die Dame im Kostüm die beiden Besucher in einen Konferenzraum, dessen große Fenster den Blick auf eine Rasenfläche freigaben. Auf dem Tisch standen Tassen und Teller, Gläser, Milch und Zucker, Wasser- und Saftflaschen, Kekse, Schinkenhörnchen und je eine Kanne mit Tee und Kaffee bereit.

Nur einen Moment nach ihnen stürmte der Chef selbst in den Raum. Hagen Rießfeld war nur eins siebzig groß, seine sportlich-schlanke Figur wurde von vermutlich maßgeschneiderter Kleidung umschmeichelt, er trug einen Drei-Tage-Bart und ebenso kurz geschorenes Haupthaar, und seine randlose Brille erinnerte Hansen an alte Fotos von John Lennon.

Rießfeld taxierte die beiden Männer nur einen Moment lang, dann streckte er Hansen die Hand hin, drückte sie – »Herr Hansen, nehme ich an?« – und begrüßte gleich danach auch Hehnel. Ihr Gastgeber hatte offenbar ein feines Gespür für die Hierarchien unter seinen Besuchern. Er bat sie, sich zu setzen, und bot ihnen von den Snacks und den Getränken an.

»Die Schinkenhörnchen sind ganz frisch«, schwärmte er, »wir haben gerade zwei neue Rezepte ausprobiert – das hier sind meine Favoriten.«

Hehnel nahm sich zwei Hörnchen, während Hansen sich einen Kaffee einschenken ließ.

»Vielen Dank, dass Sie so kurzfristig Zeit für uns haben«, begann Hansen.

Rießfeld nickte ihm lächelnd zu, blieb aber sehr konzentriert, und seine Augen schienen jede von Hansens Bewegungen und Regungen genau wahrzunehmen.

»Kein Problem, Herr Hansen. Sie haben genau die richtige Zeit erwischt. Wir haben die meisten Termine am späten Nachmittag und am Abend, frühmorgens bin ich selbst manchmal mit unseren Einkäufern unterwegs, und vor einer halben Stunde sind wir mit unserem täglichen Briefing für die eingeteilten Teams fertig geworden. Jetzt habe ich eine gute Stunde Zeit: für Sie, für Bürokram und – wenn's reicht – für eine Kleinigkeit zu essen. Wie kann ich Ihnen helfen?«

»Es geht um Wiesenhofen, wo Sie ein Immobilienprojekt verfolgen. So hat uns das jedenfalls Herr Groschinger gesagt, der Wirt des Gasthofs Seeblick.«

»Na ja«, sagte Rießfeld, »ein Immobilienprojekt ... Ich bin als Unternehmer in der Gastronomie unterwegs, deshalb sehe ich das dort oben eher als Gastronomieprojekt. Ich will ja nichts bauen, was ich dann nach Fertigstellung gewinnbringend weiterverkaufe – ich will in den Seeblick investieren, um dort ein neues Modell auszuprobieren.«

»Ein neues Modell? Herr Groschinger erzählte mir, dass Sie mit ähnlichen Projekten bereits viel Geld verdient haben.«

»Ach, viel ist relativ, aber ich komme zurecht, das stimmt schon. Wissen Sie, Herr Groschinger ist mir als Geschäftspartner angenehm, und ich finde, er schlägt sich wacker als Wirt, angesichts der ... nun ja, schwierigen Umstände dort oben in Wiesenhofen. Aber für ein normales Lokal ist dieser Weiler nun mal zu abgelegen. Das rechnet sich für einen Gasthof wie den Seeblick nicht.«

»Und warum rechnet es sich für Sie?«

Rießfeld lächelte etwas breiter. »Weil ich nicht vorhabe, einfach nur den Gasthof auszubauen – dort oben soll etwas ganz anderes entstehen. Ich habe vor fünfundzwanzig Jahren mit einer kleinen Cateringfirma angefangen. Ich war damals Mitte zwanzig, hatte im Service und in der Küche einiger Lokale gearbeitet und mir nebenbei einiges Wissen in Betriebswirtschaft und Marketing draufgeschafft. Mit meiner Firma habe ich in einer Kneipe in der Lindauer Altstadt zusammen mit einem befreundeten DJ Themenpartys aufgezogen, zu denen wir das passende Essen lieferten. Brasilianische Nacht, Dance & Dinner im Dunkeln, Volxfest mit alternativer Blasmusik, solche Sachen eben …«

Hansen konnte sich höchstens unter der Brasilianischen Nacht etwas vorstellen, aber er wollte Rießfelder nicht unterbrechen.

»Lief alles super, und nach knapp zwei Jahren belieferten wir die Kantinen von fünfzehn Firmen in Lindau und Umgebung, richteten für die Unternehmen Jahresfeste aus und entwickelten Ideen für Incentive Events.«

»Was ist das?«, fragte Hansen dazwischen, weil er den Verdacht hatte, dass diese Events für den weiteren Fortgang von Rießfelds Karriere nicht unwichtig waren.

»Incentives sind sozusagen Prämien, die Unternehmen an ihre Mitarbeiter vergeben, wenn sie ein bestimmtes Erfolgsziel erreicht haben. Das wurde früher vor allem über Geld geregelt, seit Jahren gibt es aber auch besondere Reisen und Veranstaltungen, mit denen diese Mitarbeiter belohnt werden.«

Er zwinkerte Hansen zu. »Sie haben sicher auch von Reisen gehört, die manche größere Unternehmen nach … sagen wir … Brasilien oder in bestimmte Resorts organisiert haben, nicht wahr?«

»Ja. Aber das klang eher nach Skandalen, nicht nach harmlosen Prämien.«

Rießfeld wirkte sehr amüsiert. »Na ja, so wie Sie das sagen … Aber Sie haben natürlich insofern recht, als diese

Geschichten manchmal auch ausgeartet sind. Da ist es doch ganz gut, wenn eine solche Belohnung nicht in eine Reise nach beispielsweise Thailand mündet, sondern wenn die Mitarbeiter stattdessen in Deutschland, Österreich, der Schweiz oder Frankreich im Rahmen von Incentive Events Dinge erleben, die sie nicht jeden Tag geboten bekommen. Ein besonderes Ambiente, ein spannendes Gemeinschaftserlebnis, Blicke hinter Kulissen, die sich sonst nicht jedem einfach so öffnen – und dazu gediegenes Essen und wertige Getränke: Das sind die Bestandteile unserer Events. Und das kommt seit Jahren sehr gut an.«

»Aber haben die Firmen heute nicht weniger Geld zur Verfügung als früher?«

»Für unser Preissegment gilt das nicht. Wir sind zwar nicht gerade billig, damit Sie mich nicht falsch verstehen. Aber das Preis-Leistungs-Verhältnis stellt sich schon etwas günstiger dar, als wenn Sie jemandem für ein Schweinegeld halbleere Teller mit Zucchinischaum oder einen in seine Moleküle zerlegten Kalbsfuß servieren lassen.«

Rießfeld sah sehr zufrieden aus.

»Wir spielen eine Liga drunter, aber dort spielen wir sehr erfolgreich. Und weil die Nachfrage immer mehr zugenommen hat, haben wir uns ein Netzwerk von Locations aufgebaut, in denen wir immer neue Incentive Events inszenieren können. Das hat mit einer regelmäßigen Zusammenarbeit begonnen, hat in Partnerschaften gemündet, und heute betreibe ich selbst eine Reihe von diesen Locations. Das reicht vom Weingut im Elsass und der Brauerei in Bayern über die Burg in Österreich bis hin zu einer ehemaligen Kirche in Baden-Württemberg oder dem Fabrikloft in Zürich.«

Rießfeld legte die Fingerspitzen aneinander und lächelte Hansen an.

»Und das läuft sehr gut.«

»Wozu brauchen Sie dann noch Wiesenhofen?«

Rießfeld setzte sich wieder etwas aufrechter hin. »Das Neue an dem Projekt dort ist die grundsätzliche Ausrichtung. Unsere bisherigen Locations liegen alle relativ zentral, sie sind von Flughäfen oder größeren Städten aus schnell zu erreichen – da ging es darum, dass mit einer Chartermaschine, mit einem Sonderwaggon der Bahn oder auch mit dem Limousinenservice alle Gäste zügig an- und später wieder abreisen konnten. Wiesenhofen soll der Testballon für einen anderen Ansatz sein: Wir reißen die Teilnehmer gewissermaßen aus ihrer eigenen Welt und bringen sie über holprige Wege oder gleich per Wanderung zur Location – und dort sind sie dann abgeschottet von ihrem normalen Alltag. Dass natürlich auch dort alles nur vom Allerfeinsten ist, dass Essen und Trinken und das Programm drum herum höchsten Ansprüchen genügen, das ist klar. Aber die Einsamkeit ist das Besondere! Die Mitarbeiter sind sozusagen im Nichts versammelt, und wenn ein Unternehmen das für eine Schulung, für ein Training oder meinetwegen wie bisher als Incentive nutzen will, eröffnen sich da ganz andere Möglichkeiten. Wissen Sie, in Wien, Zürich oder München müssen Sie die Gäste an mindestens einem Tag auch mal von der Leine lassen – weil sie sonst enttäuscht sind, dass sie dieses attraktive Reiseziel nicht auch selbstständig ein bisschen erkunden konnten. Aber Wiesenhofen …«

Er lachte. »Solche abgelegenen Locations wecken erst gar nicht den Wunsch der Gäste, auf eigene Faust was zu unternehmen – und Sie als Unternehmen haben alle die ganze Zeit über unter Kontrolle.«

Er nickte und lehnte sich wieder etwas zurück.

»Das ist es, was ich mir von Projekten wie in Wiesenhofen verspreche. Das Feedback, das ich von unseren Kunden zu dem Konzept bekommen habe, ist durchweg positiv – einige würden lieber heute als morgen buchen.«

Der Unternehmer hatte sich regelrecht in eine Euphorie hineingesteigert. Hansen bekam eine Ahnung davon, wie er seine Kunden schwindlig reden und von allen möglichen Konzepten überzeugen konnte.

»Danke, Herr Rießfeld, das war sehr interessant. Aber …«

»Aber?« Er sah Hansen mit hochgezogenen Augenbrauen an.

»Sie wollten noch gar nicht von uns wissen«, sagte Hansen nach einer kurzen Kunstpause, »warum wir uns dafür interessieren.«

Rießfeld nickte bedächtig und legte einen betrübten Gesichtsausdruck auf. »Ich weiß natürlich, dass die Familie Habergsell tot ist. Herr Groschinger hat mich angerufen. Das ist ja auch eine wichtige Information im Zusammenhang mit der geplanten Investition dort oben.«

»Und jetzt? Ist der Tod der Familie für Ihr Projekt eher ein Vor- oder eher ein Nachteil?«

Rießfelds Augen verengten sich.

»Zunächst einmal«, sagte er und klang dabei viel weniger verbindlich als zuvor, »ist der Tod der Habergsells eine Tragödie, da verbietet es sich, das nach Vor- oder Nachteilen aufzuwiegen. Sehen Sie das anders?«

»Nein, das sehe ich persönlich ganz genauso. Aber die drei sind ermordet worden, also muss ich nach Motiven suchen – eines davon könnte sein, dass sie Ihrem Projekt im Wege standen. Entschuldigen Sie bitte, wenn ich das so offen sage: Wir ermitteln natürlich in alle Richtungen, aber eben auch in Ihre.«

»Das ist mir klar, und Offenheit ist mir nur recht. Herumeiern kostet nur unnötig Zeit. Aber das Motiv, das Sie mir unterstellen, kann ich so leider nicht stehen lassen.«

»Die Habergsells waren strikt gegen den Verkauf ihres Bauernhofs an Sie.«

»Sie waren lange dagegen, das ist richtig. Aber woher wollen Sie wissen, dass sich das zuletzt nicht geändert hat?«

»Hat es sich denn geändert?«

»Ich hatte den Eindruck, dass die Frau und der Sohn durchaus gesprächsbereit waren. Der Vater war ein elender Dickschädel – aber ich war eigentlich ganz guter Dinge, dass ich ihn noch überzeugt hätte.«

Er rieb Mittel- und Zeigefinger am Daumen.

»Der richtige Preis regelt manches«, fügte er überflüssigerweise hinzu und lächelte. Dann wurde er wieder ernst. »Gibt es denn nähere Verwandte?«

»Mit denen Sie verhandeln könnten?«

Hansen hatte die Frage gestellt, um diesen anfangs völlig in sich ruhenden Geschäftsmann noch ein wenig zu provozieren – und im ersten Moment hatte er Sorge, dass er den Bogen damit überspannt haben könnte. Rießfeld sah ihn finster an, und seine Kiefer mahlten, aber als er weiterredete, hatte er sich wieder weitgehend unter Kontrolle.

»Ja, auch das. Aber selbst ich hätte zunächst daran gedacht, den Hinterbliebenen mein Beileid auszusprechen, auch wenn es Sie vielleicht überraschen wird.«

»Der Seeblick-Wirt wird Ihnen sicher die Adresse geben, sobald er sie hat.«

»Von Ihnen, nehme ich an, kann ich da keine Hilfe erwarten.«

»Das zählt wirklich nicht zu unseren Aufgaben. Außerdem weiß ich ja gar nicht, ob die Verwandten der Habergsells Kontakt mit Ihnen haben möchten.«

»Stimmt«, sagte Rießfeld und lächelte dünn, »das sollten wir ihnen selbst überlassen.« Er stand auf. »Wenn das alles war, würde ich mich gerne wieder an die Arbeit machen.«

Die Beamten standen ebenfalls auf.

»Natürlich«, sagte Hansen, »Bürokram und vielleicht noch eine Kleinigkeit essen.«

»Genau.«

»Ach, eins noch … sagen Sie mal, Herr Rießfeld, wenn

Ihre Firma Catering anbietet, dann fahren Sie das Essen doch sicher auch mit Transportern aus, oder?«

»Ja, klar. Warum fragen Sie?«

»Im Zusammenhang mit dem Mord an der Familie Habergsell suchen wir nach einem älteren Transporter, einem VW-Bus oder etwas in der Art. Gehört so ein Fahrzeug zu Ihrem Fuhrpark?«

Rießfeld erstarrte, aber Hansen konnte die Reaktion nicht recht einschätzen. Besaß der Caterer ein solches Fahrzeug und fühlte sich ertappt – oder fand er nur die Unterstellung unverschämt, die in Hansens Frage mitschwang?

»Nein«, brachte Rießfeld schließlich schmallippig hervor. »In unserem Fuhrpark gibt es nur relativ neue Transporter – ich kann bei meinen Kunden ja schließlich schlecht in einer zerbeulten Rostlaube vorfahren.«

Hansen nickte, verabschiedete sich und ließ sich mit Hehnel von Rießfeld bis in den Flur und von der zügig herbeieilenden Empfangsdame aus dem Gebäude geleiten.

Rießfeld hatte sich sofort umgedreht und war in sein Büro im ersten Stock zurückgekehrt. Oben stellte er sich so ans Fenster, dass er die beiden Beamten zu ihrem Auto gehen sehen konnte, selbst aber größtenteils von einer Zimmerpflanze verdeckt wurde.

Als Hansens Wagen vom Parkplatz gerollt war und sich in den Verkehr auf der Straße in Richtung Innenstadt eingefädelt hatte, zog Rießfeld sein Handy hervor und wählte eine Nummer, die er häufiger anrief. Ein Mann mit tiefer

Stimme und einem leichten osteuropäischen Akzent meldete sich nach dem zweiten Klingeln.

»Sag mal, Goran«, begann Rießfeld, ohne sich lang mit einer Begrüßung aufzuhalten, »hast du Scheiße gebaut? Ich hatte hier zwei Polizisten, die wegen der toten Habergsells ermitteln – und die haben mich gefragt, ob meine Firma einen älteren Transporter im Fuhrpark hätte. Lass deine Karre lieber verschwinden und besorg dir was anderes, ja?«

Diesmal war Hansen allein, und er konnte auf dem Weg hinauf nach Wiesenhofen überall so lange stehen bleiben, wie er wollte. Immer wieder ließ er den Wagen auf dem schmalen Weg ausrollen und genoss die Aussicht, und als er das Auto schließlich vor dem Seeblick abstellte, hatte er beinahe eine halbe Stunde vertrödelt.

Wiesenhofen lag wie ausgestorben in der Mittagssonne, aber hinter dem einen oder anderen Fenster konnte er eine Bewegung wahrnehmen. Er schulterte seine Reisetasche und machte sich auf den Weg in die Gaststube. Drinnen roch es nach Bratkartoffeln und gerösteten Zwiebeln, und aus der Küche war das Klappern von Töpfen und Pfannen zu hören.

Der Gastraum war leer, auch der Wirt war nirgendwo zu sehen. Hansen stellte seine Tasche vor dem Tresen auf den Boden und schlug mit der flachen Hand auf eine altmodische Klingel, die dort neben Salzgebäck und Bierdeckeln aufgestellt war. Das Klappern in der Küche hörte nach ein paar Sekunden auf, und Anke Groschinger kam heraus und wischte sich die Hände an der Schürze ihres Dirndls trocken.

Sie musste einen riesigen Kleiderschrank allein für ihre Dirndl haben – das heutige war fliederfarben und schwarz, was vor allem im etwas schummrigen Licht der rustikalen Gaststube sehr vorteilhaft aussah.

»Oh, Herr Hansen? Wie schön!«

Anke Groschinger schien sich wirklich zu freuen, und er glaubte fast, dass ihre Wangen einen leichten Hauch von Röte angenommen hatten. Schon war er sich nicht mehr ganz so sicher, dass es eine gute Idee war, sich für ein paar Tage hier im Seeblick einzuquartieren. Zusätzlich irritierte es ihn, dass ihm gerade jetzt Resi in den Sinn kam – und die Tatsache, dass er sie nicht direkt ans Telefon bekommen, sondern ihr wegen seiner Ermittlungen in Wiesenhofen nur auf den Anrufbeantworter gesprochen hatte.

»Bleiben Sie etwa länger?«

Anke Groschinger hatte sich ein wenig über den Tresen gebeugt und dabei seine Reisetasche erspäht. Hansen nickte und versuchte, der Wirtin nicht schon wieder ins Dekolleté zu schauen. Sein Traum aus der vergangenen Nacht fiel ihm ein, und er fragte etwas stockend nach einem Zimmer für zwei, drei oder vielleicht auch vier Nächte. Die Wirtin lächelte ihn fröhlich an und blätterte dann in ihrem riesigen Tischkalender, um etwas Passendes für Hansen zu finden.

»Mein Mann«, gurrte sie und zwinkerte ihm dabei verschwörerisch zu, »hat mir zwar eingeschärft, so etwas nie zu sagen, aber …«

Hansen schluckte.

»… aber wir haben im Moment alle Zimmer frei. Sie können sich also das aussuchen, das Ihnen am besten gefällt.«

Er sah die Wirtin an und ermahnte sich in Gedanken, sich endlich zusammenzureißen – und vor allem nicht ständig an seinen Traum zu denken. Er bildete sich da nur was ein. Anke Groschinger war freundlich zu ihm und begrüßte ihn zuvorkommend, wie ein Gast es eigentlich auch erwarten durfte. Außerdem freute sie sich wahrscheinlich, endlich mal wieder einen Landsmann aus Niedersachsen zu sehen. Hansen wurde ein wenig verlegen und räusperte sich.

»Und es macht Ihnen nichts aus, wenn ich jetzt noch nicht genau weiß, wie lange ich bleiben kann?«, fragte er.

»Nein, nein, das passt schon so. Ich nehme an, Sie wollen sich die Fahrerei hier herauf sparen, wenn Sie in den nächsten Tagen für Ihre Ermittlungen immer wieder mal mit den Leuten hier reden wollen. Stimmt's?«

Hansen nickte.

»Gute Idee, finde ich. Und wir haben unter der Woche einen Gast – da haben wir also alle was davon, nicht wahr?«

Sie lächelte ihn immer noch an. Für einen Moment glaubte Hansen, ein gewisses Funkeln in ihrem Blick zu erkennen, aber dann rief er sich wieder zur Ordnung.

»Kommen Sie«, sagte sie, »wir schauen uns jetzt mal

die Zimmer an, die ich für die schönsten halte – und dann wählen Sie das aus, das Ihnen am meisten zusagt.«

Sie wartete gar nicht auf seine Antwort, sondern kam um die Theke herum, schnappte sich die Reisetasche, als wiege sie nichts, und marschierte hinaus ins Treppenhaus. Sie zeigte ihm nacheinander drei schöne, helle und geräumige Gästezimmer im zweiten Stock, die Hansen alle gleich gut gefielen. Zwei von ihnen hatten einen wunderbaren Blick bis zum Bodensee, und eines war ein Eckzimmer, von denen die Fenster teils zum See, teils zum Waldstück gingen, durch das man Sandra Vöcklers Lieblingswiese erreichen konnte. Hansen entschied sich für dieses Zimmer.

»Gute Wahl, Herr Hansen«, sagte Anke Groschinger und nickte anerkennend. »Das Bad haben wir erst im vergangenen Jahr erneuert, und der Blick auf den Bodensee ist von hier aus am allerschönsten.«

Sie stellte die Reisetasche ab und wischte sich die Hände an der Schürze ab, das schien eine feste Gewohnheit von ihr zu sein.

»Nur nachts würde ich dieses Fenster eher geschlossen lassen.« Sie deutete in die Richtung des Waldstücks und grinste. »Die Fenster unseres privaten Schlafzimmers gehen auch in diese Richtung, und mein Mann schnarcht, als würde er dafür bezahlt werden. Ich mach bei dem Radau kein Auge zu, deshalb bin ich in ein eigenes Zimmer umgezogen.«

Lächelte sie nun wirklich etwas breiter, oder bildete sich Hansen das nur ein?

»Ich geh dann mal wieder nach unten. Sie wollen sich sicher noch frisch machen.« In der Tür drehte sie sich noch einmal um. »Haben Sie Hunger, Herr Hansen? Mein Mann ist nicht da, und ich mach mir grad einen Leberkäse mit Ei und Bratkartoffeln – von dem, was ich gebrutzelt habe, bekomme ich Sie auch noch satt.«

Hunger hatte er tatsächlich, und das sah sie ihm wohl an, denn wieder wartete sie seine Antwort gar nicht erst ab.

»Gut, dann kommen Sie nachher runter, sobald Ihnen danach ist, ja? Ich bin in zehn Minuten mit dem Essen fertig, passt Ihnen das?«

»Ja, das passt gut«, hörte er sich sagen.

»Schön. Dann bis gleich, Herr Hansen.«

Das Essen hatte wirklich locker für zwei Personen gereicht, und Hansen war pappsatt, als er den leeren Teller von sich schob. Mit Anke Groschinger hatte er sich prächtig unterhalten. Sie hatte von ihrer Heimat Paderborn erzählt, er von seiner Jugend in Wunstorf, und bald lachten sie über Anekdoten aus ihrer bisherigen Zeit im Allgäu, die sie abwechselnd zum Besten gaben. Sie hatte in dieser Hinsicht natürlich mehr zu bieten – zum einen war Hansen erst seit einem Jahr in Bayern, und zum anderen schienen die Bewohner von Wiesenhofen schrulliger zu sein als die meisten Allgäuer, die Hansen bisher kennengelernt hatte. Und als Wirtin erlebte sie die Menschen hier auch ganz anders als ein Kriminalbeamter.

»Sagen Sie mal, Frau Groschinger«, begann er, als sie

das Geschirr in die Küche getragen und zwei Tassen Kaffee mit herausgebracht hatte, »darf ich Sie ein bisschen über Wiesenhofen ausfragen?«

»Nein«, sagte sie, ohne eine Miene zu verziehen. »Ich kann doch nicht mit einem völlig Fremden einfach so über meine Nachbarn reden.«

Sie setzte ihre Tasse an den Mund, und Hansen wollte schon protestieren, als er das leichte Lächeln bemerkte, das in ihren Augen blitzte.

»Wenn wir uns irgendwann mal besser kennen und uns zum Beispiel duzen, ist das ja was anderes, aber so?«

Er lächelte ebenfalls, sie sah ihm in die Augen, setzte die Tasse wieder ab und wartete einen Moment. Dann streckte sie die rechte Hand über den Tisch.

»Anke«, sagte sie einfach.

»Eike«, antwortete Hansen und gab ihr die Hand.

Sie hatte einen festen, trockenen Händedruck, und Hansen hielt ihre Hand eine Spur zu lange. Sie lächelte nun noch etwas mehr, zog ihre Hand langsam wieder zurück und trank noch etwas Kaffee. Hansen überspielte die Pause ebenfalls mit einem großen Schluck, aber vor Nervosität setzte er die Tasse etwas zu hart auf die Tischplatte zurück. Anke sprang auf, kam mit einem Lappen wieder und wischte die Tropfen auf, die Hansen verschüttet hatte.

»Kein Problem«, sagte sie und zwinkerte ihm zu. »Hier kann man schon mal was verschütten, das macht mir nichts aus.«

Sie huschte zurück hinter den Tresen und legte den

Lappen zurück auf die Spüle, und Hansen hoffte, dass seine Ohren nicht allzu rot glühten, während er über den möglichen Hintersinn ihrer Bemerkung nachdachte. Die Wirtin setzte sich wieder und amüsierte sich sehr über ihren im Moment offensichtlich etwas verlegenen Gast.

»So, Eike«, sagte sie nach einer Weile, »was willst du denn jetzt alles von mir wissen?«

»Da fällt mir eine ganze Menge ein«, begann er, und als sie ihn mit einem noch breiteren Grinsen bedachte, wusste er, dass er wieder das Falsche gesagt hatte. Diese Frau verwirrte ihn, das musste er dringend in den Griff bekommen.

»Zum Beispiel?«, fragte sie und lehnte sich ein wenig zurück.

»Zum Beispiel würde mich interessieren, wer vorne in dem alten Haus wohnt, das in der letzten Kurve vor Wiesenhofen steht. Dort habe ich gestern eine Frau mit einem kleinen Kind gesehen. Weißt du, wer das ist?«

»Das ist ein Feriengast. So alt und verwinkelt das Häuschen von außen auch aussieht: Innen ist das ein richtiges Schmuckkästchen. Nicht gerade modern, aber auf seine altmodische Art wunderschön. Das Anwesen gehört Lemperger, da hat irgendwann vor langer Zeit mal eine Tante von ihm gelebt, die sie in Wiesenhofen nur ›die Hexe‹ genannt haben – jedenfalls erzählen sich die Männer am Stammtisch ab und zu mal Geschichten über sie und über die Streiche, die sie ihr als Buben gespielt haben. Als sie gestorben ist, hat Lemperger das Haus geerbt. Ihm gehört außerdem noch einer der Bauernhöfe weiter unten am Hang. Er kümmert sich nicht besonders um seinen eigenen alten Hof, aber zu dem Häuschen seiner Tante schickt er immer mal wieder die Handwerker und lässt es in Schuss halten. Du kannst das Haus über eine Agentur in Lindau mieten, und die Feriengäste bekommen von uns frische Brötchen geliefert und können bei uns Lebensmittel bestellen, die wir ihnen dann vom Tal mit hochbringen, wenn sie nicht selber nach unten fahren wollen.«

»Und die Frau, die jetzt dort wohnt?«

»Das ist eine Frau Rüegg, die stammt aus der Schweiz. Graubünden, glaube ich. Aber da musst du sie selbst fragen.«

»Würd ich ja gerne, aber sie hat mich nicht verstanden und ich sie auch nicht.«

Anke lachte schallend.

»Da hat sie dich reingelegt, Eike!«

»Wieso reingelegt?«

»Die Frau spricht astreines Deutsch, wenn sie will. Jedenfalls für hiesige Verhältnisse. Sie hat einen ganz leichten Schweizer Akzent, aber das ist sehr gut zu verstehen und klingt eigentlich ganz süß. Wir haben uns ein bisschen unterhalten, als sie mir am Freitag ihre Bestellung vorbeigebracht hat. Sie hatte zu Hause gerade erst ihren Mann mit ihrer besten Freundin im Bett erwischt. Davon will sie sich hier zusammen mit ihrer kleinen Tochter erholen. Da kann es natürlich sein, dass sie keine große Lust hat, mit einem fremden Mann zu reden.«

»Also muss ich da noch einmal hin. Ich wollte sie nämlich fragen, ob sie am Samstag etwas Ungewöhnliches beobachtet hat – oder ob sie die Habergsells hat wegfahren sehen.«

»Das kannst du gerne versuchen, aber die Frau sehe ich praktisch nie, wenn ich am Haus vorbeikomme. Die scheint sich da regelrecht einzuigeln.«

»Na ja, versuchen muss ich's trotzdem.«

»Was genau erhoffst du dir denn mit deinen Fragen an die Leute hier?«

Hansen nahm einen Schluck Kaffee, um nicht antworten zu müssen.

»Du glaubst, die Mörder sind von hier, oder?«

Er sah sie lange an, dann zuckte er mit den Schultern.

»Du glaubst, dass mein Mann was damit zu tun hat? Weil er anbauen will und weil ihm und seinem Investor dafür die Bauernhäuser im Weg stehen.«

Das war keine Frage gewesen, und Hansen fühlte sich zunehmend unbehaglich. Gerade noch hatte sie ihm das Du angeboten, und nun sollte er zugeben, dass er gegen ihren Mann ermittelte. Sie trank etwas Kaffee und sah ihn über den Rand ihrer Tasse hinweg an.

»Und ich?«, fragte sie schließlich. »Bin ich auch verdächtig?«

Hansen räusperte sich.

»Jetzt sag schon!«

»Zunächst einmal ist jeder verdächtig«, murmelte er. »Das gehört zu meinem Beruf, dass ich allen erst einmal alles zutraue.«

»Auch mir?«

»Allen.«

»Was für ein blöder Beruf …«

»Ja, manchmal schon«, brummte Hansen und stierte auf seine Tasse.

Er hörte ihren Stuhl über den Boden kratzen, dann näherten sich Schritte. Trotzdem erschrak Hansen, als sie plötzlich eine Hand auf seine legte. Er hob den Kopf und sah sie direkt vor sich stehen. Sie blickte ihn an mit einer eigentümlichen Mischung aus Wehmut und Erleichterung.

»Täte dir das leid, wenn ich etwas mit den Morden zu tun hätte?«

Hansen wusste, dass das jetzt ein Fehler war, aber er nickte langsam und sah sie weiterhin an. Sie lächelte ein wenig, drückte seine Hand kurz etwas fester, dann ging sie in den Flur hinaus. Als sie zurückkam, hielt sie eine Sonnenbrille in der Hand.

»Komm, Eike, wir besuchen die Schweizerin. Ich geh mit, vielleicht redet sie ja dann mit dir.«

Einen Moment lang zögerte er, weil er lieber unter vier Augen mit der Fremden gesprochen hätte, aber vielleicht brachte es ja auch zusätzlich Bewegung in die Angelegenheit, wenn Anke Groschinger ihrem Mann oder anderen hier im Weiler von dem erzählte, was die Schweizerin womöglich gesehen oder gehört hatte. Und die Unterstützung der Wirtin konnte ihm das Gespräch mit dem Feriengast wirklich leichter machen.

»Gut, gehen wir«, sagte er schließlich, stand auf und folgte ihr in den Flur.

Anke Groschinger ging aber nicht zum Vordereingang, sondern wandte sich nach hinten, wo eine offen stehende Tür den Blick in die große Garage freigab, wo ein weißer VW-Bus und ein alter, dunkelgrüner Kombi parkten. Am Ende des Flurs traten sie nach draußen auf einen schmalen Kiesweg, der hinter dem Seeblick verlief.

»Wir gehen hier lang. Die Leute hier im Weiler haben schon genug zu reden«, sagte sie zu Hansen und lachte dabei, »da müssen sie sich nicht auch noch über mich und meinen Pensionsgast die Mäuler zerreißen.«

Sie wandte sich nach rechts, wo der Weg mit zwei engen Biegungen im Wald verschwand. Schön schattig war es hier, nur an manchen Stellen drang das Sonnenlicht zwischen den dicht stehenden Bäumen bis auf den Boden. Die Luft roch nach Moos und altem Holz, und Hansen atmete ein paar Mal tief ein und aus.

»Ist schön hier, oder?«, fragte Anke, ohne sich dabei umzudrehen.

»Ja, sehr schön«, gab Hansen zu und marschierte mit ihr ein gutes Stück in den Wald hinein.

Er fand sie wirklich sehr sympathisch. Nun ja, attraktiv natürlich auch, aber er war hier, um zu arbeiten, das hatte Vorrang vor allem. Und dazu musste er sich auch ihr gegenüber professionell verhalten. Er sah vor sich den Weg eben und ohne Stolperfallen verlaufen, daher schloss er kurz die Augen, atmete erneut tief ein und aus und ging weiter.

Ein paar Schritte später fiel ihm erst ein leichter Duft nach Orange auf, dann lief er auch schon in Anke Groschinger hinein. Sie war stehen geblieben und hatte sich umgedreht. Nun hielt sie sich im Reflex mit beiden Händen an seinen Oberarmen fest. Hansen riss vor Schreck die Augen auf und entschuldigte sich. Sie ließ ihre Hände noch einen Moment lang an seinen Armen, bevor sie ihren Griff löste und sich lächelnd abwandte.

»Schau«, sagte sie und deutete auf eine Stelle, wo eine dunkle, verwitterte Holzwand zwischen den Blättern zu erkennen war. »Dort ist das Haus, wir sind gleich da.«

»Ah, gut«, log Hansen, und sie durchschaute ihn sofort.

Sie trat einen winzigen Schritt näher und hob die Hände, als wolle sie ihn umarmen. Aber Hansen blieb stocksteif stehen und gab sich alle Mühe, unverwandt zu dem Haus hinter den Bäumen zu sehen. Da ließ sie die Arme wieder sinken und ging weiter auf das Gebäude zu.

Der Weg näherte sich dem Holzhaus nun in einem Bogen. Zehn Meter vor dem Gebäude kam der Pfad aus dem Wald heraus und führte quer über eine Wiese zum Fahrweg ins Tal.

Die Frau, die nicht hatte mit Hansen reden wollen, saß wieder vor dem Haus. Sie hatte sich auf einer großen Picknickdecke niedergelassen und las ihrem Kind aus einem Buch vor. Als sie Anke sah, winkte sie ihr kurz zu, doch sobald hinter ihr auch Hansen auftauchte, ließ sie die Hand wieder sinken und sah ihnen gespannt entgegen, während sie weiter sprach.

Das Kind lag auf dem Schoß der Frau, es hatte die

Augen geschlossen, und ein Daumen steckte im Mund. Anke und Hansen gaben sich Mühe, möglichst leise heranzuschleichen und sich dann auf einer groben Bank an der Hauswand niederzulassen. Dort warteten sie schweigend, bis die Frau das Buch behutsam zuklappte und neben sich auf die Decke legte. Dann hob sie das Kind an, das mittlerweile offenbar eingeschlafen war, und trug es nach drinnen.

Wenige Minuten später kam die Frau wieder heraus, zog leise die Tür hinter sich zu, griff sich einen dreibeinigen Holzschemel und setzte sich gegenüber von ihren beiden Besuchern auf die Wiese.

»Was wollen Sie eigentlich von mir?«, fragte sie Hansen.

Sie hatte eine tiefe, angenehm weiche Stimme. Und Anke Groschinger hatte recht: Sie war ausgezeichnet zu verstehen, und ihr leichter Schweizer Akzent klang sehr charmant.

»Frau Groschinger hat mir erzählt, warum Sie mich so haben abblitzen lassen.«

Die Frau hob eine Augenbraue, und Hansen nestelte schnell seinen Ausweis hervor.

»Kripo Kempten, Eike Hansen«, sagte er.

Die Frau sah kurz hin, dann nickte sie und sah ihn gespannt an.

»Und mit wem habe ich die Ehre?«, fragte er zögernd.

»Rüegg ist mein Name, Sarah Rüegg. Ich komme aus einem kleinen Dorf westlich von Chur und verbringe hier einen ruhigen Urlaub mit meiner Tochter Clara.«

»Ich ermittle wegen des Mordes an drei Einwohnern von Wiesenhofen. Die Familie Habergsell aus einem der Höfe dort oben wurde tot in einem Bauernhofmuseum bei Memmingen gefunden. Könnten Sie mir erzählen, wie Sie den vergangenen Samstag hier verbracht haben und ob Sie etwas Ungewöhnliches gesehen oder gehört haben?«

»Um Gottes willen! Drei Tote?«

Sie war ein wenig bleich geworden. Hansen wartete einen Moment, bis sie sich wieder etwas gefasst hatte, bevor er noch einmal nachfragte.

»Ich bin hier ja nur als Feriengast«, sagte sie schließlich, »deshalb weiß ich nicht, was in Wiesenhofen normal und was ungewöhnlich ist. Aber wie ich meinen Samstag verbracht habe, das kann ich Ihnen sagen: Morgens bin ich gegen sieben Uhr aufgestanden, habe Kaffee getrunken und gewartet, bis meine Tochter kurz vor acht aufgewacht ist. Dann habe ich ihr Frühstück gemacht, habe sie gebadet und bin mit ihr hier auf die Wiese heraus, um ein wenig Ball mit ihr zu spielen. Ich habe nicht auf die Uhr gesehen, aber das dürfte irgendwann zwischen halb neun und neun gewesen sein. Auf der Bank, auf der Sie jetzt sitzen, lagen die Tüten mit meiner Bestellung vom Vortag.«

»Die habe ich gegen halb neun hier abgelegt, als ich vom Einkaufen zurückkam«, fügte Anke hinzu und fuhr dann, an Hansen gewandt, fort: »Danach habe ich meine Sachen gepackt und bin gegen zehn losgefahren. Ich war über Nacht mit einer Freundin in Lindau verabredet und bin erst am Sonntag gegen elf Uhr vormittags wieder in den Seeblick gekommen.«

Hansen nickte ihr dankbar zu, weil sie ihm auf diese Weise ganz nebenbei die konkrete Frage nach ihrem Alibi erspart hatte.

»Frau Rüegg, haben Sie am Samstag Fahrzeuge an Ihrem Ferienhaus vorbeikommen sehen?«

»Da kann ich Ihnen vermutlich nicht weiterhelfen. Wenn die Kleine schläft, schließe ich alle Türen und Fenster, damit sie nicht aufgeweckt wird. Oft setze ich mich dann für eine Weile in die Badewanne, oder ich schlafe selbst ein wenig, koch uns was oder lese ein Buch – meistens bekomme ich gar nicht mit, was draußen vor sich geht.«

»Haben Sie zum Beispiel Frau Groschinger gehört, als sie am Samstag gegen zehn hier vorbeigefahren ist?«

Anke sah ihn forschend an, aber er schien nicht ihr Alibi zu überprüfen, sondern lediglich dem Gedächtnis der Frau mit gezielten Fragen ein wenig auf die Sprünge helfen zu wollen.

»Nein, da habe ich vermutlich gerade die Vorräte weggepackt. Tut mir wirklich leid.«

»Haben Sie denn jemanden von den Habergsells hier am Haus vorbeikommen sehen? Mit einem Traktor zum Beispiel oder zu Fuß?«

»Ich kenn die Leute vielleicht vom Sehen, aber ich kann sie nicht namentlich zuordnen.«

»Die Habergsells vergessen Sie nicht mehr, wenn Sie die mal gesehen haben«, sprang ihm Anke bei. »Richard

Habergsell ist … war Anfang sechzig, etwa eins siebzig und dürr, er hatte dünnes, graues Haar und eine riesige Knollennase, und ohne seinen abgewetzten Hut ist er nie aus dem Haus gegangen. Seine Frau war Ende fünfzig, ein Stückchen kleiner als er und etwas mollig und trug immer Kopftuch. Ihr Sohn Toni war Anfang dreißig, etwas größer als sein Vater und trug wegen seiner hohen Stirn meistens eine Schildmütze. Er hatte eine Knollennase wie der Senior und einen Bauchansatz.«

»Die beiden Männer hatten solche Zinken?«, fragte Sarah Rüegg nach kurzem Nachdenken und beschrieb den Umriss der Nasen mit ihrem Zeigefinger.

Anke nickte.

»Ja, die sind immer wieder mal hier vorbeigekommen. Mal mit dem Traktor, mal zu Fuß, die hatten wohl ein Stück weiter unten eine Wiese. Ab und zu sind sie auch mit ihrem VW-Bus am Haus vorbeigeknattert – die Dinger machen ja einen Heidenlärm!«

»Am Samstag auch?«

»Hm …« Sie versuchte sich zu erinnern.

»Wissen Sie, Herr Hansen, mein Urlaub hier ist ziemlich eintönig.«

Sie schaute ein bisschen schuldbewusst zu Anke hinüber, die grinsend antwortete: »Bei mir müssen Sie sich für dieses elende Nest wirklich nicht entschuldigen, Frau Rüegg.«

»Jedenfalls vergeht hier ein Tag wie der andere, auch das Wetter ist jetzt schon eine ganze Zeit lang sehr beständig – da muss ich mich erst gründlich besinnen, an welchem Tag ich diesen VW-Bus nun gehört habe und an welchem nicht. Warten Sie mal …«

Aus dem Haus war eine Kinderstimme zu hören. Sarah Rüegg sprang auf, ging nach drinnen und kam nach ein paar Minuten wieder.

»Entschuldigung«, sagte sie, »wenn ich nicht gleich reingehe, ist manchmal der Teufel los. Aber jetzt weiß sie ja, dass die Mama da ist – sie schläft schon wieder.«

Anke sah sie wehmütig an. Hansen konnte sich gut vorstellen, dass sie gern selbst Kinder gehabt hätte.

»Aber ich weiß jetzt wieder, wann ich einen VW-Bus hier am Haus habe vorbeifahren sehen. Das war tatsächlich am Samstag, so gegen sechs Uhr abends.«

»Und das war der Bus der Habergsells?«, fragte Hansen.

»Keine Ahnung, hier in der Gegend scheint jeder Zweite so ein Ding zu haben. Es war jedenfalls ein VW-Bus, weiß, glaube ich, und er hatte ein paar Beulen und Rostflecke. Der fuhr von Wiesenhofen raus in Richtung Tal.«

»Mit den VW-Bussen hat Frau Rüegg recht«, meinte Anke. »Es gibt hier in der Gegend wirklich unglaublich viele, alle sind sie mehr oder weniger zerbeult und verrostet, und die meisten sind in einem etwas gedeckten Weiß lackiert. Keine Ahnung, warum. Wir selbst haben einen in derselben Farbe – mit dem bin ich aber am Samstag nicht gefahren. Der Einkauf hat bei mir in den Kofferraum gepasst. Ich fahre einen alten Kombi, und den habe ich später auch für die Fahrt nach Lindau genommen.

Unsere beiden Autos stehen in der Garage, wir sind vorhin dran vorbeigegangen.«

Hansen nickte.

»Ach, und davor habe ich noch einen anderen VW-Bus in Richtung Wiesenhofen vorbeifahren hören«, erzählte Sarah Rüegg. »Das muss gegen drei Uhr nachmittags gewesen sein.«

»Und warum glauben Sie, dass das ein anderer Bus war?«

»Gesehen habe ich ihn nicht, aber der Bus, der am Abend aus dem Ort rausfuhr, klang anders als der andere. Irgendwie kaputter, was weiß ich – aber ich würde wetten, dass der Bus, den ich am Abend aus Wiesenhofen habe wegfahren sehen, älter war als der vom Nachmittag.«

»Unserer ist etwas neuer«, merkte Anke an.

»Und könnte dein Mann um diese Zeit von irgendwo zurückgekommen sein, Anke?«

»Eher nein. Die hatten ab Mittag eine ihrer … Besprechungen.«

Hansen registrierte die kurze Pause, die sie eingelegt hatte.

»Da kocht Xaver immer für die anderen, die betrinken sich und hocken zusammen. Da wüsste ich nicht, warum er währenddessen noch kurz wegfahren sollte.«

»Frau Rüegg«, hakte Hansen nach, »haben Sie denn diesen neueren VW-Bus irgendwann vorher aus Wiesenhofen wegfahren sehen?«

»Nein, aber das muss nichts bedeuten. Wie gesagt: Ich

achte nicht auf das, was um mich herum vorgeht. Ich wundere mich ja schon, was ich Ihnen bisher alles erzählen konnte.«

Hansen stand auf, zog eine Visitenkarte hervor und gab sie ihr.

»Gut, da kann man nichts machen. Und falls Ihnen noch etwas einfällt – und sei es auch etwas, das Ihnen vielleicht ganz unwichtig vorkommt –, rufen Sie mich bitte gleich an. Mir geht es vor allem um den Nachmittag und Abend des vergangenen Samstags. Ach, und eins noch: Was für eine Sprache war das eigentlich, in der Sie mir am Sonntag geantwortet haben?«

»Rätoromanisch«, sagte Sarah Rüegg. »Bei mir in der Gegend wird das noch gesprochen, in einigen Dörfern ist es sogar die gängige Sprache. Und seit der Geschichte mit meinem … Mann kommt es mir ganz gut zupass, dass ich das auch gelernt habe. So kann ich mir unliebsame Gäste vom Hals halten.«

»Und wie sprechen Sie künftig mit mir?«, fragte Hansen.

»In meinem reinsten Hochdeutsch«, versprach sie grinsend.

»Dann hab ich ja noch einmal Glück gehabt. Tschüs, Frau Rüegg, und alles Gute!«

Anke war auf dem Waldweg zum Seeblick zurückgegangen, weil sie im Lokal noch einiges erledigen musste. Hansen ging über den Fahrweg nach Wiesenhofen zurück, um noch Gespräche mit den Nachbarn zu führen. Und ein bisschen vielleicht auch, weil er das nächste

Zusammentreffen mit der Wirtin ohne weitere Anwesende lieber noch ein bisschen hinausschieben wollte.

Auf dem kurzen Weg in den Weiler hörte er seine Mailbox ab: Resi hatte ihm eine Nachricht hinterlassen und wünschte ihm alles Gute für die Zeit in Wiesenhofen. Sie komme in München gut voran mit der Arbeit, werde aber vor Freitag nicht fertig und freue sich schon auf ein ruhiges Wochenende mit ihm. Mit dem Memminger Gerichtsmediziner Kurrleitner habe sie verabredet, dass er sie ebenso auf dem Laufenden halten werde wie die Kripo.

»Hoffentlich vermisst du mich ordentlich da oben in deinem einsamen Nest«, hörte er ihre Stimme sagen. »Im Moment hätte ich ohnehin kaum Zeit für uns, aber sobald du wieder zurück in Füssen bist, holen wir das nach, ja? Ich freu mich schon!«

Rosemarie Kritz harkte in ihrem Garten Unkraut, und als sich Hansen ihr mit dem Handy am Ohr näherte, legte sie eine Pause ein, stützte sich mit beiden Händen auf den Stiel der Hacke und sah ihm amüsiert entgegen.

»Na, Herr Kommissar, gibt es Neuigkeiten?«

Hansen steckte das Handy weg. »Neuigkeiten hoffe ich eher von Ihnen zu erfahren.«

»Von mir? Oje, da kann ich vermutlich nicht helfen.«

»Wir können's ja mal versuchen. Mir geht es um den vergangenen Samstag.«

»Natürlich. Sie ermitteln ja wegen der toten Habergsells. Und sie sind ja am Samstag in Illerbeuren ermordet worden. Hab ich in der Zeitung gelesen.«

»Genau darum geht es. Wann haben Sie denn die Habergsells zum letzten Mal gesehen?«

»Hm ...« Sie kratzte sich am Kopf. »Ach, jetzt fällt's mir wieder ein. Der Richard war mit den anderen Männern im Seeblick zur Besprechung, und den Toni habe ich am Schlepper herumhämmern hören, fast den ganzen Nachmittag. Dann aber, so gegen sechs oder kurz vorher, sind die Habergsells mit ihrem VW-Bus weggefahren.«

»Alle drei?«

Sie zuckte mit den Schultern.

»Keine Ahnung, ich hab nur den Bus wegfahren sehen. Ich renn ja nicht extra auf die Straße raus, nur um zu sehen, wer alles in dem Wagen drinsitzt, gell? Aber ich denk schon. Der Toni hat kurz vorher mit dem Hämmern aufgehört, und die Friederike und den Richard habe ich danach nicht mehr gesehen. Und jetzt sind sie ja tot, alle drei.«

»Hat Ihr Mann denn erzählt, dass Richard Habergsell die Versammlung im Seeblick früher verlassen hat als die anderen?«

»Da müssen Sie meinen Mann bitte selbst fragen. Der ist grad auf dem Feld, und ich weiß nicht, wann er heimkommt. Mir ist das mit den Besprechungen ohnehin schon nicht so recht. Da kommt mein Alfred immer heim wie d'Sau, er stinkt nach allem Möglichen und ist total besoffen. Ich bin ganz froh, dass ich immer schon schlaf, wenn er zurückkommt.«

»Und Ihre Nachbarn auf der anderen Seite und die Wirtsleute – haben Sie die am Samstag gesehen?«

»Natürlich, so groß ist Wiesenhofen ja auch wieder nicht.«

»Und wann?«

Rosemarie Kritz machte kein Hehl daraus, dass ihr das Gespräch mit dem Kommissar lästig war, aber mit einem tiefen Seufzen bequemte sie sich doch zu einer Antwort.

»Also … die Anke vom Seeblick, die ist morgens zum Einkaufen weggefahren und dann gegen zehn noch einmal – die wird ihre Freundin in Lindau besucht haben, das macht sie manchmal. Jedenfalls ist sie erst am Sonntagvormittag zurückgekommen. Die Vöcklers waren, soweit ich das mitbekommen habe, die ganze Zeit daheim – bis auf den Franz, der gegen zwölf wie mein Alfred zur Besprechung in den Seeblick rüber ist. Am Vormittag kam dann noch die Sandra auf Besuch, aber die ist bald darauf in den Wald gegangen. Um halb drei habe ich sie gesehen, ganz zufällig, wie sie runterkam zur Mutter und zur Oma. Aber sie ist, glaube ich, später noch einmal rauf in den Wald – weiß der Herrgott, was die da immer treibt! Ich meine, eine junge Frau, ganz allein dort draußen! Und wenn ich da an die Habergsells denke, schüttelt's mich noch mehr!«

»War denn auch jemand von den Familien da, die aus Wiesenhofen fortgezogen sind?«

»Ja, glauben Sie denn, ich stehe den ganzen Tag am Fenster und schau, was meine Nachbarn machen?«

Sie klang ehrlich empört, aber ohne ein gewisses Grundinteresse hätte sie kaum die genannten Abfahrts-

und Ankunftszeiten aufzählen können. Hansen schaute so ernst drein, wie er konnte.

»Natürlich nicht«, beschwichtigte er sie, »aber es kann ja sein, dass Sie – ganz zufällig – jemanden am Haus haben vorbeifahren sehen. Zum Seeblick führt ja nur die eine Straße.«

»Wenn Sie im Auto kommen, ja. Aber manche Gäste gehen auch gerne mal hintenrum aus dem Seeblick raus und wandern das kurze Stück durch den Wald.«

Sie deutete mit einem Arm in Richtung des Ferienhauses.

»Hinter der Kurve, von der Sie vorhin hergekommen sind, mündet der Pfad wieder in die Zufahrtsstraße. Ich habe schon gesehen, dass der eine oder andere sein Auto lieber etwas weiter unten stehen lässt. Wahrscheinlich ist der dann den Rest des Weges zu Fuß durch den Wald marschiert und dann durch den Hintereingang in den Seeblick.«

Hansen musterte sie und überlegte, ob sie ihn und die Wirtin womöglich vorhin auf dem Pfad beobachtet hatte. Aber Rosemarie Kritz sah ihn arglos an, beugte sich ein wenig vor und senkte ihre Stimme.

»Wissen Sie, Herr Kommissar, die Anke Groschinger ist recht fidel, wenn Sie verstehen, was ich meine. Und wenn die mal Besuch von auswärts bekommt, dann ist es ihr sicher lieber, wenn es der ungesehen in den Seeblick schafft.«

Sie grinste anzüglich.

»Hat sie denn häufiger solchen Besuch?«, fragte Hansen.

Sie errötete ein wenig und räusperte sich. »Woher soll ich das wissen? Aber man hört so dies und das. Und ein Auto von auswärts habe ich schon mal ein Stück weiter unten stehen sehen, als ich vom Mähen nach Hause gekommen bin. Das war zwar schon im vergangenen Herbst, aber das muss ja nicht das einzige Mal gewesen sein. Wie gesagt, ich schau ja nicht ständig nach solchen Sachen.«

»Aha? Und woher stammte das Auto? Haben Sie sich das Kennzeichen gemerkt?«

»Das hatte ein ›LI‹ in der Nummer für Lindau, wie wir hier auch.«

»Und woher wissen Sie dann, dass es ein Auswärtiger war?«

»Weil ich das Auto nicht kannte. In Wiesenhofen und den umliegenden Weilern und Dörfern hat keiner ein solches Auto, soweit ich weiß.«

»So, so. Und warum vermuten Sie, dass das Besuch für Anke Groschinger war?«

»Na, wen soll er denn sonst besucht haben? Wenn man den Wirt treffen will, kann man ganz normal vorne zur Tür rein, bestellt ein Bier und bespricht sich mit Xaver Groschinger – da ist doch nichts dabei, da muss man doch kein Geheimnis draus machen.«

»Und wenn es jemand war, der damals im Ferienhaus wohnte?«

»Das hätte ich sicher gewusst. Im Moment wohnt vorne eine Frau aus der Schweiz mit ihrer kleinen Tochter, dem süßen Wurm. Sie spricht aber leider nicht

Deutsch, ich hab sie jedenfalls nicht verstanden, als ich mich vor ein paar Tagen mal in Ruhe mit ihr unterhalten wollte.«

Hansen unterdrückte sein Grinsen so gut es ging.

»Außerdem sind die Feriengäste vom Lemperger meistens so faul, dass sie auf jeden Fall direkt vors Loch fahren.«

»Und wenn es ein Geschäftspartner von Groschinger war, der Investor vielleicht oder einer seiner Mitarbeiter?«

»Den kennen wir inzwischen alle vom Sehen. Der Investor und seine Leute fahren ganz normal auf den Parkplatz vor dem Seeblick. Ich persönlich finde den ohnehin nett, und verkaufen würde ich auch sofort, wenn der Preis stimmt.«

»Stimmt er denn?«

»Na, für hiesige Verhältnisse auf jeden Fall!«

»Sie glauben also, dass die Wirtin ab und zu Männerbesuch bekommt?«

»Ich will nichts gesagt haben«, wehrte Rosemarie Kritz ab, aber dann beugte sie sich doch wieder etwas zu Hansen hin. »Aber schauen Sie sich den Xaver Groschinger mal an. Was der so wegsäuft! Da läuft doch nichts mehr! Und die Anke … na ja, ich tät sagen: Knusprig ist die schon noch.« Sie lachte leise.

»Herr Hansen, Sie als Mann können die Anke doch besser beurteilen als ich.«

»Sie glauben also, dass sie Männerbesuch bekommt – aber Sie wissen es nicht sicher. Richtig?«

Sein Ton war etwas schärfer geworden, und die Frau sah ihn überrascht an.

»Ja«, gab sie schließlich zu, und es klang ein wenig eingeschnappt, »ich glaube es, weiß es aber nicht sicher. Aber wenn Sie mich doch nach allem Möglichen fragen und wenn Sie schon betonen, dass jede Kleinigkeit ...«

»Ja, Sie haben recht«, beeilte sich Hansen nun zu versichern. »Das hilft mir alles, selbst Gerüchte und Geschichten vom Hörensagen – jedes Detail kann sich später einmal als wichtig erweisen.«

Er bedankte sich bei ihr und ging weiter, um vielleicht mit den Vöcklers reden zu können. Rosemarie Kritz sah ihm nach und grinste. Ganz offensichtlich fand auch dieser Preuß die Wirtin knusprig. Sehr sogar.

Dann beugte sie sich wieder über ihr Unkraut.

Hansen hatte fast eine Stunde auf der Bank vor dem Hof der Habergsells gesessen und den sonnigen Spätnachmittag genossen. Ab und zu kam einer der Dorfbewohner vorbei, grüßte und hielt ein kurzes Schwätzchen. Hansens Plan, mit den Wiesenhofenern besser ins Gespräch zu kommen, ging auf – allerdings erfuhr er an diesem Nachmittag nichts Neues.

Mitzi hatte ein Stück entfernt in der Sonne gelegen, war aber gleich zu ihm gekommen, als er sich auf die Bank gesetzt hatte. Und seither strich sie um seine Beine und schnurrte, oder sie lag für ein paar Minuten neben Hansen auf der Bank – und schnurrte. Nebenbei kraulte er die Katze immer wieder ein wenig, und das Tier drückte sich sofort gegen seine Hand und schnurrte noch lauter.

Gegen sechs stand er auf, tippte der Katze noch einmal sanft auf die feuchte Schnauze und machte sich dann auf den Weg zum Seeblick. Mitzi sah ihm nach, putzte sich und ging dann im Schuppen nachsehen, ob sich dort wohl Mäuse finden ließen.

Im Seeblick saß der Wirt mit einem fremden Mann am Stammtisch und winkte Hansen sofort zu sich heran, als er ihn eintreten sah. Hansen wunderte sich, woher der Mann gekommen war – er hatte den ganzen Nachmittag über kein Fahrzeug auf dem asphaltierten Weg gesehen.

»Ich hab's schon von meiner Frau gehört, Herr Hansen«, polterte der Wirt drauflos, und Hansen zuckte einen Moment lang zusammen. Doch Groschinger lachte dabei und dröhnte weiter. »Sie sind unser Gast, und mit der 23 haben Sie sich unser schönstes Zimmer ausgesucht. Anke hat Ihnen schon alles hergerichtet. Das Zimmer hat nur einen Nachteil: Ich schlafe im Stock drunter und schnarche wohl, sagt Anke. Ich selbst hör's ja nicht!«

Er lachte wieder.

»Also lassen Sie das Fenster zum Wald hin nachts lieber zu. Meine Frau ist schon ausgezogen, die schläft hinten raus, weil sie wegen mir wohl kein Auge zubekommt, sagt sie.«

Der Fremde hörte aufmerksam zu. Hansen hatte den Eindruck, dass er von ihm beobachtet wurde.

»Hoi, ich hab euch ja noch gar nicht einander vorgestellt!«, rief Groschinger. »Bitt schön, Herr Hansen, das ist Andreas Roth, ihm gehört der Hof unterhalb der Vöcklers. Andreas, das ist Kommissar Hansen von der Kemptener Kripo, der herausfinden möchte, wer die Habergsells umgebracht hat.«

Die Männer gaben sich die Hand. Roth hatte schwielige Hände, die offenbar ordentlich zupacken konnten. Sein dünnes schwarzes Haar war strähnig in einen Seitenscheitel geklebt, und etwa ein Fingerbreit über den Ohren zog sich eine kreisrunde Delle – Roth schien regelmäßig einen Hut zu tragen. Tatsächlich konnte Hansen mit einem schnellen Blick ein abgewetztes Exemplar an der Garderobe hängen sehen.

Roth entsprach in seiner ganzen Erscheinung dem Gauner aus einer Provinzposse. Fiese Visage, lauernder Blick aus stechenden Augen, buschige Augenbrauen – sein Äußeres hätte ihn in jedem Fernsehkrimi sofort als Hauptverdächtigen ausgewiesen. Im wirklichen Leben war das oft nicht so einfach. Leider, wie sich Hansen eingestand, denn Roth war ihm auf Anhieb ausgesprochen unsympathisch. Und als er den Mund aufmachte, wurde es nicht besser.

»So, so, Sie sind also dieser Kommissar aus Kempten? Sie mischen unser kleines Dorf ja ganz schön auf, was mir Xaver bisher so erzählt.«

Der Tonfall war ölig, dazu legte er ein irgendwie hinterhältig wirkendes Grinsen auf sein ausgemergeltes Gesicht. Hansen versuchte trotzdem seine Abneigung gegen diesen Mann in den Griff zu kriegen.

»Ach, Andreas«, fuhr der Wirt dazwischen, »was quatschst du denn da?« Er wandte sich an Hansen. »Ich habe nichts weiter über Sie erzählt, als dass Sie den Mörder der Habergsells suchen. Das darf ich doch sagen?«

»Natürlich, Herr Groschinger«, beruhigte ihn Hansen, ohne Roth aus den Augen zu lassen. »Es ist mir sogar ganz recht, wenn Sie Herrn Roth schon informiert haben – dann kann ich ihm gleich die ersten Fragen stellen.«

»Aber vorher wird was gegessen«, bestimmte Groschinger und stand auf.

Als er zurückkam, stellte er ein volles Bierglas vor Hansen hin und ein schwer mit Wurststücken, Brot und Käse beladenes Brett in die Tischmitte. Roth und Hansen hatten bis dahin kein Wort gesprochen, sondern sich weiter stumm gemustert. Groschinger bemerkte die angespannte Stimmung, ermunterte die beiden, sich vom Brett zu bedienen – »Die kleine Vesper geht aufs Haus!« – und hob sein Glas, um den anderen zuzuprosten.

Die Männer stießen an und griffen tüchtig zu. Groschinger plapperte währenddessen über alles Mögliche, warf Roth ab und zu seltsame Blicke zu, und Hansen tat so, als falle ihm das nicht auf. Allmählich entspannte sich die Atmosphäre ein wenig. Der Wirt schien deswegen sehr erleichtert.

»Ich habe Sie gar nicht herfahren sehen, Herr Roth«, merkte Hansen nach einer Weile an.

»Ich hab den direkten Weg genommen«, brummte der und schob ein Wurststück in den Mund.

»Gibt es denn noch mehr Straßen nach Wiesenhofen?«

Hansen sah überrascht zwischen Roth und Groschinger hin und her.

»Na ja«, erklärte der Wirt, »Straße kann man das nicht gerade nennen. Da kommen Sie nur mit dem Schlepper durch.«

»Ach«, fragte Hansen, »Sie wohnen noch hier in der Nähe? Ich dachte, Sie seien weggezogen.«

»Aus Wiesenhofen, ja«, brachte Roth mit vollem Mund hervor. »Meine Familie stammt von hier, aber meine Frau kommt aus Haggen, das ist der nächste Weiler, gleich dort hinten ein Stück runter ins Tal.« Er hatte sich inzwischen ein Stück Brot geschnappt und deutete damit hinter sich, grob in Richtung Westen.

»Wobei das nicht heißt, dass es nach Haggen gerade mal ein kurzer Spaziergang wäre«, warf Groschinger ein und lachte. »Das sind schon ein paar Kilometer. Wiesenhofen liegt viel weiter ab vom Schuss als Haggen. Dort können Sie vom einen Weiler den nächsten schon sehen – aber hier …«

Roth hatte zu Groschingers Worten genickt, dann fuhr er fort: »Der Hof meiner Frau liegt besser, die Wiesen sind nicht so steil, und ihre Felder haben den besseren Boden. Also bin ich nach Haggen gezogen, und die paar Wiesen hier oben, die mir meine Eltern hinterlassen haben, bewirtschafte ich von unten aus. Das geht schon, außer Gras ist sowieso nichts zu holen. Und an dem alten Glump dort drunten hängt mein Herz nicht gerade.« Er deutete zu den Vöcklers hin, meinte aber wohl sein eigenes Gehöft, das dahinter lag und von hier aus nicht zu sehen war. »Meine Mutter ist früh gestorben, und mit meinem Vater bin ich nie sehr gut zurechtgekommen.«

Er zuckte mit den Schultern und nahm sich noch etwas Wurst.

»Wenn der Xaver oder sein Investor also alles kaufen und abreißen wollen: Meinen Segen haben sie. Schon lange. Und das Geld könnte ich auch brauchen. Aber das werden Sie kennen, Herr Kommissar. Geld wächst sicher auch in Kempten nicht auf Bäumen, gell?«

»Und Ihre Frau sieht das ebenso, nehme ich an?«

»Die sah das auch so, ja, aber sie ist vor drei Jahren gestorben. Krebs.«

»Oh, das tut mir leid.«

»Schon recht«, brummte Roth und nahm einen großen Schluck.

»Und dann sind Sie vorhin also von Haggen über einen Feldweg nach Wiesenhofen heraufgekommen?«

»Ja. Diese Wege gibt's hier überall. Dort drüben, hangabwärts, geht es in alle Richtungen über die Wiesen und durch den Wald.«

Er nannte ein paar umliegende Weiler beim Namen, und Hansen nahm sich vor, auf der Karte nach Haggen, Hölzlers, Schrundholz und Rappenfluh zu suchen, um sich ein besseres Bild von der näheren Umgebung von Wiesenhofen machen zu können.

»Aber wie gesagt«, fügte Roth dann noch dazu, »da

kommen Sie nur mit dem Schlepper durch, mit Ihrem Auto sollten Sie das nicht versuchen. Sie haben doch diesen Kombi, der vor dem Gasthof steht, oder?«

»Ja, das ist meiner. Und wie fahren Sie da lang, Herr Groschinger? Mit dem VW-Bus?«

Groschinger stutzte kurz und wechselte einen schnellen Blick mit Roth. Dann fing er sich wieder.

»Nein, mit dem Bus fahr ich lieber außen rum, über die offizielle Zufahrtsstraße. Da hat die Kiste schon genug zu schnaufen. Der Feldweg ist wirklich nur für Schlepper.«

»Und Ihren Schlepper haben Sie unten stehen, bei Ihrem alten Hof?«, hakte Hansen bei Roth nach.

»Ja, klar, wo denn sonst? Das letzte Stück rauf zum Seeblick schaff ich ja grad noch zu Fuß. Und falls ich mehr als ein Bier trinken sollte, lass ich den Schlepper natürlich stehen und übernachte in meinem alten Hof. Das alte Mobiliar steht da teilweise noch drin, Küche, Schlafzimmer und so.«

Hansen nickte.

»War das am Samstagabend auch der Fall?«

»Wieso fragen Sie?«

Roths Tonfall wurde lauernder und Groschinger etwas nervöser.

»Na, da hatten Sie alle doch hier im Gasthof Ihre Besprechung, wegen der Anbaupläne für den Seeblick. Die ging doch sicher etwas länger, und vermutlich wurde da nicht nur Sprudel getrunken.«

»Natürlich nicht«, mischte sich Groschinger ein.

»Kommen Sie ruhig mal dazu, da geht es immer recht lustig zu.«

Roth warf ihm einen warnenden Blick zu.

»Lustig?«, fragte Hansen. »Ich dachte, hier in Wiesenhofen sorgen Ihre Pläne für eine angespannte Stimmung, weil nicht jeder an Sie beziehungsweise Ihren Investor verkaufen will.«

»Ach, wissen Sie, wir Wiesenhofener können uns herzhaft streiten und trotzdem ein Bier miteinander trinken. Das ist ja das Schöne hier oben. Und alle sind ja nicht gegen die Erweiterung vom Seeblick.«

»Aber die Habergsells«, stellte Hansen fest, »die waren dagegen.«

Groschinger sackte ein wenig in sich zusammen.

»Das ist ja das Elend«, jammerte er, »und wie steh ich jetzt da?«

Er ging zum Tresen und schenkte sein Bierglas wieder voll.

»Aber nicht nur die Habergsells waren dagegen«, betonte er, als er wieder bei den anderen beiden saß, »auch der Franz und der Alfred denken nicht im Traum daran, uns ihre Höfe zu verkaufen.«

»Deppen!«, zischte Roth und trank. »Alles Deppen! Die könnten aus ihrem Glump noch was rausschlagen und damit anderswo neu und besser anfangen!«

»Das kann auch der Investor«, merkte Hansen an.

»Ja, das kann der auch«, brummte Groschinger und schaute betrübt drein. »Und er wird wohl auch nicht mehr lange zuwarten wollen.«

»Ist Ihnen die Zeit knapp geworden, Herr Groschinger? Oder Ihnen, Herr Roth?«

Bevor die beiden, die ihn jetzt wütend anstarrten, auch nur einen Ton sagen konnten, stand Hansen auf, klopfte zweimal auf die Tischplatte und ging auf die Zufahrtsstraße hinaus.

Hanna Fischer und Willy Haffmeyer waren seit mittags unterwegs und klapperten die aktuellen Wohnsitze der weggezogenen Wiesenhofener ab. Die gemeldeten Adressen hatten die Kollegen aus Lindau und Lindenberg ermittelt, und die meisten Orte kannte Haffmeyer und fand die jeweiligen Häuser auch ohne Navi. Nur einmal musste er in der Karte nachschlagen, fand den gesuchten Weiler Haggen aber trotzdem noch schneller als Hanna, die auf dem Navi-Display herumdrückte.

In keinem der Fälle trafen sie die Männer daheim an. In der Wohnung von Martin Lemperger, der nach den Meldeunterlagen allein lebte, war gar niemand zu Hause. Auf dem Hof des seit gut zwei Jahren verwitweten Andreas Roth war dessen Freundin Heike ganz froh, für die beiden Beamten eine kurze Pause einlegen zu können. Und auf Franka Fesl mussten sie vor ihrem Haus in Scheidegg knapp zehn Minuten warten, bis sie vom Einkaufen zurückkam.

Alle Frauen bestätigten die bisher bekannten zeitlichen Abläufe, oder ihre Angaben passten mit dem zusammen, was die Soko hatte ermitteln können. Demnach hatten Andreas Roth und Klaus Sperber zusammen mit Alfred

Kritz, Franz Vöckler und Richard Habergsell sowie dem Wirt am Samstag von zwölf Uhr an im Seeblick an der Besprechung teilgenommen. Groschinger kochte für alle, wie bei solchen Zusammenkünften üblich. Um dreizehn Uhr kam Peter Fesl dazu, was keinen überraschte, weil er häufig verspätet zu Terminen erschien.

Alle Männer waren erst spät in der Nacht heimgekommen, wobei keiner von ihnen so nüchtern gewesen war, dass er auch wirklich noch hätte fahren sollen. Das sagte natürlich keine der befragten Frauen ausdrücklich, aber zwischen den Zeilen war schon herauszuhören, dass sich die Männer im Seeblick gewöhnlich nicht mit Saft und Sprudel aufhielten.

Keine der Frauen konnte dazu eine konkrete Uhrzeit nennen, aber es musste zumindest im Fall des in Weißensberg lebenden Klaus Sperber zwischen halb eins und drei Uhr gewesen sein. »Um halb eins bin ich ins Bett gegangen«, erzählte seine Frau Gabi, »und um drei musste ich raus, weil unser Jüngster das Weinen anfing. In der Zeit dazwischen ist Klaus heimgekommen. Genauer kann er es Ihnen nur selbst sagen.«

»Das klärt dann unser Chef mit ihm«, sagte Haffmeyer. »Kriminalhauptkommissar Hansen ist im Moment in Wiesenhofen und hat sich im Seeblick ein Zimmer genommen. Vielleicht kann Ihr Mann da mal vorbeikommen, oder er ruft Herrn Hansen einfach kurz an, ja?« Sie hinterließen überall Hansens Visitenkarte, die er ihnen genau zu diesem Zweck gegeben hatte, verbunden mit der Bitte, sich bei Hansen zu melden.

»Weißt du was?«, sagte Haffmeyer, als sie wieder im Auto saßen. »Das alles sagen wir jetzt dem Chef persönlich. Wir sind ja fast in Wiesenhofen.« Er deutete auf die Karte. »Der wird sich freuen, und gegen ein Feierabendbier hätte ich jetzt auch nichts einzuwenden.«

»Ah, da bist du ja!«

Anke Groschinger kam mit zwei Gläsern auf die Terrasse und sah Hansen wieder ganz hinten am Tisch in der Ecke sitzen, den Blick auf die Dächer der Bauernhöfe von Wiesenhofen gerichtet. Sie hatte erneut ein anderes Dirndl angezogen, ein ziemlich eng sitzendes, rot-weiß kariertes Gewand. Das Oberteil war zudem sehr tief ausgeschnitten, und für die leuchtend weiße Dirndlbluse war an den sehr kurzen Ärmeln und am Ausschnitt mit Stoff gespart worden. Das kleine, rot-weiße Tuch, das sie sich um den Hals geknotet hatte, rahmte ihr Dekolleté eher ein, als dass es etwas verborgen hätte.

»Sag mal«, sagte sie und setzte sich auf den Stuhl neben Hansen, »hast du dich mit meinem Mann gestritten? Der war ganz grantig, als ich ihn nach dir fragte und danach, ob du schon zu Abend gegessen hast.«

»Nein, nicht direkt«, antwortete Hansen. »Und danke.«

Er deutete auf das volle Bierglas, das sie vor ihm abgestellt hatte. Sie hob ihr Weinglas und prostete ihm zu.

»Was meinst du damit: nicht direkt?«

Hansen überlegte kurz, aber eigentlich konnte es für seine Ermittlungen nur von Vorteil sein, wenn er sie teilweise ins Vertrauen zog.

»Ich habe mit ihm und Herrn Roth am Stammtisch gesessen, und als wir uns eine Weile unterhalten hatten, kamen wir auf den möglichen Zusammenhang zu sprechen zwischen den Ausbauplänen, dem Verkaufswunsch einiger Wiesenhofener und dem Mord an den Habergsells, die ja auf gar keinen Fall verkaufen wollten.«

»Oh«, machte Anke und nahm noch einen ordentlichen Schluck. »Das hat er nicht gut aufgenommen, das kann ich dir sagen.«

»Das habe ich nicht anders erwartet. Und du? Wie nimmst du das auf?«

»Falls du glaubst, dass Xaver mit diesen Morden irgendetwas zu tun haben könnte ... das kann ich mir nicht vorstellen. Der hat in den vergangenen Jahren zwar durchaus die eine oder andere Schweinerei durchgezogen, wenn es ihm einen Vorteil verschafft hat. Aber diese Morde? Dafür ist der gute Xaver zu blöd, zu schwach, zu ... Mein Mann ist ein Schlappschwanz.« Sie sah Hansen an und verzog das Gesicht. »In jeder Hinsicht, wenn du verstehst ...«

Hansen wurde es heiß und kalt.

»Sag mal, Anke«, wechselte er das Thema, »habt ihr denn eine Karte von Wiesenhofen oder von der Gegend hier?«

Sie grinste etwas breiter, dann stand sie auf.

»Klar, haben wir. Ich bring dir welche, bin gleich wieder da.«

Als sie sich wieder neben ihn setzte, musste er lachen: Sie hatte drei Ansichtspostkarten mit hiesigen Motiven vor ihm auf dem Tisch ausgebreitet. Eine Karte zeigte den

Seeblick sehr imposant vom Parkplatz aus, die Terrasse mit fast voll besetzten Stühlen, die Gaststube und einen Panoramablick bis hin zum Bodensee, für den sich der Fotograf vermutlich ziemlich weit aus einem Fenster von Zimmer 23 gebeugt haben musste. Die anderen Postkarten zeigten verschiedene Motive aus Scheidegg und Wiesenhofen, der Seeblick durfte natürlich auch hier nicht fehlen.

»Meine Idee«, sagte sie und tippte auf die Karten. »Seit es im Internet diese billigen Druckereien gibt, kostet das ja fast nichts mehr. Und die Gäste nehmen's immer gern mit, wenn sie hier übernachtet haben. Ich schenk dir die drei, wenn du magst.«

»Nett von dir, danke. Aber ich habe eine Landkarte oder eine Wanderkarte von hier gemeint. Roth und dein Mann haben vorhin ein paar Weiler und Dörfer der Umgebung genannt, die mir nichts sagen – da wollte ich mir mithilfe einer Karte einen Überblick verschaffen.«

Sie lachte und ging noch einmal nach drinnen. Kurz darauf saß Hansen über eine ausgebreitete Wanderkarte der Gegend gebeugt und suchte die Namen der Weiler. Anke sah ihm eine Weile zu, gab ihm den einen oder anderen Tipp für seine Suche und trank ihr Weinglas leer. Sie fühlte die Abendsonne im Nacken und auf der rechten Schulter. Dann raffte sie die Bluse noch ein klein wenig, beugte sich ebenfalls über die Karte und wartete, den Blick unverwandt auf Hansen gerichtet.

Ihm fiel bald auf, dass es etwas schattiger geworden war, und er sah hoch – direkt in den Ausschnitt von Ankes

Dirndl. Er erstarrte und dachte fieberhaft darüber nach, was er jetzt am besten tun oder sagen konnte.

»Na, Eike, hast du gefunden, wonach du gesucht hast?«

Anke Groschingers Frage und ihre jetzt sehr kehlig klingende Stimme machten es Hansen nicht leichter.

»Hallo, Chef!«, kam es von der Treppe her, die vom Parkplatz zur Terrasse heraufführte.

Hansen löste sich aus seiner Starre, Anke zog wieder etwas Blusenstoff aus dem Oberteil hervor und setzte sich gerade hin, während Haffmeyer zögernd zu Hansen an den Tisch kam.

»Darf ich Ihnen was bringen?«, fragte Anke und lächelte ihn etwas verlegen an.

»Ein Bier für mich«, sagte Haffmeyer.

»Für mich auch eins«, rief Hanna ihr zu, die ebenfalls an den Tisch kam.

Anke Groschinger huschte davon.

»Ich habe gerade … hier auf der Karte nach einigen Ortschaften in der Umgebung gesucht«, erklärte Hansen.

»Hm«, machte Haffmeyer mit ernster Miene.

»Haggen zum Beispiel, da wohnt Andreas Roth, einer der früheren Wiesenhofener.«

»Wissen wir«, sagte Haffmeyer. »Da kommen wir gerade her, und wir wollten Sie aufs Laufende bringen.«

Als sie nach etwa einer halben Stunde aufbrachen, verabschiedete sich Hansen ein wenig betreten von den Kollegen und fragte sich insgeheim, wie Anke und er so dicht nebeneinander wohl auf die beiden gewirkt haben mochten.

Der restliche Abend im Seeblick verlief ruhig. Anke brachte ihm mehrmals frisches Bier und gegen Ende, als er wieder von der Terrasse in die Gaststube umgezogen war, auch einen Obstler. Sie setzte sich mit einem eigenen Schnapsglas zu ihm und stieß mit ihm an. Aber zum Reden hatte er keine Lust mehr, und Anke ließ ihn in Ruhe – der Besuch der Kollegen und die etwas verfängliche Situation, in der sie ihn auf der Terrasse angetroffen hatten, beschäftigte ihn offenbar noch immer so sehr, dass sie ihr Dirndl jetzt auch gegen Sackleinen hätte tauschen können.

Xaver Groschinger saß mit Vöckler und Kritz am Stammtisch, und diesmal lud er seinen Pensionsgast, der sich etwas abseits gesetzt hatte, nicht ein, zu ihnen zu kommen. Die drei Männer warfen ihm ab und zu finstere Blicke zu, aber Hansen beachtete sie nicht weiter. Er wählte mehrmals Resis Nummer an, aber jedes Mal sprang nur die Mailbox an. Er hinterließ keine Nachricht, sondern legte auf.

Irgendwann gegen zehn klaubte er die drei Postkarten zusammen, steckte die Wanderkarte ein, ließ alle Getränke auf seine Zimmerrechnung schreiben und nahm noch ein Bier mit nach oben. Eine Zeit lang stand er am Fenster und sah in Richtung See hinunter, wo er die Lichter der Orte am Ufer betrachtete und die weite dunkle Fläche, die sich zwischen ihnen und Wiesenhofen ausbreitete. Hier oben konnte man sich schon sehr einsam fühlen, ging es ihm durch den Kopf. Dann fiel ihm die schöne Katze der Habergsells ein und sein eigener räudiger Mitbewohner in Füssen – und schließlich setzte er sich mit Stift und Postkarte an den kleinen Schreibtisch, nahm einen großen Schluck Bier und begann zu schreiben.

»Lieber Ignaz, viele Grüße aus dem sehr schönen, aber auch ziemlich einsam gelegenen Wiesenhofen. Ich habe hier eine Artgenossin kennengelernt: sehr schön anzusehen und auch sehr anschmiegsam – daran solltest du dir vielleicht mal ein Beispiel nehmen. Bis bald, dein Hansen«.

Der Text war Hansens inzwischen etwas mitgenommenem Zustand entsprechend ziemlich undeutlich auf die Karte gekrakelt, und weil ihm gegen Ende des Textes allmählich der freie Platz ausging, wurden die Buchstaben immer kleiner und die Zeilen immer enger. Aber er brachte alles unter und hatte auch noch den nötigen freien Raum für die Adresse seines Mitbewohners: »Ignaz, c/o Eike Hansen, Ehrwanger Straße, 87629 Füssen«.

Hansen trank sein Bier leer, dann überflog er noch einmal den Text, den er gerade geschrieben hatte. Er lachte, schüttelte über sich selbst den Kopf und schnippte die Karte in Richtung Papierkorb. Dann wuchtete er sich aus dem Stuhl hoch, tappte zum Bett hinüber und schlief ein, kurz nachdem er völlig bekleidet aufs Bett gesunken war.

Anke Groschinger war, als sie in der Küche alles aufgeräumt und für den Morgen vorbereitet hatte, wieder lange im Bad geblieben. Als sie sich wieder abgeschminkt und ihr Gesicht sorgfältig eingecremt hatte, hatte sie die Türklinke zu ihrem Zimmer schon in der Hand, als sie es sich noch einmal anders überlegte. Langsam schlich sie im Nachthemd zu Zimmer Nummer 23 hinüber und lauschte. Einen Moment lang war es ihr, als habe sie von drinnen ein leises Lachen vernommen, dann hörte sie Schritte und das Geräusch des knarzenden Bettrosts. Dann war es kurz still, bevor sie gedämpftes Schnarchen hörte.

Sie wartete noch ein bisschen ab, dann drückte sie die Klinke langsam herunter und schob die Tür auf. Es war nicht abgeschlossen. Anke sah sich noch einmal auf dem Flur um, dann schlüpfte sie lautlos ins Zimmer. Das Licht brannte, und Hansen lag auf dem Bett. Er war vollständig bekleidet, nur die Schuhe lagen in der Zimmerecke, und seine Position sah nicht besonders gemütlich aus. Anke streifte ihre Hausschuhe ab und schlich auf Zehenspitzen zu Hansen hin. Die Vorsicht hätte sie sich allerdings sparen können: Hansen schlief wie betäubt, und sein Schnarchen übertönte problemlos alle anderen Geräusche im Raum.

Anke setzte sich neben ihn auf die Bettkante und betrachtete ihn. Schließlich stand sie wieder auf und beugte sich über ihn. Sie legte seine beiden Arme um ihre Schultern, Hansen öffnete die Augen ein wenig und sah sie verschlafen an. Sie lächelte ihm zu und beugte sich noch ein wenig vor.

»Komm, hilf mir ein bisschen«, flüsterte sie ihm ins Ohr, »rutsch hoch zum Kissen, da liegst du besser.«

Tatsächlich half er mit den Beinen etwas nach und hielt

sich dabei an Ankes Schultern fest, und als sein Kopf aufs Kissen gebettet war, deckte sie ihn behutsam mit der Decke zu. Dann zog sie den Stuhl ein wenig vom Schreibtisch weg und setzte sich. Hansen schnarchte nun wieder, und Anke fragte sich, was wäre, wenn ihr damals nicht dieser stramme Allgäuer an die Wäsche gegangen wäre und sie sich nicht von seinen prahlerischen Sprüchen und seiner damals unbändigen Energie hätte täuschen lassen. Wenn sie in Paderborn geblieben wäre und dort einen anderen Mann kennengelernt hätte, vielleicht einen wie Hansen.

Ein kühler Windhauch drang durch das gekippte Fenster hinter ihr und ließ sie frösteln. Sie schniefte und schlang die Arme um ihren Oberkörper. Ihr Blick fiel auf eine der Postkarten, die sie Hansen geschenkt hatte und die hinter ihrem linken Fuß auf dem Boden lag, direkt neben dem Papierkorb. Sie hob sie auf – es war das Exemplar mit den Detailansichten des Gasthofs Seeblick. Sie drehte die Karte um und versuchte den Text zu entziffern, dann schlich sie mit der Postkarte in der Hand zurück zu ihren Hausschuhen, löschte das Licht, schlüpfte wieder hinaus auf den Flur und ging in ihr Zimmer, das nur ein paar Meter entfernt lag.

Dort legte sie sich im Licht der Nachttischlampe aufs Bett und beschäftigte sich mit Hansens Zeilen an einen »Ignaz«, der offenbar bei ihm in Füssen wohnte. Ganz schlau wurde sie nicht aus dem Text, aber schließlich reimte sie sich den Sinn zusammen. Hansen hatte einen Sohn namens Ignaz, dem Text nach zu urteilen ein Junge in der Pubertät, kratzbürstig und schwierig, und Hansen schien allein mit ihm in Füssen zu leben – jedenfalls war in der Adresse und im Text der Postkarte nirgendwo von einer Frau die Rede. Hansen war offenbar ein guter Kerl, denn er hatte sich kein einziges Mal über sein vermutlich nicht ganz einfaches Schicksal beklagt – nur einmal hatte er vage angedeutet, dass auch ihn »in gewisser Weise die Liebe« ins Allgäu verschlagen habe. Das war ein Gentleman – dass es so etwas heute noch gab! Und dass er sie, seine Wiesenhofener Bekanntschaft, dem Sohn gegenüber nicht nur als »Artgenossin« – was für eine seltsame und geschraubte Formulierung, ähnlich hölzern wie das »Dein Hansen« am Schluss – erwähnte, sondern sie auch als schön und anschmiegsam beschrieb, ließ Anke Groschinger mit einem sehr warmen, wohligen Gefühl einschlafen.

Mittwoch, 4. Juni

Anke Groschinger bemühte sich an diesem Morgen ganz besonders um ihren einzigen Pensionsgast, und Hansen ließ sich gern Wurst und Käse, frisch aufgebackene Semmeln und Rührei mit krossem Speck servieren. Er hatte ordentlich Appetit, und auch gegen seinen dicken Kopf würde ein herzhaftes Frühstück am besten helfen.

Als der Tisch wieder leer geräumt war und er vor der dritten Tasse Kaffee saß, setzte sich Anke zu ihm. Sie trug heute ein Dirndl in Rosa, das für ihre Verhältnisse geradezu hochgeschlossen wirkte, aber trotzdem ihre Figur geschickt betonte. Anke sah kurz zur Küchentür, dann holte sie unter ihrer Schürze eine Postkarte hervor und schob sie Hansen zu. Der schaute kurz ganz verblüfft auf die Karte, bis er sie erkannte: Auf der einen Seite die Seeblick-Motive, auf der anderen Seite der kurze Urlaubsgruß an Kater Ignaz.

Wie peinlich, dachte er, und seine Wangen und seine Ohrläppchen nahmen etwas dunklere Farbe an.

Wie süß, dachte Anke, jetzt wird er rot, weil ich gelesen habe, was er von mir denkt.

»Die hab ich heute früh im Papierkorb gefunden«, log sie, und der Knick, den die Postkarte heute Nacht unter ihrem Kissen bekommen hatte, passte ganz gut zu dieser Geschichte. »Schick sie ruhig ab, dein Ignaz freut sich ganz bestimmt.«

Hansen sah sie irritiert an.

»Ja, tut mir leid, ich hab die Karte aus dem Abfall gefischt, dabei habe ich sie halt kurz gelesen – aber …«

Sie beugte sich vor und lächelte. »Das muss dir nicht peinlich sein. Ich finde das schön. Und ich kann ein Geheimnis bewahren.«

Anke stand auf und sah auf den staunenden Hansen hinunter.

»Und Eike, glaub mir, ich könnte noch ganz andere Geheimnisse bewahren. Noch ganz andere!«

Ihm war schon klar, welche Art von Geheimnissen sie meinte – nur der Zusammenhang mit der Urlaubskarte an Ignaz war ihm schleierhaft.

»Ist gut, Anke«, sagte er deshalb nur, nickte ihr zu und steckte die Postkarte weg.

Nun machte sie auch noch einen Kussmund und tat mit Daumen und Zeigefinger der rechten Hand so, als verschließe sie ihren Mund. Den imaginären Schlüssel hielt sie kurz hoch, dann warf sie ihn mit großer Geste hinter sich und ging mit schwingenden Hüften davon.

Sein Handy klingelte, Vroni Schliers von der Kriminaltechnik war dran.

»Wir haben die Rostspuren auf dieser Garageneinfahrt neben dem Museum analysiert.«

»Wo der Transporter der Täter abgestellt war?«

»Genau dort. Wir konnten im Rost doch noch kleine

Lackspuren isolieren – pastellweiß, eine der Standardlackierungen unter anderem für VW-Busse.«

»Und die stammen vom Transporter der Täter?«

»Ganz sicher kann man nie sein, aber es deutet vieles darauf hin. Außerdem haben wir auf dem Stellplatz noch Reste von Kühlwasser mit Rostspuren nachweisen können. Das heißt, wir suchen einen ganz oder teilweise in Pastellweiß lackierten VW-Bus Modell T3 aus den Baujahren 1982 bis 1992.«

»Äh …«

»Ich erklär's Ihnen«, sagte Vroni Schliers und lachte. »Also: Wir suchen einen Transporter, und der pastellweiße Lack deutet auf einen VW-Bus hin. Das Modell T3, soweit es in Deutschland, Österreich und der Schweiz zu kaufen war, wurde von 1979 bis 1992 gebaut. Der Radstand war gegenüber dem Vorgängermodell um sechzig Millimeter vergrößert worden, und ab 1982 kamen nur noch Modelle mit wassergekühltem Motor aus der Fabrik – dazu passt das Kühlwasser. Sein Nachfolgemodell T4 wiederum hatte im Gegensatz zum T3 keinen Heckmotor – da hätten wir das Motoröl also nicht hinten gefunden, sondern vorn. So weit alles klar?«

»Ja, ja …«, versicherte Hansen schnell. Fahrzeugtechnik hatte ihn noch nie interessiert.

»Und, Herr Hansen, gibt's in Wiesenhofen einen solchen Bus?«

»Einen?«, fragte Hansen zurück und lachte. »Hier scheint fast jeder einen solchen Bus zu haben, und alle sind sie im selben weißlichen Farbton gehalten.«

»Sauber!«, brummte Vroni Schliers. »Aber so ist das halt mit unseren Spuren: Manchmal helfen sie einem erst zur Bestätigung, wenn man seinen Täter schon hat.«

»Oder man kann damit pokern – mal sehen, was sich mit diesen Infos noch alles anfangen lässt. Jedenfalls schon mal vielen Dank. Und immerhin ist ein VW-Bus, auf den Ihre Beschreibung passt, vermutlich am Samstag verschwunden und seither nicht mehr aufgetaucht. Er hat den Mordopfern gehört.«

Die beiden verabschiedeten sich, und Hansen rief Soko-Chef Fritz Marle an.

»Frau Schliers hat mir gerade erzählt«, sagte Hansen, »was sich aus den Spuren beim Museum für das Fahrzeug schließen lässt, mit dem die Habergsells vermutlich transportiert wurden.«

»Könnte der VW-Bus der Opfer sein«, brummte Marle. »Der ist ja noch immer verschwunden. Ich hab vorhin selbst mit Frau Schliers gesprochen und gleich einige Beamte aus Lindau und aus Lindenberg angefordert, die möglichst bald die Umgebung von Wiesenhofen nach dem Bus der Habergsells absuchen sollen. Falls es jemand von den Nachbarn war, müssen die ja auch irgendwie wieder zurückgekommen sein – vielleicht haben sie dazu noch einmal den Bus ihrer Opfer genommen und haben ihn dann irgendwo im Wald um den Weiler herum versteckt. Einige Beamte der Soko fragen sich inzwischen durch die Dörfer um Illerbeuren, ob dort nicht jemandem ein VW-Bus aufgefallen ist, der da nicht hingehört.«

Marle machte eine kleine Pause.

»Herr Hansen: Wie schätzen Sie die Nachbarn der Habergsells denn ein?«

»Verdächtig, mindestens die Männer. Aber die haben ein Alibi: Im Seeblick war Besprechung von mittags bis weit in die Nacht, und bisher habe ich keine Unstimmigkeiten raushören können, wenn mir die Wiesenhofener unter vier Augen den zeitlichen Ablauf des Samstags geschildert haben. Aber wenn sie es alle miteinander waren, ist das Alibi letztendlich nicht viel wert.«

»Kommen Sie denn in Wiesenhofen gut voran?«

Anke kam an den Tisch, räumte seine Kaffeetasse ab und lächelte ihn an.

»Äh ... was?«, fragte Hansen nach, der sich von der Wirtin hatte ablenken lassen.

»Ich habe Sie gefragt, ob Sie gut vorankommen in Wiesenhofen.«

»Ja, ja, aber es ist halt zäh.« Hansen senkte die Stimme und wandte dem Tresen und Anke noch deutlicher den Rücken zu.

»Die Leute sagen nur das Nötigste, aber das wird schon noch. Gestern Abend habe ich zweien von ihnen mal direkt unterstellt, dass sie vom Tod der Habergsells profitieren und damit natürlich auch ein Motiv haben. Da waren sie natürlich erst einmal sauer, aber vielleicht bringt das Bewegung in die Sache.«

»Soll ich Ihnen nicht doch Haffmeyer und Fischer raufschicken?«

»Nein, ich bin noch immer überzeugt, dass ich momentan am besten allein zurechtkomme.«

»Dann reizen Sie die Leute lieber nicht zu sehr – das könnte riskant werden. Meine Verwandten leben selbst in einem ähnlich abgelegenen Weiler, da wird manchmal nicht lange gefackelt.« Marle lachte.

»Ich pass schon auf«, beruhigte Hansen ihn. »Und ich meld mich wieder, ja?«

Er legte auf und erhob sich. Von der Küche her kam ihm Xaver Groschinger entgegen. Der Wirt brummte einen kaum verständlichen Gruß und blickte finster drein. Für einen Moment ging Hansen die Warnung des Soko-Leiters durch den Kopf, dann tat er sie als übertrieben ab und trat auf die Straße.

Goran Gingic hatte das Motorrad zwischen dichten Büschen abgestellt und zusätzlich mit ein paar abgerissenen Zweigen bedeckt. Auf dem letzten Stück des Weges hielt er sich so tief im Wald, dass er von der Wiese und den Gehöften aus nicht zu sehen war. Etwas weiter den Hang hinauf erreichte er schließlich einen Trampelpfad, der vom Weiler in den Wald und von dort steil den Berg hinaufführte. Goran schlich sich zum Waldrand, duckte sich hinter einen großen Busch und sah hinaus.

Vor dem Seeblick stand ein Kombi mit Kemptener Kennzeichen, sonst war der Parkplatz leer. Das musste der Wagen des Kripokommissars sein, von dem ihm Rießfeld erzählt hatte. Die Tür des Gasthofs schwang auf, und ein schlanker Mann Ende dreißig trat heraus. Goran kniff die Augen ein wenig zusammen, dann war er sicher: Das war Kriminalhauptkommissar Eike Hansen von der

Kripo Kempten. Goran hatte ihn gegoogelt und im Zusammenhang mit Hansens Ernennung zum K1-Leiter und mit einem Mord an einem Pferdezüchter in Lechbruck auch Fotos von ihm im Internet gefunden.

Hansen stand unschlüssig vor dem Seeblick und sah sich nach allen Seiten um. Er war keine zwanzig Meter von Goran entfernt, und der hoffte, dass seine Deckung gut genug war, um nicht entdeckt zu werden. Offenbar suchte der Kommissar jemanden, mit dem er reden konnte, aber im Moment war niemand zu sehen. Schließlich wandte sich Hansen nach rechts und nahm Kurs auf den Trampelpfad – nur wenige Meter unterhalb von Gorans Versteck.

In diesem Moment heulte ein Motor auf, und vom Tal fuhr ein Wagen in den Weiler herauf. Hansen blieb stehen und drehte sich um. Goran nutzte die Gelegenheit, schlich tiefer in den Wald und erreichte in einem Bogen die Rückseite des Seeblicks. Dort hielt er sich noch kurz im Dickicht verborgen und lauschte. Von der Vorderseite des Gasthofs her hörte er eine schlagende Autotür und dann Stimmen. Hier hinten war alles still.

Goran holte tief Luft und spurtete die paar Meter, die zwischen dem Waldrand und dem Hintereingang des Gasthofs lagen. Man konnte schließlich nie wissen, ob nicht jemand im nächsten Moment zufällig von der Terrasse nach unten schaute.

Die Hintertür war nicht verschlossen, und er huschte lautlos ins Innere des Gebäudes, wo leises Geklapper von Töpfen und Tellern zu hören war. Goran schlich weiter, in der Garage sah er neben einem alten Kombi Groschingers perlweißen VW-Bus stehen, der seinem eigenen sehr ähnlich sah, Rostflecken und Beulen inklusive. Der markanteste Unterschied waren die Scheiben: Groschingers Bus hatte normale Fenster aus klarem Glas, an Gorans Bus waren nur die Frontscheibe und die beiden vorderen Seitenfenster klar, der Rest war sorgfältig mit Folie verspiegelt. Goran grinste. Groschinger würde seine Karre ja auch kaum für dieselben Zwecke einsetzen wie er.

Langsam arbeitete er sich in Richtung des Geklappers vor. Als er die Ecke erreicht hatte, hinter der die Küche lag, knarzte plötzlich eine Stufe der Treppe zu den oberen Geschossen.

»Xaver!«

Goran erkannte Anke Groschingers Stimme sofort, und er drückte sich etwas näher an die Wand und horchte.

»Xaver, ich leg mich ein bisschen hin! Hast du gehört?«

Es kam keine Antwort.

»Ach, scheißegal, den interessiert das eh nicht«, brummte die Wirtin, ihre Schritte waren erst auf den obersten Treppenstufen, dann auf dem Gang zu hören, und kurz darauf schloss sich droben eine Tür, und es war wieder ruhig wie zuvor.

Goran hatte sie schon ein paar Mal beobachtet, wie sie mit dem Sohn der Habergsells oder mit anderen jüngeren Gästen geflirtet hatte – offenbar hatte sie Not, aber nicht so große, als dass sie sich mit den älteren Gästen und

Nachbarn eingelassen hätte. Er konnte sie verstehen: Sie wäre ihm umgekehrt auch zu alt gewesen. Ein böses Grinsen zog über sein Gesicht.

Auf dem Weg zur Küche linste er kurz in die Gaststube, doch in dem Teil des Zimmers, den er vom Flur aus auf die Schnelle überblicken konnte, war niemand zu sehen. In der Küche war der Wirt allein zugange.

»Hallo, Groschinger«, sagte Goran halblaut.

Der Wirt drehte sich um und starrte ihn erschrocken an.

»Spinnst du? Wenn dich der Hansen sieht? Der hat sich hier einquartiert, das hat dir Rießfeld sicher schon gesagt!«

»Natürlich weiß ich das, Groschinger, und jetzt beruhige dich mal wieder. Dein kleiner Kripofuzzi steht draußen vor dem Seeblick und ist beschäftigt. Rießfeld schickt mich, wir müssen reden.«

»Meinetwegen, aber nicht hier. Meine Frau kann jeden Moment …«

»Die hat sich hingelegt.«

Groschinger sah ihn erst verblüfft, dann wütend an, und mit zwei schnellen Schritten stand er so dicht vor Goran, dass der seinen sauren Atem riechen konnte.

»Lass bloß deine Drecksfinger von meiner Anke!«

Goran grinste und wich einen Schritt zurück. In gespielter Angst hob er beide Hände zur Abwehr.

»Tu mir nichts, Groschinger, bitte. Du siehst immer so aggressiv aus in deinen Lederhosen …« Er kicherte.

»Arschloch!«

»Ich war draußen im Flur, als deine Frau von oben herunter gerufen hat, dass sie eine Runde schlafen geht. Sie ist ohnehin nicht mein Typ. Zu alt. Ich bin eher auf jüngere Mädels abonniert – aber das weißt du ja.«

Er zwinkerte dem Wirt zu.

»Aber deine Frau flirtet immer noch gern, oder?«

Groschinger sah ihn böse an.

»Mit diesem Kommissar auch? Der ist ja einiges jünger als du, oder?«

»Halt endlich dein loses Maul, Goran. Und jetzt komm mit. Du wolltest mit mir reden, das machen wir aber nicht hier. Auf geht's!«

Damit ging Groschinger den Flur entlang nach hinten und hielt ihm eine der Türen gegenüber der Garage auf. Goran ging als Erster in den Lagerraum, der Wirt folgte ihm, und dann erklärte ihm Goran zwischen Weinflaschen, Einmachgurken und Dosenwurst, wie Hagen Rießfeld die Lage im Moment beurteilte.

Groschinger hörte geduldig zu. Er erwähnte mit keinem Wort, dass er vorhin erst von Rießfeld angerufen worden war. Und dass da manches ganz anders geklungen hatte.

»Hallo, Frau Vöckler«, sagte Hansen, als die junge Frau aus ihrem Wagen stieg.

Sie sah ihn etwas genervt an. »Sind Sie immer noch hier oder schon wieder?«, fragte sie, während sie eine große Reisetasche aus dem Kofferraum hob.

»Immer noch, gewissermaßen. Ich hab mir im Seeblick ein Zimmer genommen, damit ich für meine Gespräche nicht immer die weite Anfahrt habe.«

»So, so.« Sandra Vöckler schnappte ihre Tasche und knallte den Kofferraum zu.

»Haben Sie einen Moment für mich?«

»Ungern«, brummte sie. »Ich bin ziemlich kaputt. Gerade vorhin ist mein aktuelles Projekt fertig geworden, und jetzt würde ich gerne bis zum Sonntag meine Ruhe haben. Aber wahrscheinlich muss ich mit Ihnen reden, richtig?«

»Na ja, nicht ganz. Ich kann Sie vorladen lassen, aber das hier wäre freiwillig.«

»Mehr oder weniger.«

Sie setzte die Reisetasche ab und verschränkte die Arme vor der Brust. »Und was wollen Sie wissen?«

»Es geht um Anton Habergsell«, sagte er, ohne die junge Frau dabei aus den Augen zu lassen.

Wann immer bisher die Rede auf den toten Sohn der Nachbarn gekommen war, hatte Sandra Vöckler erkennen lassen, dass sie mit ihm unangenehme Gefühle verband. Entweder hatte sie ihn früher einmal sehr gemocht – oder gar nicht, was er eher für wahrscheinlich hielt. Auch diesmal versteifte sie sich ein wenig und schien ihre Arme noch etwas fester zu verschränken.

»Ja?«, sagte sie nur kurz.

»Sie beide waren fast im selben Alter.«

Sie schluckte. »Toni war vier Jahre älter als ich.«

»Trotzdem: Sie kannten sich von klein auf.«

Sie zuckte mit den Schultern.

»Was war der Toni denn für ein Typ?«

»Wieso fragen Sie mich das?«

»Na, weil Sie zusammen in Wiesenhofen aufgewachsen sind. Weil Sie als Kinder miteinander gespielt haben, weil Sie ... na ja, weil Sie ihn halt kannten.«

»Ich hab Ihnen ja schon in Lindau drunten gesagt, dass ich die Leute längst nicht mehr so gut kenne, seit ich weggezogen bin. Anscheinend haben Sie meinen Satz ernst genommen: Sie wohnen jetzt selbst hier, zumindest vorübergehend, um die Wiesenhofener besser kennenzulernen.«

»Aber im Fall von Toni geht das ja nicht mehr. Tut es Ihnen denn sehr weh, dass er tot ist?«

»Was ist das denn für eine Frage?«, empörte sie sich, aber es wirkte aufgesetzt. »Wenn ein Nachbar tot ist, tut einem das immer leid. Ihnen nicht?«

Sandra Vöckler bemühte sich um Haltung, sie war fällig für eine Provokation.

»War Toni Habergsell Ihr Freund?«

»Ob er ... mein ...?«

Sie lachte, eine Spur Hysterie mischte sich in ihren Tonfall, dann schüttelte sie heftig den Kopf.

»Mein Freund?«, fragte sie noch einmal, diesmal deutlich lauter.

Das Küchenfenster schwang auf, Sabine Vöckler schaute besorgt heraus. Ihre Tochter schnappte ihre Reisetasche und ging davon. In der Haustür drehte sie sich noch einmal um, sah Hansen wütend an, schüttelte erneut den Kopf und verschwand dann im Gebäude.

Kurz dachte er daran, die aufgewühlte Stimmung der jungen Frau auszunutzen und ihr hinterherzugehen, aber auf einen Streit mit der Mutter oder dem Vater, die ihn vermutlich am liebsten gleich wieder aus dem Haus werfen würden, hatte er keine rechte Lust. Also ging er zurück zum Seeblick und setzte sich an den leeren Stammtisch. Nun würde er Groschinger noch ein wenig provozieren oder vielleicht einen der anderen Männer des Weilers, sobald einer von ihnen in die Gaststube kam.

Doch im Moment war niemand da. Auch aus der Küche war nichts zu hören, und so lehnte sich Hansen zurück, schloss die Augen und dachte darüber nach, was Toni Habergsell der jungen Frau angetan haben könnte.

Sandra Vöckler trank mit ihrer Mutter und der Großmutter Kaffee, aber über das Gespräch mit dem Kommissar und darüber, warum es sie so aufgewühlt hatte, mochte sie nicht reden. Als sie den Vater auf dem Schlepper heimkommen hörte, stellte sie schnell ihre Tasse auf die Spüle und huschte durch die Hintertür aus dem Haus. Dort wartete sie einen Moment, bis der Vater ins Haus polterte.

»Ist die Sandra da?«, fragte er. »Muss die nichts schaffen?«

»Die ist heute mit ihrem Projekt fertig geworden, und jetzt hat sie bis Sonntag frei«, antwortete die Mutter. »Aber sie ist schon wieder raus in den Wald.«

»Was die immer mit ihrem Scheißwald hat!«

»Jetzt lass sie halt. Zum Abendessen kommt sie wieder, hat sie gesagt.«

»Meinetwegen. Dann schenk mir auch mal einen Kaffee ein!«

Sandra Vöckler schlich hinter der Scheune entlang, um vom Seeblick aus nicht gesehen zu werden. Auf ein weiteres Gespräch mit diesem Hansen hatte sie keine Lust. Sie schlüpfte auf dem Trampelpfad in den Wald. Dieser Kommissar hatte doch keine Ahnung! Toni Habergsell ihr Freund! Erst als sie ein paar Höhenmeter hinter sich gebracht hatte, beruhigte sie sich ein wenig und ging etwas langsamer weiter. Ihre Lieblingswiese war genau das, was sie jetzt brauchte.

Den Mann, der sich nur wenige Meter vom Pfad entfernt in einem Gebüsch versteckt hielt, hatte sie in ihrer Erregung gar nicht bemerkt. Nun trat Goran hervor und folgte der jungen Frau in einigem Abstand. Er wusste, wo sie hinwollte: Schließlich hatte er sie schon mehrfach beobachtet. Sandra Vöckler, jung und rund, war mehr nach seinem Geschmack als die aufgebrezelte Wirtin. Ein Lächeln huschte über sein Gesicht, und er wanderte weiter, immer den Blick aufmerksam nach vorn gerichtet, um den richtigen Abstand zu der jungen Frau einzuhalten.

Im Seeblick setzte sich Hansen am späten Nachmittag wieder an einen Ecktisch. Er bestellte Knödel und Schweinsbraten, dazu Salat und ein Bier. Anke bediente ihn und hielt zwischendurch immer wieder ein kleines Schwätzchen mit ihm, wobei sie ihm zuzwinkerte und allerlei Anspielungen machte. Hansen war freundlich zu ihr, ging aber nicht weiter auf ihre offensichtlichen Annäherungsversuche ein – trotzdem sah Xaver Groschinger, der in der Küche hantierte, immer wieder durch die Servierluke in den Gastraum herüber und warf ihm finstere Blicke zu.

Hansen schaffte nicht die ganze Portion, und um den Wirt nicht noch weiter zu reizen, betonte er Anke gegenüber, dass es sehr lecker geschmeckt habe und dass sie ihm doch bitte ein Extralob von ihm ausrichten solle. Sie tat ihm den Gefallen, aber dem nächsten Blick nach zu urteilen, den Groschinger ihm zuwarf, hatte es nicht die gewünschte Wirkung.

Gegen sieben füllte sich der Stammtisch. Kritz und Vöckler kamen im Abstand von wenigen Minuten herein, Vöckler hatte Andreas Roth mitgebracht. Alle drei reagierten mit heruntergezogenen Mundwinkeln auf Hansens Anwesenheit und setzten sich ohne ein weiteres Wort auf ihre üblichen Plätze. Groschinger kam kurz darauf mit vier Bierhumpen herbei und setzte sich zu ihnen. Die vier Männer unterhielten sich, ab und zu lachte einer, aber meistens redeten sie mit gedämpften Stimmen und schauten gelegentlich scheel zu Hansen hinüber.

Dem wurde das schließlich zu dumm. Er trank sein Glas leer und ging aufs Zimmer, um ein bisschen fernzusehen. Dabei nickte er nach einer Weile ein.

Ganz vorsichtig tupfte Haffmeyer die Fliege in die braune Farbe, dann steckte er die Nadel, auf der das tote Tier befestigt war, mit ruhiger Hand links unten in das Gemälde, das er gerade bearbeitete. Auf diese Weise wurde die Fliege zu einem Bildpunkt des Schattens, den zwei Figuren am jenseitigen Ende der Brücke bis zu der schreienden Hauptperson des Bildes im Vordergrund warfen. Haffmeyer griff nach der nächsten aufgespießten Fliege, dann legte er die Nadel wieder weg und ging in die Küche, um sich Kaffee nachzuschenken.

Eine Weile stand er mit der Tasse in der Küche und sah durchs Fenster auf die Zeller Dorfkirche St. Moritz, dann trank er den Kaffee aus und griff nach dem Telefon.

Fritz Marle war noch im Büro. Routinemäßig fragte Haffmeyer den Soko-Chef, ob es etwas Neues gebe. Doch es war alles noch beim Alten, nur die Lindauer Kollegen, die am kommenden Morgen in der Umgebung von Wiesenhofen nach dem verschwundenen VW-Bus der Familie Habergsell suchen sollten, waren inzwischen eingeteilt. Zwischen sieben und acht Uhr am Donnerstag würde die Suche beginnen, und Haffmeyer fragte, ob er und Hanna Fischer nicht daran teilnehmen konnten.

»Meinetwegen gern«, sagte Marle. »Die Kollegen sind sicherlich froh über jeden, der ihnen hilft. Die haben ohnehin schon gestöhnt wegen der Suchaktion, weil eigentlich eh schon alle gut mit Arbeit eingedeckt sind.«

»Prima, dann fahren die Kollegin und ich hin. Könnte ich vielleicht heute schon nach Wiesenhofen? Ich würde mich im selben Gasthaus einquartieren wie Herr Hansen. Platz ist da allemal, mein Chef ist derzeit der einzige Gast, und ich müsste morgen wegen der Anfahrt nicht gar so früh raus.«

»Kein Problem, lassen Sie sich halt die nötigen Belege

geben, damit Sie hinterher alles abrechnen können. Und die Kollegin Fischer nehmen Sie gleich mit?«

»Nein, die ...« Haffmeyer dachte kurz darüber nach, wie viel Marle von ihrer heutigen Aktion wissen sollte. Nichts, beschloss er für sich. »Die ist heute Abend schon verplant. Ich werde sie anrufen, dass sie morgen nachkommt.«

»Gut, machen Sie das, Herr Haffmeyer«, sagte Marle. »Und jetzt leg ich auf, sonst komm ich womöglich auch noch auf die Idee, mir in diesem abgelegenen Nest ein Zimmer zu nehmen. Hier ist gerade nicht so tolle Stimmung – die Kollegen werden etwas unleidig, wenn es nicht richtig vorangeht.«

Haffmeyer versuchte Hanna zu erreichen und von seinen Plänen zu berichten, doch er landete auf ihrer Mailbox. Als er wenig später im Wagen saß und durch das offene Fenster den Pfrontener Kirchturm in der warmen Abendsonne leuchten sah, beneidete er den Leiter der Soko Museum noch viel weniger.

Thomas Groß hatte sich gern auf Hannas Vorschlag eingelassen. Zwar schoben sie beide damit Überstunden, die sie nirgendwo würden geltend machen können – aber Hannas Plan hatte sie in ein Restaurant geführt, in dem man richtig gut essen konnte. Und gegen ein gemeinsames Abendessen mit Hanna hatte Thomas Groß nun wirklich nichts einzuwenden.

Seit sie sich am Sonntag vor dem Bauernhofmuseum kennengelernt und das erste Mal nett unterhalten hatten, war kein Tag vergangen, an dem sie sich nicht gesehen oder zumindest miteinander telefoniert hatten. Er war schwer verliebt, und auch Hanna schien ihn zu mögen. Jedenfalls lachten sie jedes Mal miteinander, sie schienen in vielen Themen auf einer Wellenlänge zu liegen, und wenn sie ihn dabei ertappte, wie er versonnen ihre Rundungen betrachtete, lächelte sie ihn an.

Nun also saßen sie im Hagen'z No. 1, einem schicken Lokal in der Nähe des Lindauer Bodenseeufers. Durch die großen Panoramascheiben waren der See und die Altstadtinsel zu sehen.

Erst hatten sie fast eine Stunde vor der Firmenzentrale der Rießfeld Gastro GmbH im Lindauer Westen gewartet, bis Hagen Rießfeld mit einem dunkelhaarigen, muskulösen Mann aus der Eingangstür getreten war. Zunächst hatte nur Rießfeld gesprochen, und der andere war neben ihm hergegangen, hatte zugehört und immer wieder genickt. Es hatte den Anschein gehabt, als habe Rießfeld dem anderen eine Reihe von Anweisungen gegeben.

Doch als die beiden auf dem Parkplatz vor einem dunkelgrünen Jaguar stehen blieben, begann der Dunkelhaarige zu reden. Rießfeld hörte kurz zu und schüttelte dann mehrmals den Kopf, doch der andere ließ nicht locker, beschwor Rießfeld geradezu – und schließlich war dem Chef offenbar der Geduldsfaden gerissen: Mit erhobenem Zeigefinger hatte er seinen Mitarbeiter abgekanzelt, war in den Wagen gestiegen und hatte den anderen Mann mit geballten Fäusten und grimmigem Blick vor dem Firmengebäude zurückgelassen.

Diesem Mann waren Hanna und Groß gefolgt, und das hatte sie ins Hagen'z No. 1 geführt. Sie hatten mitbekommen, wie einer der Kellner ihm grinsend zugenickt und ihn mit »Hi, Goran!« begrüßt hatte. Goran bewegte sich, als gehöre er zum Team, und verschwand für ein paar Minuten durch eine Tür mit der Aufschrift »Privat«. Dann setzte er sich wie ein Stammgast an einen Ecktisch, und die beiden jungen Männer hinter der Theke warfen ihm ab und zu ängstliche Blicke zu.

Während Hanna und Groß sich die Vorspeise schmecken ließen, setzte sich ein zweiter Mann zu Goran an den Tisch. Die beiden schienen sich zu kennen. Vom Verhalten her wirkte Goran wie ein Lieferant oder Dienstleister in einer starken Position, der andere hingegen benahm sich eher wie ein Bittsteller. Schließlich nickte Goran und ging mit dem anderen Mann durch die Tür, die zu den Toiletten führte.

»Thomas, ich bin gleich wieder da«, sagte Hanna und stand auf.

Groß war ihrem Blick gefolgt und machte ebenfalls Anstalten, sich zu erheben.

»Nein, bleib du sitzen«, sagte sie und lächelte ihn an. »Ich geh ja nur zur Toilette. Und wenn ich in fünf Minuten nicht wieder da sein sollte, kannst du nachkommen, okay?«

»Aber ich …«

»Glaub mir, Thomas: Ich komm zurecht. Du solltest mich nicht unterschätzen. Ich bin schon groß.«

»Das stimmt allerdings«, sagte er und zwinkerte ihr zu.

Sie knuffte ihn lachend in den Arm, dann verließ sie den Gastraum in Richtung der Toiletten. Hinter der Tür lag ein Flur in gedämpftem Licht. Aus verdeckten Lautsprechern war leise Musik zu hören, und nach links ging es in ein kleines Zimmer, das zur Garderobe umfunktioniert worden war. Hanna sah dort ihre Weste und Thomas' Jacke hängen. Die beiden nächsten Türen linkerhand führten zu den Toiletten, eine breitere Tür geradeaus war mit einem Rollstuhlsymbol gekennzeichnet. Daneben schien es einen Hinterausgang zu geben.

Auf der rechten Seite ging es in den Keller. Gerade ging eine Bedienung die Treppe hinunter, vermutlich um Nachschub an Getränken zu holen. Daneben führten Treppenstufen hinauf in den ersten Stock. Hanna wollte gerade nachsehen, was im Obergeschoss untergebracht war, als sie von oben Schritte hörte. Schnell huschte sie in die Damentoilette, stellte sich direkt neben die verschlossene Tür und horchte.

Zwei Männer kamen die Treppe hinunter, einer davon sprach mit tiefer Stimme und hatte einen leichten osteuropäischen Akzent. Das musste Goran sein. Der andere dürfte seinem Dialekt nach in der Lindauer Gegend aufgewachsen sein.

»Davon kann ich dir noch drei weitere besorgen«, sagte Goran gerade.

»Das wär super. Wie viel ... ich meine ...«

»Das kriegen wir geregelt, mach dir da mal keine Sorgen. Und glaub mir: Deine Geschäftspartner werden super zufrieden sein. Die Mädels sind ...«

Dann wurde die Tür zum Gastraum zugezogen, und die Männer waren außer Hörweite. Die wenigen Satzfetzen, die Hanna aufgeschnappt hatte, gaben ihr eine Ahnung davon, womit dieser Goran sein Geld verdiente. Aber wie hing das mit Hagen Rießfeld zusammen? Besserte der sich den Umsatz seiner schicken Lokale mit Zuhälterei auf? Das Niveau des Hagen'z No. 1 erweckte nicht den Eindruck, als hätte er das aus finanziellen Gründen wirklich nötig. Ob Rießfeld seine Gäste nicht nur mit Essen und Trinken, sondern auch mit weiteren Annehmlichkeiten versorgen wollte?

»Darf ich mal?«

Hanna fuhr erschrocken herum und sah eine Frau Ende vierzig vor sich, die sie genervt ansah und auf den Handtuchspender deutete, den Hanna auf ihrem Horchposten verdeckte.

»Oh, entschuldigen Sie bitte«, stammelte Hanna und trat zur Seite. »Natürlich.«

Die andere riss zwei Papierhandtücher heraus, trocknete sich die Hände ab und ging kopfschüttelnd hinaus. Einen Moment lang wartete Hanna noch, dann verließ sie die Toilette ebenfalls. Die Tür zum Gastraum schwang auf, und Thomas Groß stand vor ihr.

»Ich dachte schon …«, sagte er und war offensichtlich sehr erleichtert, sie wohlbehalten vor sich zu sehen. »Die beiden Männer sind wieder herausgekommen, und dann eine Frau, die wohl auch auf der Toilette war. Ich hatte schon Angst …«

»Ich hab doch gesagt: Unterschätz mich nicht!«

Hansen kam nicht besonders gut damit zurecht, dass sein Arbeitstag in Wiesenhofen schon am späten Nachmittag zu Ende war und dass man in diesem Weiler nach Feierabend offenbar nicht viel mehr machen konnte, als in aller Ruhe das eine oder andere Bier zu trinken. Er wünschte sich Resi herbei. Anke winkte ihm vom Tresen her zu, und er überlegte es sich noch einmal anders und dachte lieber daran, wie schön es wäre, wenigstens Hanna und Haffmeyer hier zu haben und mit ihnen reden und verschiedene Theorien gegeneinander abwägen zu können.

Er zog sein Handy heraus, aber es waren keine entgangenen Anrufe zu sehen. Kurz dachte er daran, Haffmeyer anzurufen und ihn zu fragen, ob er sich nicht auch ein Zimmer im Seeblick nehmen wollte – aber dann verwarf er den Gedanken wieder. Er hatte schon heute Nachmittag mit ihm telefoniert, und irgendwie kam es ihm komisch vor, schon wieder anzurufen und ihm dann auch noch einen solchen Vorschlag zu machen. Gerade so, als ob er nicht auch allein zurechtkommen würde.

Morgen früh, das hatte er von Soko-Chef Fritz Marle erfahren, würden die Lindauer Beamten mit der Suche nach dem VW-Bus beginnen, die Kollegen würden dafür sicher auch immer wieder mal kurz in den Seeblick kommen. Damit wäre es hier nicht mehr halb so fad wie bisher – und den einen Abend würde er auch noch herumbringen.

Anke Groschinger brachte ihm noch ein Bier, und als er ausgetrunken hatte, ging er auf einen Spaziergang hinaus. Die Abendluft war frisch, aber noch nicht kühl, und schon nach ein paar Schritten merkte er, dass er nicht mehr so sicher auf den Beinen war wie sonst um diese Zeit.

Vor dem Vöckler-Hof saß Oma Johanna auf der Holzbank, neben ihr lag Strickzeug. Die alte Frau war eingenickt und lehnte an der Hauswand, den Kopf vornübergebeugt. In der Küche brannte kein Licht, aber durch einige gekippte Fenster konnte er Musik und Dialogfetzen hören, offenbar saß Sabine Vöckler vor dem Fernseher.

Rosemarie Kritz sah er hinter dem Haus im Kräutergarten werkeln, wobei sie bei dem nun schon nachlassenden Licht vermutlich bald würde hineingehen müssen.

Auf dem Platz vor dem Hof der Habergsells streunte Mitzi herum. Hansen setzte sich auf eine Holzbank und kraulte die Katze, die sofort auf ihn zugetrippelt kam, den Schwanz senkrecht nach oben gestellt. So saß Hansen eine halbe Stunde da, zwischendurch duselte er immer wieder für einige Augenblicke ein.

Männerlachen und eine schlagende Tür ließen ihn hochschrecken. Es war inzwischen sehr dämmrig, und er musste sich kurz besinnen, wo er sich befand. Er rieb sich die Augen und sah hinüber zum Seeblick. Im Licht, das durch die Glasscheiben der Eingangstür fiel, sah er drei Männer. Hansen musste die Augen zusammenkneifen, dann erkannte er sie: Kritz, Vöckler und Roth standen dort beisammen, offenbar nicht mehr ganz nüchtern, und verabschiedeten sich lautstark voneinander.

Dann schwankte Roth zu seinem Schlepper, der diesmal neben Hansens Kombi auf dem Seeblick-Parkplatz stand. Als die anderen seine Schwierigkeiten bemerkten, kamen sie ihm johlend zu Hilfe und schoben ihn unter großem Hallo hinauf. Roth hing eine Weile orientierungslos in der Sitzschale, dann winkte er den anderen zu, steckte mit einiger Mühe den Zündschlüssel ins Schloss und ruckelte so unkontrolliert mit dem Schlepper vor und zurück, dass Hansen sich Sorgen um seinen Dienstwagen zu machen begann. Aber alles ging gut, und schließlich war Roth mit dem Traktor aus seinem Blickfeld verschwunden.

Kritz und Vöckler sahen ihrem Saufkumpan lachend nach, dann strebte jeder seinem Haus zu. Hansen blieb auf seiner Holzbank sitzen, kraulte weiter die Katze, die es sich auf seinem Schoß gemütlich gemacht hatte, und lauschte auf die wenigen Geräusche im abendlichen Weiler.

Kurz danach war ein heftiger Streit im Haus der Vöcklers zu hören, der sich nach einigem Türenschlagen aber auch bald wieder legte. Mitzi war durch den Krawall geweckt worden, sah sich um, machte einen Buckel und fuhr dabei die Krallen aus. Schließlich sprang sie auf den Boden. Hansen stand auf und rieb sich die schmerzenden Oberschenkel.

Die Katze verschwand im hinteren Bereich des Hofs, und Hansen, der gerade nichts Besseres mit sich anzufangen wusste, folgte ihr. Langsam ging er über den überdachten Stellplatz zwischen Haus und Scheune hindurch und blieb schließlich stehen. Vor sich sah er ein Stück hangabwärts die übrigen Gebäude von Wiesenhofen: rechts außen den alten Hof von Andreas Roth, weitgehend verdeckt vom Gehöft Martin Lempergers, das direkt hinter dem Kritzschen Hof lag. Links darunter den Sperber-Hof und noch ein Stück weiter links direkt am Waldrand das Gehöft der Familie Fesl.

Rechts von ihm lag plötzlich ein Lichtschein auf der Wiese, und an der Rückseite des Kritz-Hofs konnte Hansen durch ein Fenster zwei Silhouetten sehen, die immer wieder miteinander verschmolzen. Auch die Geräusche, die kurz darauf zu ihm herüberwehten, zeigten, dass das Ehepaar Kritz den Weg ins Schlafzimmer gefunden hatte.

Hinter Hansen knackte ein Ast, und er fuhr so schnell herum, wie es nach einigen Bier noch ging. Anke stand vor ihm und grinste.

»Siehst du, Eike, auch so etwas gibt's in Wiesenhofen.«

Sie deutete zum Schlafzimmer der Eheleute Kritz hinüber und drehte sich dann zu ihm um. Hansen wich ein wenig zurück, da spürte er an den Oberschenkeln schon den Holzstapel, der an der Hauswand aufgeschichtet war. Einen Moment später stand Anke direkt vor ihm.

Sie sah ihm in die Augen, lächelte wieder, dann griff sie nach seinem Hinterkopf, öffnete ihren Mund und zog sein Gesicht zu sich heran. Ihr Kuss traf ihn wie ein Stromschlag, und erst wollte er sich losreißen, dann fiel ihm kein vernünftiger Grund dafür ein, und er erwiderte ihren Kuss. Sie schmeckte nach Bier und Zigarettenrauch, aber das störte ihn nicht.

Ein paar Minuten standen sie so ineinander verschlungen da, dann löste sich Anke langsam von ihm, sah ihn mit glänzenden Augen an und griff mit einer Hand an ihr Oberteil. Sie trug noch immer ihr rosafarbenes Dirndl mit der hochgeschlossenen weißen Bluse. Flink öffnete sie die Knöpfe, nahm seine linke Hand und führte sie zu ihrem Busen. Hansen bekam weiche Knie und lächelte verlegen.

Anke küsste ihn wieder, drückte sich an ihn und schob ihn so geschickt herum, dass sie am Ende auf dem Holzstapel saß und Hansen vor ihr stand. Noch im Küssen nestelte sie seine Hose auf, packte anschließend beherzt sein Hinterteil und zog ihn noch ein Stück näher zu sich heran.

»Herr Hansen?«

Willy Haffmeyers Stimme kam von der Vorderseite des Habergsellschen Hofs, und auf einen Schlag zerstob die Atmosphäre der vergangenen Minuten. Wie erstarrt blieb Hansen stehen, gegen Anke gelehnt, die sich ebenfalls versteift hatte.

»Herr Hansen? Sind Sie da irgendwo?«

Haffmeyer rief in alle Richtungen, er hatte die beiden offenbar noch nicht entdeckt. Nun machte er die ersten Schritte in den Innenhof hinein. Hansen versuchte sich tiefer in den Schatten zu ducken, dabei verlor er sein Gleichgewicht und kippte seitlich über Anke hinweg auf den Boden. Ein Holzscheit polterte hinterher, und Anke presste sich eine Faust vor den Mund, um nicht loszuprusten.

Hansen stopfte schnell das Hemd zurück in die Hose und zog den Reißverschluss so vorsichtig zu, wie es die gebotene Eile zuließ.

»Bleibst du noch kurz hier?«, zischte er Anke zu. »Ich geh raus zu ihm und lenke ihn ab, ja?«

Sie nickte, lachte leise und begann ihre Dirndlbluse wieder zuzuknöpfen. Hansen ging auf Haffmeyer zu, etwas breitbeinig und mit wackligen Knien.

»Herr Haffmeyer, was führt Sie denn so spät noch nach Wiesenhofen?«

Nach dem Geräusch des herabfallenden Holzscheits hatte Haffmeyer angestrengt in Hansens und Ankes Richtung geschaut und kehrte seinem Chef gerade den Rücken zu, als der ihn ansprach. Nun sah er seinen Chef an, der etwas derangierter als sonst wirkte und mit seltsam staksenden Schritten auf ihn zukam.

»Alles in Ordnung, Chef?«, fragte er.

Hansen winkte ab. »Geht schon, ich hab mir irgendwo dahinten den Fuß vertreten. Diese blöden alten Bauernhöfe!«

Haffmeyer sah Hansen noch kurz prüfend an, dann folgte er ihm nach vorn, wo sich Hansen ächzend auf der Holzbank niederließ. Dann verwickelte er seinen Mitarbeiter schnell in ein Gespräch, um ihn abzulenken.

»Und was machen Sie nun in Wiesenhofen, Haffmeyer? Gibt es Neuigkeiten?«

»Nein, aber morgen früh kommen doch die Lindauer Kollegen, um den VW-Bus hier in der Umgebung zu suchen, und da hab ich mir gedacht, ich reise besser schon heute Abend an, da muss ich morgen nicht so früh raus.«

Hansen entspannte sich zusehends während ihrer Unterhaltung. Auch der Schmerz zwischen seinen Beinen ließ nach. Allerdings entging ihm, dass Haffmeyer einmal kurz an seinem Chef vorbei zum Seeblick hinsah. Anke Groschinger ging leichtfüßig auf die Eingangstür zu, zupfte den Stoff ihres Dirndls zurecht und schien sich alle paar Schritte den Rock auszuklopfen.

Als die beiden Männer ebenfalls den Seeblick erreicht hatten und im Schein der Eingangsbeleuchtung auf die Tür zugingen, musterte Haffmeyer seinen Chef etwas eingehender. Hemd und Hose wiesen Flecken auf, und in seinen Haaren steckten kleine Rindenbrösel. Nun wurde Haffmeyer etwas einsilbiger, er riss sich das Pflaster vom Daumen und steckte es in die Hosentasche. Auf ein gemeinsames Bier für die nötige Bettschwere hatte Haffmeyer keine Lust mehr, und Hansen wusste, dass er die Bettschwere längst hatte.

Donnerstag, 5. Juni

Hansen war sofort eingeschlafen, wachte aber später in der Nacht mehrmals kurz auf, und gegen Morgen träumte er unruhig. Sein letzter Traum handelte von Anke Groschinger, und er war so intensiv, dass er schließlich sogar den Duft nach Orange wahrzunehmen glaubte, der ihm schon mehrmals an ihr aufgefallen war. Er hatte das Gefühl, als würde jemand ihn schütteln, und als er die Augen öffnete, sah er Ankes Gesicht direkt vor seinem.

Er lächelte und wollte gerade wieder wegdämmern, da schüttelte sie ihn erneut.

»Wach auf, Eike!«, sagte sie, und es klang kein bisschen lasziv. Sein Traum platzte wie eine Seifenblase, und er öffnete die Augen vollends.

»Jetzt wach schon auf, es ist etwas passiert!«

Sie trug ein Nachthemd, ihre Haare standen in alle Richtungen ab, und sie war kreidebleich.

»Was ist denn?«, fragte Hansen und rappelte sich ein wenig hoch.

»Sandra hatte einen Unfall«, sagte sie. »Kommst du? Ich zieh mich nur noch schnell an, dann bring ich dich hin. Los, beeil dich!«

Sie huschte aus dem Zimmer, und Hansen sah ihr noch

einen Moment irritiert hinterher. Dann schwang er die Beine über die Bettkante, rieb sich die Schläfen und schlüpfte in Hemd und Hose vom Vortag. Haffmeyer stand vor der Tür – er war direkt neben Hansen einquartiert worden.

»Morgen, Herr Hansen«, sagte er und wirkte noch schlechter gelaunt als am Vorabend.

»Morgen, Herr Haffmeyer. Kommen Sie mit? Sandra Vöckler soll etwas zugestoßen sein.«

»Und was?«

»Keine Ahnung. Frau Groschinger hat's mir gerade erst erzählt.«

»Stimmt, die habe ich eben im Nachthemd aus Ihrem Zimmer rennen sehen.« Haffmeyers Miene zeigte deutlich, was er davon hielt.

Hansen bemerkte es und blieb kurz stehen. »Frau Groschinger ist erst vorhin …«, setzte er an, doch dann winkte er nur ab und ging weiter. »Kommen Sie, Herr Haffmeyer, sie wird uns zu Frau Vöckler führen, hat sie gesagt.«

Das Missverständnis musste er später auflösen, wenn er in Ruhe mit dem Kollegen reden konnte. Hansen eilte die Treppe hinunter, Haffmeyer nur ein paar Schritte hinter ihm, und als sie unten in die Gaststube blickten, kam von oben auch schon Anke Groschinger nach.

»Ah, guten Morgen, Herr Haffmeyer«, sagte sie freundlich. »Habe ich nicht nur Ihren Chef geweckt, sondern Sie gleich mit?«

Haffmeyer war sichtlich irritiert, wie unbefangen sie

mit der Situation umging – und für einen Moment war er sich nicht mehr ganz sicher, ob er aus seinen Beobachtungen auch wirklich die richtigen Schlüsse gezogen hatte.

»Kommt mit, ihr beiden«, rief sie ihnen über die Schulter zu und eilte den Flur entlang. »Wir nehmen meinen Wagen.«

Haffmeyer und Hansen folgten ihr, und kurz darauf flitzten sie in Ankes altem Kombi die Straße ins Tal hinunter. In einigen Kurven, vor allem auf den nicht asphaltierten Passagen, wurde es Hansen angst und bange, aber Anke hielt ihren Wagen trotz des rasanten Tempos geschickt auf der Fahrbahn. Schließlich erreichten sie ein besonders steiles Stück, das kerzengerade verlief, bis die Straße hundert Meter weiter unten scharf nach links schwenkte. Rechts neben der Kurve war ein Schlepper damit beschäftigt, Sandra Vöcklers Auto aus dem Unterholz zu bugsieren, und durch die heruntergelassenen Seitenfenster konnten sie in einiger Entfernung das Martinshorn des davonfahrenden Rettungswagens hören.

Auf dem Asphalt war nirgendwo frischer Reifenabrieb zu sehen, Sandra Vöckler schien ungebremst in den Wald gerast zu sein.

Den Mann auf dem Schlepper kannte Hansen nicht, aber Haffmeyer raunte ihm zu, dass es sich um Peter Fesl handelte, dem der Bauernhof ein Stück unterhalb der Habergsells gehörte. Hansen rief ihm etwas zu, aber Fesl war so darauf konzentriert, den zerbeulten Wagen auf die Straße zu ziehen, dass er ihn nicht hörte. Der Motor des

Schleppers heulte immer wieder auf, und die Abgaswolken nebelten Fesl fast völlig ein.

Endlich riss die Zugmaschine das Auto von einem letzten Ast los und schleifte den Wagen auf die Fahrbahn. Fesl schaltete den Schleppermotor aus und kraxelte von seinem Sitz herunter. Erst jetzt bemerkte er, dass er nicht allein war. Erschreckt sah er erst Hansen, dann Haffmeyer an – und wirkte fast erleichtert, als er Anke Groschinger erblickte.

»Hallo, Anke«, sagte er mit rauer Stimme.

»Was machen Sie denn hier?«, fragte Hansen verärgert. Dieser Mann verwischte Spuren, was den Kollegen die Unfallaufnahme erschweren würde.

»Ich hab den Wagen von der Sandra rausgezogen«, erklärte Fesl, sichtlich erstaunt wegen der Frage. »Den kann ich ja schlecht da drin stehen lassen, oder?«

»Doch, das hätten Sie besser tun sollen!«

Hansen suchte in seinen Taschen, aber den Dienstausweis hatte er offenbar samt seiner Jacke im Seeblick vergessen.

»Herr Haffmeyer, haben Sie Ihren Ausweis dabei?«

»Ja, hab ich, Moment.«

Hansens Mitarbeiter trat auf Fesl zu und hielt ihm den Dienstausweis unter die Nase.

»Mein Name ist Haffmeyer, ich bin von der Kripo Kempten, und das, Herr Fesl, ist mein Chef, Kriminalhauptkommissar Hansen.«

Fesl sah kurz auf den Ausweis, dann blinzelte er überrascht. »Äh … woher kennen Sie mich denn? Haben wir uns schon mal getroffen? Ich hab zwar schon mit Kollegen von Ihnen gesprochen, aber das waren Beamte aus Lindau. An Sie kann ich mich nicht erinnern.«

»Ich war mit einer Kollegin bei Ihnen daheim in Scheidegg, um mit Ihrer Frau zu reden«, erklärte Haffmeyer, »da standen überall Fotos von Ihnen rum.«

»Ach, das waren Sie.«

»Was ist hier passiert?«, fuhr Hansen dazwischen.

Fesl wandte sich ihm zu und zuckte mit den Schultern.

»Sandra hatte einen Unfall. Ich hab sie hier im Auto entdeckt und hab sofort den Notarzt gerufen. Dann hab ich den Franz aus dem Bett geklingelt und hab ihm gesagt, er soll gleich seinen Schlepper mitbringen. Der muss hier heruntergeheizt sein wie ein Wahnsinniger, jedenfalls war er im Handumdrehen da und ist auch gleich mit seiner Tochter im Rettungswagen mitgefahren.«

»Und wann genau haben Sie Frau Vöckler entdeckt?«

Fesl zog den Ärmel seiner Arbeitsjacke zurück und sah auf die Uhr. »Jetzt haben wir kurz nach fünf, also dürfte es so etwa zwanzig vor fünf gewesen sein, als ich sie hier entdeckt habe.«

»Und was machen Sie um diese Zeit hier?«

»Ich … äh …« Die Frage schien ihn unvorbereitet zu treffen. Hilfe suchend sah er zu Anke, und als auch Hansen sie ansah, zuckte sie nur mit den Schultern.

»Noch einmal, Herr Fesl: Was machen Sie um diese Zeit hier? Ich meine, fünf Uhr morgens ist ja nicht gerade die übliche Uhrzeit, nach Wiesenhofen raufzufahren, oder? Sie wollten doch nach Wiesenhofen?«

»Ich …«

Er stammelte, brach wieder ab und kaute auf seiner Unterlippe herum.

»Haben Sie den Unfall beobachtet, Herr Fesl?«

»Was?« Er erschrak richtig. »Nein, nein, ich hab den Unfall nicht gesehen, ich kam erst später hier vorbei, als Sandra schon mit ihrem Wagen … da hinein …«

Seine Stimme erstarb.

»Herr Fesl«, sagte Hansen und legte ihm eine Hand auf die Schulter, »Frau Vöckler ist in einer Kurve geradeaus gefahren, als wäre sie zu schnell unterwegs gewesen. Es sind keine Bremsspuren zu sehen. Womöglich hat sie nicht gebremst, weil ihre Bremsen nicht funktioniert haben. Kürzlich sind drei Nachbarn von ihr ermordet worden – deshalb müssen wir in Betracht ziehen, dass jemand die Bremsen von Frau Vöcklers Auto manipuliert hat. Wir werden Sie jetzt mitnehmen, und Sie bleiben bei mir, bis die Kriminaltechnik sagen kann, ob sich jemand an Frau Vöcklers Auto zu schaffen gemacht hat. Oder bis Sie mir erklären, warum Frau Vöckler in der Nacht auf einen Baum fährt – und Sie sie morgens um zwanzig vor fünf in ihrem Unfallwagen entdecken, weil Sie genau zu dieser Zeit auf der Straße nach Wiesenhofen fahren.«

Fesl sah ihn traurig an, sagte aber nichts.

»Gut, Herr Fesl, kommen Sie bitte mit zum Wagen dort drüben. Und machen Sie bitte keine Schwierigkeiten.«

Fesl setzte sich in Bewegung und ging langsam zwischen Hansen und Haffmeyer zu Anke Groschingers

Kombi. Kurz vor dem Einsteigen drehte er sich noch einmal um und deutete auf den Schlepper und den Unfallwagen.

»Und was wird jetzt damit?«

»Wir kümmern uns darum«, beruhigte ihn Hansen. »Herr Haffmeyer, bleiben Sie bitte hier und sichern den Unfallort, bis die Kollegen eintreffen?«

»Geht klar«, sagte Haffmeyer. »Ich fordere gleich ein paar Leute an. Später kommen ja ohnehin die Suchtrupps wegen des Transporters, aber die treffen vermutlich nicht vor sieben oder acht Uhr ein.«

»Und der Schlepper vom Franz? Bringt ihm den einer von Ihren Leuten wieder rauf zum Hof?«

»Ja, auch darum kümmern wir uns.«

»Der Franz braucht den doch!«

Ein leichtes Vibrieren war in seiner Stimme zu hören, und Hansen fiel das leichte Zittern seiner Knie auf. Sie bugsierten den Mann schnell auf die Rückbank, um ihn im Auto zu haben, bevor er zusammenbrach, was offenbar jeden Augenblick zu erwarten war.

Und tatsächlich konnte sich Hansen gerade noch neben ihn auf seinen Platz schieben, bevor Fesl zu schluchzen begann und mit seinem Oberkörper vor und zurück schaukelte. Als Anke wenig später ihren Wagen vor dem Seeblick ausrollen ließ und sie Fesl mit Hansen aus dem Auto half, gaben ihm auf dem Weg ins Haus zweimal die Beine nach.

Zwei Meter vor der Haustür machte Fesl eine schnelle Bewegung, und Hansen befürchtete fast, er versuche sich loszureißen. Aber er wandte sich nur zur Seite und übergab sich an der Hauswand.

Haffmeyer setzte sich am Rand der Straße auf einen Baumstamm, forderte die Kriminaltechnik an und ließ Vroni Schliers ausrichten, dass der Unfall im Zusammenhang mit den Morden im Bauernhofmuseum stand. Anschließend bat er die Kollegen der Polizeiinspektion Lindau, ihn zu informieren, sobald aus dem Lindauer Krankenhaus etwas über Sandra Vöcklers Gesundheitszustand bekannt würde.

»Da muss ich erst einmal herausfinden, ob sie nach Lindenberg oder nach Lindau ins Krankenhaus gebracht wurde«, sagte der Lindauer Kollege. »So, wie Sie mir den Unfallort beschrieben haben, liegt das ziemlich genau in der Mitte zwischen beiden Kliniken. Moment, bitte …«

Kurz darauf wusste Haffmeyer, dass Sandra Vöckler in Lindau behandelt wurde – und dass die für Wiesenhofen und Umgebung zuständige Polizeiinspektion Lindenberg schon zwei Streifenwagen zum Unfallort geschickt hatte.

Danach sprach er Hanna die Nachricht von Sandra Vöcklers Unfall auf die Mailbox.

»Schade, dass du deine Mailbox gestern Abend nicht mehr gecheckt hast. Sonst hättest du dir gestern die Fahrt zurück nach Füssen und heute die Anfahrt hierher sparen können«, sagte er noch, dann legte er auf.

Einige Stechmücken surrten um ihn herum, er wedelte sie weg und stand, als die Viecher keine Ruhe gaben, genervt auf und stellte sich stattdessen ein paar Meter unterhalb der Unfallstelle an den Straßenrand. Wenn es wenigstens normale Fliegen gewesen wären, die hätte er fangen können, denn die kleine Plastikdose mit der getränkten Watte hatte er wie immer eingesteckt – aber mit Schnaken, diesen dürren Viechern, konnte er nichts anfangen.

Die beiden Streifenwagen trafen ein. Die Beamten ließen sich von Haffmeyer das Wenige erzählen, was er bisher wusste, und dann begannen sie gleich damit, den Unfallort zu sichern.

Der Lindauer Kollege rief an und informierte Haffmeyer, dass Sandra Vöckler nicht in Lebensgefahr schwebe und bis auf einige Knochenbrüche recht glimpflich davongekommen sei. Ansprechbar sei sie aber fürs Erste nicht. Haffmeyer gab die Neuigkeiten gleich an Hansen durch und sah dann den Lindenbergern bei der Arbeit zu.

Schließlich war vom Tal her ein Motor zu hören, der allmählich näher kam. Nach einer Weile fuhr ein quietschgelber Kleinwagen um die Kurve. Haffmeyer kannte das Auto nicht, also trat er in die Straßenmitte und hob die rechte Hand, um den Fahrer zum Anhalten zu bringen. Zwei Meter vor Haffmeyer kam der Wagen zum Stehen, der Motor wurde gestoppt. Die beiden Türen schwangen auf, und auf der Fahrerseite stieg ein schlanker Mann Mitte vierzig aus, den Haffmeyer trotz der fehlenden Uniform anhand seines markanten Schnauzbarts sofort wiedererkannte: Das war der Kollege, der ihnen am Sonntag einen Parkplatz zugewiesen und später so angeregt mit Hanna Fischer geplaudert hatte.

Und tatsächlich stieg auf der Beifahrerseite jetzt auch Hanna aus und kam auf Haffmeyer zu. Der sah kurz fragend zwischen ihr und dem Schnauzbart hin und her, Hanna lächelte nur und zuckte mit den Schultern.

»Morgen, Willy, wo ist der Unfall denn passiert?«

»Ach, du weißt schon Bescheid? Hast du deine Mailbox abgehört?«

»Ja, hab ich, gestern Abend übrigens auch noch, aber wir ...«

Sie warf Thomas Groß einen Blick zu und lächelte.

»Wir sind abends noch ein wenig beisammengesessen. Und da dachte ich: Hier in Wiesenhofen schläft ja sicher ohnehin schon alles, dann kann ich genauso gut am Donnerstagmorgen ankommen. In Lindau gibt's ja auch Hotelzimmer, gell?«

Haffmeyer grinste, und Hanna wurde ein wenig verlegen.

»Gut, dann wollt ihr wahrscheinlich hoch und mit Hansen sprechen. Habt ihr gestern Abend was herausgefunden?«

»Ja, allerdings. Aber ich kann's auch erst dir erzählen, während wir darauf warten, dass du hier abgelöst wirst. Die KT ist unterwegs, nehme ich an?«

»Die müssten jeden Moment hier eintreffen«, sagte Haffmeyer, und wie zur Bestätigung war nun ganz leise der aufheulende Motor eines Transporters zu hören.

»Komm, dann warten wir noch und nehmen dich dann mit nach Wiesenhofen.«

Alles tat ihm weh. Durch den Sturz aus dem fahrenden Auto hatte Goran Gingic sich Prellungen und Abschürfungen eingehandelt. Außerdem war er mit dem Hinterkopf so unglücklich gegen einen Baumstamm geprallt, dass er fast eine Dreiviertelstunde bewusstlos im Wald gelegen hatte. Mit dröhnendem Schädel hatte er sich wieder aufgerappelt und war bis an den Straßenrand gekrochen. Von dort aus hatte er die Stelle gesehen, an der das Auto von der Straße abgekommen war. Der Wagen selbst ragte nur noch mit dem Heck aus dem Unterholz. Er wollte gerade all seine Kraft zusammennehmen, um hinzulaufen und nachzusehen, ob es Sandra vielleicht doch noch aus dem Wagen geschafft hatte, als er den Mann erkannte, der hinter Sandras Auto aufgeregt hin und her ging und dabei immer wieder ungeduldig in seine Richtung blickte. Goran hatte sich hinter einen Busch geduckt. Sandra schien es nicht mehr rechtzeitig aus dem Auto geschafft zu haben.

Da war ein Schlepper viel zu schnell die steile Straße heruntergerumpelt und erst kurz vor Sandras Wagen stehen geblieben. Der Fahrer war vom Sitz gesprungen und hatte sich neben dem Unfallauto ins Gebüsch geschlagen. Nur einen Moment später kam vom Tal her ein Rettungswagen, und auch die Sanitäter zwängten sich sofort zwischen den Büschen hindurch zur Fahrertür des Unfallwagens.

Wie immer es Sandra gehen mochte, jetzt war sie wenigstens bestmöglich versorgt. Mit diesem Gedanken hatte sich Goran auf den Marsch nach Wiesenhofen gemacht, auf direktem Weg quer durch den Wald. Während er im Weiler von Gebäude zu Gebäude schlich, achtete er darauf, dass er immer Deckung zum Seeblick hin hatte.

Als er den Bauernhof von Sandras Eltern erreicht hatte, atmete er auf. Er war nicht mehr ganz sicher gewesen, aber der Platz, auf dem Sandra heute Nacht ihr Auto abgestellt hatte, war vom Seeblick aus nicht einsehbar. Er duckte sich und schlich an der Hauswand entlang auf den Stellplatz zu. Durch ein offenes Fenster hörte er zwei Frauen weinen, Mutter und Oma vermutlich. Das Jammern der beiden versetzte ihm einen Stich, und die Angst, Sandra könnte tot sein, trieb ihm die Tränen in die Augen.

Er unterdrückte den Gedanken und konzentrierte sich auf den nächsten Schritt: Er musste auf Sandras Stellplatz nach Spuren suchen, und dann musste er herausfinden, wer ihre Bremsen manipuliert hatte …

Hansen saß mit Haffmeyer und Hanna in der Gaststube. Thomas Groß war draußen bei seinem Wagen geblieben und hatte sich eine Zigarette angesteckt. Inzwischen war auch einer der Beamten im Seeblick aufgetaucht, die den VW-Bus der Habergsells suchen sollten, und er hatte Hansen die Visitenkarte seines Einsatzleiters gegeben.

Dass die Bremsleitungen an Sandra Vöcklers Wagen durchgeschnitten und der Stahlzug der Handbremse durchtrennt worden waren, hatten die Kriminaltechniker schnell herausgefunden, und Vroni Schliers hatte Hansen die Info gleich durchgegeben. Danach hatten sie Fesl noch einmal befragt, aber mit dem war nicht viel anzufangen: Er weinte und zitterte und war nicht dazu in der Lage, ein vernünftiges Wort zu sprechen. Ein Arzt war gekommen und hatte ihm ein Beruhigungsmittel gegeben, doch als Fesl in eines der Gästezimmer gebracht werden sollte, bäumte er sich auf, als wolle er auf gar keinen Fall allein dort bleiben. Dann begann das Medikament zu wirken, sein Widerstand legte sich, Fesl ließ sich zum Bett führen und schlief dort innerhalb kürzester Zeit ein.

Anke brachte ihnen einen Kaffee und stellte belegte Brötchen auf den Tisch. Sie war freundlich und wirkte besorgt, aber Haffmeyer warf ihr dermaßen biestige Blicke zu, dass sich Hanna vornahm, ihn bei nächster Gelegenheit unter vier Augen zu fragen, was zwischen ihm und der Wirtin vorgefallen sei.

»Und was haben Sie gestern Abend herausgefunden?«, fragte Hansen.

»In Rießfelds schickstem Laden, dem Hagen'z No. 1 an der Lindauer Seepromenade, läuft irgendetwas mit Prostituierten. Ein Typ namens Goran hat seine Finger im Spiel. Ob der seine Geschäfte im Auftrag von Rießfeld betreibt, weiß ich nicht – aber die beiden kennen sich. Sie haben sich vor Rießfelds Firmenzentrale getroffen, es sah so aus, als hätte Rießfeld diesem Goran Anweisungen gegeben. Und dann haben sie sich gestritten, leider konnte ich nicht hören, worüber.«

Hansen nickte und dachte nach.

»Sagen Sie mal, Chef«, sagte Hanna. »Wegen meiner

gestrigen … äh … Recherche: Können wir vielleicht so tun, als hätten Sie das vorher abgesegnet?«

Sie sah ihn mit bangem Blick an, und Hansen musste sich ein Grinsen verkneifen.

»Abgesegnet? Wenn Sie wollen, hab ich Sie auch direkt hingeschickt. Okay?«

»Ja, danke.«

»Und dass Kollege Groß so nett war, Sie auf meine ausdrückliche Bitte hin zu begleiten, sollten wir unbedingt auch erwähnen.«

Sie lachte. »Nein, Herr Hansen, wir müssen es auch nicht übertreiben. Mir würde es schon reichen, wenn ich für den gestrigen Abend Ihre Zustimmung habe, wenn auch nachträglich.«

»Das passt schon, Frau Fischer. Kein Problem. Und wenn Sie wollen, verrate ich es keinem, auch das mit dem Kollegen nicht.«

Sie nickte. »Erst einmal nicht, das wär mir lieber.«

Sie sah kurz zum Fenster, dann beugte sie sich ein wenig zu Haffmeyer und Hansen. »Obwohl ich schon glaube, dass das was Ernstes wird … oder schon ist.«

»Freut mich für Sie, Frau Fischer. Und wie geht's eigentlich Ihrer Freundin?«

»Nicht so gut wie mir. Ihr Typ hat sie betrogen, das Schwein. Der war auf Montage und hat sich gleich in der zweiten Nacht mit einem Flittchen eingelassen, das er abends in der Hotelbar kennengelernt hat. Pfui Teufel!«

Sie schüttelte sich. Hansen fühlte sich sehr unbehaglich, und dass er einen finsteren Blick von Haffmeyer auffing, machte es nicht besser. Hanna sah fragend zwischen den beiden hin und her.

»Später«, formte Haffmeyer lautlos mit den Lippen.

»Jedenfalls«, fuhr Hansen fort, »können Sie ganz unbesorgt sein. In diesem schicken Lokal waren Sie auf meine Bitte hin, und was Sie und den Kollegen Groß angeht: Ich sag's keinem.«

Draußen fuhr ein Auto vor. Schnelle Schritte polterten die Treppe hoch, und dann schwang die Tür zum Gastraum auf.

Achim Hehnel stand vor ihnen, mit hochrotem Kopf, atemlos und wütend. »Ich muss mit Ihnen reden, Herr Hansen. Jetzt gleich, und am besten unter vier Augen.«

Hehnel war sehr aufgeregt, Hansen schob ihm einen Stuhl hin. »Reden können wir gerne, Herr Kollege, aber Frau Fischer und Herr Haffmeyer nehmen an unserem Gespräch teil – das sind meine engsten Mitarbeiter, und es ist für uns alle viel leichter, wenn wir auf demselben Stand sind.«

Hehnel setzte sich, zögerte einen Moment, dann gab er sich einen Ruck und begann.

»Sie wissen ja, dass ich Urlaub hatte, als Sandras Nachbarn in Illerbeuren ermordet wurden. Und Sie wissen, dass Sandra und ich früher mal ein Paar waren.«

Hansen nickte.

»Ich weiß einiges, Herr Hansen, habe Sandra allerdings versprechen müssen, alles für mich zu behalten. Daran habe ich mich bisher gehalten, obwohl das für mich als Polizisten eigentlich nicht geht. Aber Sandra hat mich so dringend darum gebeten ... Und jetzt liegt sie im Krankenhaus, und bevor noch mehr passiert, sage ich Ihnen lieber alles.«

»Ich nehme an, Sie wissen bereits, was Frau Vöckler geschehen ist und dass sie im Moment noch nicht ansprechbar ist?«

»Ja, ein Kollege in der Lindauer Inspektion hat mich angerufen, sobald er vom Unfall gehört hatte. Und in der Klinik arbeitet ein Schulfreund von mir als Arzt. In ein, zwei Tagen sollten Sie mit ihr reden können, hat er gemeint, und die Brüche werden wieder gut verheilen, soweit man das jetzt schon beurteilen kann. Sie hat viel Glück gehabt, und das, obwohl sie wohl nicht angeschnallt war.«

Hansen nickte. Hehnel war wirklich gut informiert.

»Und jetzt fühlen Sie sich nicht mehr an Ihr Versprechen gebunden und wollen reden«, sagte er. »Gute Entscheidung, wenn Sie mich fragen. Was wissen Sie denn alles?«

»Toni Habergsell, eines der Mordopfer, hatte sich Sandra gegenüber mal eine üble Schweinerei geleistet. Sie war schon als Kind ziemlich moppelig, und dafür musste sie in der Schule natürlich einiges aushalten. Kinder können sehr fies sein, wenn sie jemanden gefunden haben, den sie in der Hierarchie unter sich einordnen.«

Sein Ton war eisig geworden.

»Dieser Toni hat sich da besonders hervorgetan. Das war ein ziemliches Arschloch, der hielt sich für den Größten, dabei war er nur ein Würstchen. Wie auch immer: Er hat Sandra getriezt, wo immer er konnte. Na ja, die beiden wurden älter, und Toni entwickelte sich immer mehr zum Ekel. Ab und zu bedrängte er sie, betatschte sie oder zeigte ihr …«

Hehnel verstummte und schluckte.

»Und eines Abends, als die Wiesenhofener im Seeblick ein Fest feierten und alle im Gastraum versammelt waren, ist er rausgegangen und hat ihr aufgelauert. Sie wollte früher gehen, und als sie aus dem Seeblick kam, hat er sie kurz vor der Haustür gepackt und in die Scheune gezerrt. Dort hat er sie dann vergewaltigt.«

Er machte eine Pause, und im Seeblick war es mucksmäuschenstill. Selbst Anke, die bis dahin hinter der Theke gewerkelt hatte, stand stocksteif da und schwieg. Sie musste alles mitangehört haben, und Hansen machte sich Vorwürfe, nicht darauf geachtet zu haben.

Jetzt ist es auch schon zu spät, dachte er dann, soll sie ruhig weiter zuhören. Vielleicht bringt das sogar noch etwas in Bewegung.

»Angezeigt hat sie den Dreckskerl nicht, weil sie sich geschämt hat. Und weil sie Angst hatte, dass er alles abstreiten und sie womöglich noch als Schlampe dastehen lassen würde. In Wiesenhofen hatten sie ohnehin schon immer gewitzelt, dass sie und Toni nur deshalb ständig miteinander streiten würden, weil sich halt necke, was sich liebe.«

Er rollte genervt mit den Augen.

»Als sie es mir erzählt hat, habe ich sie beschworen, den Kerl endlich anzuzeigen – da war aber nichts zu machen. Ich hab ihr sogar angeboten, ihm was in die Schuhe zu schieben, nur damit er Schwierigkeiten bekommt …«

»Herr Hehnel, also bitte!«

»Ich hab's ja auch nicht gemacht, Herr Hansen. Aber ich hab die Sandra wirklich sehr gern gemocht.«

»Sie mögen sie noch immer, oder?«

Er schwieg, aber seine feucht schimmernden Augen sprachen Bände.

»Ging die Trennung denn damals von ihr aus oder von Ihnen?«

»Von mir.«

Er schüttelte den Kopf, als könne er seine Dummheit noch heute nicht fassen.

»Wir waren damals mit meiner alten Clique unterwegs, und die anderen haben ständig blöde Witze über Sandras Figur gemacht. Mir hat sie sehr gefallen, und sie steht ja auch zu ihrem Körper. Die Blicke und Anspielungen der anderen sind mir aber mit der Zeit ziemlich nahe gegangen. Immer wenn ich mit Sandra kam, hatten die anderen ihre Freundinnen im Arm, eine schlanker als die andere, mit knackigem Po in der engen Jeans …«

Er zuckte mit den Schultern.

»Ich hab jedenfalls Schluss gemacht. Schon wenige Monate später hat es mir leidgetan, dass ich so oberflächlich gewesen war. Aber da hatte Sandra schon einen Neuen, und ich bin halt ihr bester Freund geworden – ich war ja schon froh, dass sie mir meine Blödheit von damals nicht nachgetragen hat.«

Hansen sah ihn eine Weile schweigend an.

»Sie wissen schon, Herr Hehnel, dass Sie uns gerade ein Motiv geschildert haben, warum Sie Toni Habergsell getötet haben könnten?«

»Ja, natürlich, aber dann hätte ich doch nur ihn umgebracht, oder? Und zwar schon vor Jahren. Damals, als ich mit Sandra zusammen war, oder in der Zeit nach unserer Trennung – um ihr mit einem Mord sozusagen meine Liebe zu beweisen.«

Er hatte das so sachlich geschildert, dass er sich damit tatsächlich gleich wieder aus dem Kreis der Verdächtigen verabschiedete.

»Außerdem habe ich für den Samstagabend, an dem die Habergsells gestorben sind, ein Alibi – und das hat mit dem zu tun, was ich Ihnen jetzt erzählen werde.«

»Und das wäre?«

Hehnel atmete ein paar Mal tief durch, als müsse er sich sammeln. »Hagen Rießfeld betreibt hinter den Kulissen seiner Gastronomiefirma noch ein anderes ... Gewerbe. Soweit ich das bisher in Erfahrung bringen konnte, nutzt Rießfeld dieses zweite Standbein auch dafür, seine Firmenkunden enger an sich zu binden.«

Hansen tauschte einen kurzen Blick mit Hanna.

»Er hat eine Art Callgirlring organisiert und arbeitet dafür mit Goran Gingic zusammen, einem in Lindau stadtbekannten Ganoven, der bisher aber immer zu clever war, sich bei etwas Verbotenem erwischen zu lassen. Der hatte immer ein Alibi, oder ein Zeuge hatte im letzten Moment doch keine Lust mehr, gegen ihn auszusagen.

Aber ich weiß: Gingic ist Rießfelds Mann fürs Grobe – und er organisiert die Prostituierten.«

»Und woher wissen Sie das?«

»Ich habe …« Er wurde wieder rot. »Ich habe … verdeckt ermittelt.«

»Das wird ja hier langsam zur Gewohnheit«, brummte Hansen.

Hanna sank auf ihrem Stuhl ein wenig in sich zusammen, und Hehnel sah Hansen irritiert an.

»Egal, erzählen Sie weiter, Herr Hehnel.«

»Mein Material reicht noch nicht ganz, um Rießfeld und Gingic wirklich festzunageln, aber ich bin kurz davor.«

»Material? Welches Material?«

»Fotos, Briefe, so etwas halt.«

Hansen schüttelte den Kopf. »Und wie sind Sie da rangekommen?«

»Gingic organisiert die Geschäfte mit den Prostituierten, aber er kümmert sich natürlich nicht um jeden Kunden persönlich. Damit die professionellen Mädels bei der Stange bleiben, dürfen sie in einem Mietshaus am Ostrand von Lindau auf eigene Rechnung Freier empfangen. Als ich das herausgefunden hatte, bin ich dort ab und zu hin und habe mit den Mädels geredet.«

»Geredet?«

»Alles ganz unauffällig, ich bin ja nicht doof! Aber es hat mich ziemlich viel Geld gekostet, denn einfach nur reden … davon können die Mädels ihre Miete ja auch nicht bezahlen.«

Er war wieder knallrot geworden, und Haffmeyer und Hanna hatten offensichtlich Mühe, ihm mit weiterhin ernsten Mienen zuzuhören.

»Jedenfalls habe ich bei einer der Frauen einen Schlüssel mitgehen lassen. Ich wusste zu diesem Zeitpunkt schon, dass sie regelmäßig für Abende im Hinterzimmer eines Rießfeld-Lokals in der Nähe des Bahnhofs gebucht wurde. Der Schlüssel hatte ein Etikett, das fein säuberlich mit dem Namen des Lokals beschriftet war – er passte in die Hintertür, da bin ich dann frühmorgens mal rein und habe mich ein bisschen umgesehen.«

»Hören Sie bloß auf, Hehnel. Ich will das alles gar nicht hören! Sie bringen sich in Teufels Küche und uns gleich mit!«

Er schaute verstohlen zu Anke Groschinger hinüber. Sie fing seinen Blick auf und machte wieder die Geste, als verschließe sie ihren Mund und werfe den Schlüssel weg.

»Und Ihr ganzes Zeug, Ihre Fotos und die schriftlichen Dokumente – die können Sie in die Tonne treten. Das ist vor Gericht nichts wert, das wissen Sie doch!«

Hansen war richtig laut geworden, und Hehnel saß nun wie ein Häuflein Elend vor ihm.

»Ich wollte das ganze Material in einen Umschlag packen«, murmelte er schließlich, »und den Umschlag irgendwie den Kollegen zuspielen. Anonym natürlich.«

»Und dieser Goran – glauben Sie, der findet nicht heraus, wer ihm da in die Suppe spuckt? Und wie Sie das alles erfahren haben? Wenn er Sie dann erpresst oder Ihren Kollegen gegenüber als korrupt hinstellt, ist das vermutlich noch das Harmloseste, was er Ihnen antun kann.«

Hehnel sank noch ein wenig in sich zusammen.

»Mensch, Hehnel, da haben Sie richtig Mist gebaut!«

Hansen trank seinen Kaffee leer und setzte die Tasse so hart auf die Untertasse zurück, dass der Löffel klirrte.

»Und das alles erzählen Sie mir, weil Sandra Vöckler verunglückt ist? Dass Rießfeld den Seeblick ausbauen und für seine gastronomischen Events nutzen will, wissen Sie sicher auch.«

Hehnel nickte.

»Aber warum sollte Rießfeld Ihrer Freundin etwas antun wollen, nur weil ihre Eltern bisher ihren Bauernhof nicht an ihn verkaufen wollen?«

»Darum geht es gar nicht, glaube ich. Sandra arbeitet ja in Lindau für eine IT-Firma.«

»Ich weiß«, sagte Hansen. »Sie hat gerade ein Projekt abgeschlossen, das ziemlich stressig gewesen sein muss.«

»Allerdings. Rießfeld ist als Auftraggeber knallhart.«

Hansen blinzelte. »Rießfeld – als Auftraggeber?«

»Ja, als Auftraggeber. Rießfelds Unternehmen lässt seine IT-Projekte seit Jahren von der Firma programmieren, für die Sandra arbeitet. Bisher war das eher Kleinkram, und deshalb wurde sie auch noch nie mit einem seiner Projekte betraut. Diesmal aber ging es um ein Programm, das gewissermaßen das Rückgrat von Rießfelds Firma bilden sollte. Es hätte eigentlich bis letzten Freitag fertig sein sollen, Sandra hat mit ihrem Team auch Tag und Nacht daran gearbeitet, aber sie haben es nicht pünktlich geschafft. Immerhin hat sie einen Teil zum Laufen gebracht. Sandras Chef sollte für den Rest einen neuen Terminplan verabreden, aber Rießfeld hat total Druck gemacht. Sandra hat am Sonntagnachmittag erfahren, dass das Programm so schnell wie möglich fertig werden müsse. Da hat sie sich wieder in die Arbeit gestürzt, bis das Projekt gestern endlich fertig abgeschlossen war. Die war zuletzt ziemlich erledigt.«

»Und dieses Programm, dieses künftige Rückgrat der Firma, wie Sie es nennen, hat Frau Vöckler vermutlich tiefe Einblicke in Rießfelds Geschäfte gegeben, oder?«

»Keine Ahnung. Aber möglich wäre es.«

»Und deshalb glauben Sie, dass Rießfeld die Bremsen Ihrer Freundin manipuliert hat?«

»Pah«, schnaubte Hehnel, »diese Sau macht sich doch nicht selbst die Hände schmutzig!«

Er griff in seine Jacke und legte ein Foto auf den Tisch.

»Den müssen Sie sich holen«, sagte er. »Das ist Goran Gingic, und der hatte seine Finger ganz sicher an Sandras Auto!«

Haffmeyer ging mit Hanna auf die Terrasse hinaus, während Hansen Staatsanwältin Gudrun Labranz anrief und ihr schilderte, was Hehnel durch seine Alleingänge herausgefunden hatte. Der Kollege saß dabei und schaute drein wie ein geprügelter Hund. Hansen signalisierte ihm, ihn jetzt bitte allein zu lassen. Hehnel stand auf und ging zu seinem Wagen.

»Ich habe ihn weggeschickt«, fuhr Hansen fort. »Er

fährt jetzt zurück nach Lindau, ich habe ihm aber gesagt, er soll sich zur Verfügung halten.«

»Gut. Und glauben Sie ihm?«, fragte die Staatsanwältin.

»Ja, und er weiß auch, dass er Mist gebaut hat.«

»Das kann man wohl sagen! Aber lassen wir das jetzt erst mal. Ich rede mit ein paar Leuten, erwähne nur einen einstweilen anonymen Informanten – dann schauen wir mal, wie wir weiter vorgehen. Glauben Sie auch, dass dieser Rießfeld mit dem Unfall von Frau Vöckler zu tun hat?«

»Keine Ahnung. Als Investor kann Rießfeld im Grunde genommen auch auf Wiesenhofen pfeifen und sich anderswo ein ähnlich abgelegenes Nest suchen oder ein einsames Hotel, was weiß ich. Und selbst wenn Frau Vöckler durch die Programmiererei herausbekommen hat, was für ein Gewerbe er da laufen hat – deshalb muss er sie doch nicht gleich umbringen wollen. Irgendwie passt das nicht so ganz zusammen, finde ich.«

»Und sonst? Haben Sie schon eine Theorie zum Mord an den Habergsells?«

»Alles läuft darauf hinaus, dass die meisten Wiesenhofener an Rießfeld verkaufen wollten – nur nicht die Habergsells.

Aber warum karrt man die drei dann extra nach Illerbeuren und stellt die Leichen dort zur Schau? Die hätten die drei doch auch einfach ... was weiß ich ... erschlagen und in ihrem eigenen Haus liegen lassen können.«

»Es gibt vielleicht einen Bezug zum Bauernhofmuseum«, sagte Gudrun Labranz nach einer kurzen Pause. »Richard Habergsell hat kürzlich an das Landesamt für Denkmalpflege geschrieben und in seinem Brief ausführlich dargelegt, warum er glaubt, dass nicht nur sein Haus, sondern das ganze Wiesenhofener Ensemble schützenswert sei.«

»Ach?«

»Und das Landesamt hat daraufhin die Eigentümer der anderen Höfe angeschrieben und um ihre Meinung gebeten.«

»Oha!«

»Genau«, fuhr die Staatsanwältin fort. »Wenn die Prüfung ergeben hätte, dass hier tatsächlich Denkmalschutz angesagt ist ...«

»... dann hätte Rießfeld nichts abreißen dürfen, und das ganze Investment hätte sich mangels Aussicht auf den Bodensee erledigt.«

»Und die Eigentümer der anderen Höfe hätten kein Geld für ihr altes Gerümpel bekommen, sondern Auflagen für den Erhalt der Gebäude«, sagte die Staatsanwältin.

»Das wird ihnen nicht gefallen haben. Aber wo ist der Bezug zum Bauernhofmuseum, von dem Sie gesprochen haben?«

»Nun ja, in Illerbeuren stehen lauter schützenswerte Gebäude, die nicht an ihrem ursprünglichen Standort bleiben konnten oder sollten. Sie kennen doch sicher diese sogenannten Gnadenhöfe, wo in die Jahre gekommenen Nutztieren das Gnadenbrot gewährt wird – quasi eine Art Rente für alte Pferde, Esel, Rinder und anderes Viehzeug. Museen wie das in Illerbeuren sind gewissermaßen der Gnadenhof für ausgediente Gebäude, die am ursprünglichen Fleck keiner mehr haben will. Und der Uttenhof, in dem die Habergsells ermordet wurden, ist seit 1975 Bestandteil des Bauernhofmuseums – davor stand es in einem Weiler im Landkreis Ravensburg, wo Verwandtschaft von Alfred Kritz und seiner Schwester Sabine Vöckler wohnt. Da ist es doch schon ein sehr seltsamer Zufall, dass sich die Mörder der Habergsells ausgerechnet dieses Gebäude aussuchen, oder?«

»Stimmt, das würde wirklich passen«, sagte er. »Und die Habergsells in dieses Museum zu schaffen, in dem auch ihr vielleicht demnächst denkmalgeschützter Bauernhof passen würde, wäre ein Wink mit dem Zaunpfahl – wenn auch ein sehr blutiger …« Er verstummte und dachte nach.

»Herr Hansen?«, fragte die Staatsanwältin nach einer Weile. »Sind Sie noch dran?«

»Ja, mir ist nur gerade eine Idee gekommen. Ich glaube, ich weiß jetzt, wie wir weiter vorgehen sollten.«

Hanna wollte es erst nicht glauben, aber als Haffmeyer ihr draußen auf der Terrasse noch einmal die einzelnen Puzzlestücke beschrieb, konnte sie nicht länger leugnen, dass alle Teile zusammengenommen ein ziemlich klares Bild vom Verhältnis zwischen Hansen und Anke Groschinger ergaben. Kurz diskutierte sie mit Haffmeyer, ob sie auf der Stelle Resi Meyer anrufen und ihr mitteilen sollten, was ihr Freund hier hinter ihrem Rücken so trieb – aber Haffmeyer konnte es ihr ausreden, und sie beschlossen, Hansen und die Wirtin im Auge zu behalten.

Thomas Groß trat zu ihnen und fragte Hanna, was sie so sehr aufrege, aber sie speiste ihn mit einer Ausrede ab. Haffmeyer zwinkerte ihr zu und ließ die beiden allein.

Die Kollegen von der Kriminaltechnik kamen in den Weiler und hielten vor dem Hof der Vöcklers. Mit verweinten Augen kam Sabine Vöckler heraus und beschrieb den Beamten, wo hinter dem Haus Sandras Wagen gestanden hatte. Die Kriminaltechniker machten sich sofort an die Spurensuche.

Haffmeyer sah ihnen eine Weile zu, dann wandte er sich nach links und spazierte auf der Straße in Richtung des Habergsellschen Hofs. Dabei sah er immer wieder nach rechts und links – und entdeckte dabei einen Mann, der sich hinter einer Scheune verborgen hielt und offenbar die Kriminaltechniker bei der Arbeit beobachtete.

Zunächst ging Haffmeyer weiter, als hätte er nichts bemerkt, doch sobald er außer Sichtweite war, verließ er die Straße, um sich dem Unbekannten von hinten nähern zu können. Er hielt auf einen überdachten Stellplatz zu, links von ihm das Wohnhaus und rechts die Scheune der Habergsells. Hier hatte er gestern Hansen hervorkommen sehen, und vermutlich war die Wirtin ebenfalls hier gewesen und hatte sich im weiten Bogen zum Seeblick zurückgeschlichen, um nicht mit Hansen erwischt zu werden.

Ärger stieg in ihm auf, und er stapfte weiter voran, bis er das andere Ende des Stellplatzes erreicht hatte. Ganz vorsichtig schlich er um die nächste Ecke: Tatsächlich hatte er nun den Unbekannten vor sich. Der Mann hockte so, dass er von den Kriminaltechnikern nicht entdeckt werden konnte – Haffmeyer jedoch wandte er den Rücken zu.

Langsam näherte dieser sich dem Unbekannten. Als er nur noch wenige Meter von dem dunkelhaarigen Mann entfernt war, machte er einen ungeschickten Schritt auf der Kiesfläche, und die Steinchen unter seinem Schuh knirschten. Der Mann drehte sich blitzschnell um. Haffmeyer sprang auf den anderen zu und rannte ihn um. Im Fallen griff er nach den Oberarmen des Mannes und erkannte Goran Gingic, dessen Foto Hehnel vorhin auf den Tisch gelegt hatte.

Der muskulöse Mann war ein geschickter Kämpfer, und ehe er es sich versah, lag Haffmeyer rücklings auf dem Kies, während Gingic mit der linken Hand zum Schlag ausholte.

»Hanna! Hilfe!«, rief Haffmeyer und kniff die Augen zu.

Der Treffer, den er erwartet hatte, blieb aus. Er öffnete die Augen wieder und sah Hanna hinter Gingic stehen. Sie hielt seine Linke mit beiden Händen fest und hatte ihm den Arm auf den Rücken gedreht. Gingics Gesicht war schmerzverzerrt.

»Und jetzt stehen Sie ganz langsam auf, Herr Gingic«, kommandierte Hanna, die ihn offenbar ebenfalls anhand des Fotos erkannt hatte.

Gemeinsam brachten sie Goran Gingic zum Seeblick. Hehnel und Groß kamen ihnen entgegen und boten ihre Hilfe an.

»Nicht nötig«, sagte Haffmeyer und platzte fast vor Stolz auf seine Lieblingskollegin, »das macht die Hanna ganz allein.«

»Nein, nein«, widersprach sie. »Ihr dürft ihn mir gern abnehmen. Ich würde gerne zu Hansen reingehen und ihm erzählen, wen wir mitgebracht haben.«

Während Groß und Hehnel sich um Gingic kümmerten, ging Hanna nach drinnen. Aus der Gaststube drangen Geräusche wie von einem heftigen Streit. Sie beschleunigte ihre Schritte und sah von der Tür aus Xaver Groschinger, wie er auf Hansen losging, ihn abwechselnd beschimpfte und durch den Gastraum schubste.

»Und? Hat's Spaß gemacht mit meiner Frau?«, rief Groschinger gerade. Der Wirt war knallrot angelaufen.

Offenbar hatte er davon Wind bekommen, was zwischen seiner Frau und Hansen lief. Hanna sah sich kurz um, doch außer ihr und den beiden Männern, die sie aber nicht bemerkten, war niemand zu sehen.

Geschieht ihm irgendwie recht, dachte sie. Wenn er was mit der Frau des Wirts anfängt, muss er sich von dem auch mal ein bisschen durch die Wirtschaft schubsen lassen.

Sie verschränkte die Arme vor der Brust, lehnte sich bequem an den Türstock und sah in aller Ruhe zu, wie Hansen von Groschinger beschimpft und durch den Raum geschoben wurde. Hansen wehrte sich nicht, er fing nur Groschingers Stöße ab – ganz so, als habe er ein schlechtes Gewissen und verstehe die Wut seines Gegenübers nur zu gut.

Schließlich bemerkte Hansen die Kollegin aus dem Augenwinkel. Er sah sie fragend an, erstaunt, irritiert – aber nicht lange. Groschinger hatte wohl genug vom Schubsen und Schreien, er hatte seine rechte Hand zur Faust geballt und kurz und trocken zugeschlagen. Hansen ging sofort zu Boden.

Jetzt erst löste sich Hanna vom Türrahmen und fiel Groschinger in den Arm, der Anstalten machte, auch auf den liegenden Hansen noch weiter einzuprügeln. Sie packte seinen rechten Arm, trat neben ihn, brachte sich in Position und drehte ihm den Arm mit einem Ruck so herum, dass der Wirt über Hannas Hüfte gehebelt im hohen Bogen auf dem Parkett landete.

Stöhnend blieb er liegen und rieb sich die Schulter, auf die er gefallen war. Hanna ging zu Hansen, der sich schon wieder bewegte. Anke, die den Tumult auf ihrem Weg vom Keller herauf gehört hatte, flitzte hinter die Theke, packte ein paar Eiswürfel in ein Geschirrtuch und kniete sich neben Hansen.

»Kümmern Sie sich lieber um Ihren Mann«, herrschte Hanna sie an. »Der liegt dort hinten und braucht Sie dringender!«

Damit nahm sie Anke den Eisbeutel aus der Hand und drückte ihn vorsichtig auf die Haut um Hansens linkes Auge, die vermutlich schon bald in den schillerndsten Farben leuchten würde. Anke Groschinger stand einen

Moment lang fassungslos neben der dicken Polizistin, dann lachte sie kurz auf und kümmerte sich um ihren Mann.

»Und? Zufrieden, Frau Fischer?«

Hansens Aussprache war ein wenig schleppend, und fast tat ihr der Chef leid. Aber nur fast.

»Ja, Herr Hansen.«

Sie nickte, sah Hansen an und grinste. Er grinste zurück, so gut es ihm seine dröhnenden Kopfschmerzen erlaubten.

Groschinger ließ sich währenddessen von seiner Frau die Schulter mit einer scharf riechenden Salbe einreiben, dann schob sie ihn hinaus in Richtung Küche.

»Ich muss noch einmal mit Kommissar Hansen reden«, sagte sie.

Der Wirt sah sie finster an.

»Reden!«, wiederholte sie, und er trollte sich.

Hanna Fischer hatte Hansen inzwischen auf einen Stuhl gehievt. Nun saß er am Tisch und rieb sich das linke Auge und die Schläfe. Die Schwellung um das Auge herum nahm zu, und die Haut zeigte schon erste Einfärbungen.

Anke Groschinger trat zu ihnen.

»Ich muss noch mit Ihrem Chef reden«, sagte sie zu Hanna Fischer, und als diese sie wütend anblitzte, fügte sie lächelnd hinzu: »Sie dürfen natürlich gerne dabei sein.«

Hanna musterte die Wirtin, die in ihrem Dirndl tatsächlich recht fesch aussah. Freundlich und nett war sie obendrein. Hanna setzte sich und wartete darauf, was nun kommen würde.

»Eike, ich muss dir noch was zu den … Besprechungen sagen, die mein Mann hier für die Wiesenhofener abgehalten hat.«

Hansen versuchte sich trotz seines dröhnenden Schädels zu konzentrieren.

»Es passt gut zu dem, was euch Sandras Freund vorhin zu Rießfeld und seinen geheimen Zusatzgeschäften erzählt hat.«

Jetzt war auch Hanna ganz Ohr.

»Eingeladen waren immer nur die Männer – alle, die noch in Wiesenhofen wohnen, und auch alle, die schon weggezogen sind. Lemperger ist meistens nicht gekommen, aber alle anderen waren jedes Mal da. Ich hab's immer so eingerichtet, dass ich an diesen Samstagen zu meiner Freundin nach Lindau gefahren bin – und mein Mann hatte nie etwas dagegen, dass ich über Nacht weg war. Mit der Zeit ist mir dann klar geworden, warum.«

Sie setzte sich ebenfalls und sah plötzlich ziemlich mitgenommen aus.

»Um zwölf gingen die Besprechungen in der Regel los, mein Mann hat für alle gekocht. Das Bier und das Essen und alles andere ließ sich Rießfeld auf die Rechnung setzen.«

Sie hatte »alles andere« besonders betont, und Hansen hatte schon eine Ahnung, was nun kommen würde.

»Xaver hat damit gut verdient, weil er immer ein bisschen mehr auf die Rechnung geschrieben hat, als tatsächlich verbraucht wurde. Und die Extras, die Rießfeld spendiert hat, hat auch mein Mann genossen.«

Sie sah Hansen traurig an.

»Zwischen Xaver und mir läuft schon lange nichts mehr. Und das bisschen, was er sexuell noch braucht, holt er sich seit Jahren gegen Geld. Früher ist er dafür immer nach Lindau gefahren, aber seit diese ... Besprechungen stattfanden, musste er nicht einmal mehr aus dem Haus.«

Anke lächelte matt.

»Ich bin hier so eine Art Mädchen für alles, und wenn ich dann am Sonntagabend oder am Montag durch die Zimmer gegangen bin und alles wieder hergerichtet habe, konnte ich mir zusammenreimen, was an den Wochenenden hier so los war. Offenbar hatte jemand Frauen hergebracht, und die Männer sind dann in die Gästezimmer hoch und ... Xaver hat zwar hinterher immer aufgeräumt, aber besonders gründlich war er in solchen Dingen noch nie.«

Anke sah Hansen tief in die Augen, und es fuhr ihm wieder durch Mark und Bein.

»Das kann eklig sein, glaub mir, Eike. Und als ich vorhin gehört habe, was der Rießfeld nebenbei so laufen hat, hat sich ein Puzzleteil zum anderen gefügt. Der lädt die Wiesenhofener Männer ein, spendiert ihnen Essen und Getränke und Mädels – und einer nach dem anderen überlegt es sich mit dem Verkaufen seines alten Bauernhofs vielleicht doch noch. Ich könnte mir auch vorstellen, dass bei diesen Besprechungen fleißig fotografiert oder vielleicht auch gefilmt wurde. Nimm doch nur mal an, dass dieser Goran die Frauen hergebracht hat – und dann macht er Bilder von Kritz und Vöckler und Habergsell, wie sie mit ihren verschwitzten Altmännerkörpern auf diesen … auf diesen Huren rumliegen! Das ist doch ein prima Druckmittel, falls sie sich dann immer noch mit dem Verkaufen zieren sollten …«

Vroni Schliers stand auf dem Platz vor dem Vöckler-Hof und legte eine kurze Pause ein. Hansen ging zu ihr und brachte sie aufs Laufende.

»Na super«, sagte sie und verdrehte die Augen. »Am besten nehm ich mir dann auch gleich ein Zimmer im Seeblick, was? Wie ist es hier denn so? Einsam, oder?«

»Ach, geht schon«, druckste Hansen herum.

Ihm war bewusst, dass er mit einer langjährigen Freundin von Resi sprach, und er hoffte, dass sie ihm seine Verlegenheit nicht ansah.

»Ich wollte ja in Ruhe mit den verbliebenen Bewohnern dieses Weilers reden, und das geht bei einem Bier am Stammtisch nun mal am besten.«

»Am Stammtisch? Wow! Die haben Sie ja fast schon adoptiert!« Sie lachte.

»Na ja«, gab er zu, »zuletzt musste ich wieder anderswo sitzen – ich hab dem Wirt und einem der Stammgäste wohl etwas zu deutlich erklärt, dass sie beide ein Motiv für die Morde haben.«

»So undiplomatisch kenn ich Sie gar nicht, Herr Hansen.«

Vroni Schliers feixte, dann holte sie ihr Handy hervor und rief die Mitarbeiter an, die unten an der Straße mit Sandra Vöcklers Unfallwagen beschäftigt waren.

»Prima, und danach kommt ihr gleich hoch«, sagte sie schließlich. »Wir müssen eine ganze Reihe von Gästezimmern auf den Kopf stellen.«

Sie steckte das Handy wieder weg.

»Und was ist mit dem VW-Bus der Groschingers?«, fragte Hansen. »Der ist ebenfalls perlweiß lackiert, verrostet und zerbeult – und er steht in der Garage des Gasthofs.«

»Den hätten wir natürlich längst gecheckt, aber ich habe mir vom Landratsamt die Fahrzeugdaten geben lassen. Der Bus der Wirtsleute ist Baujahr 1994, Modell T4.«

»Und das heißt?«

»Der hat keinen Heck-, sondern einen Frontmotor, passt also nicht zu den Spuren am Museum.«

Sie klopfte ihm auf die Schulter.

»Aber wir checken den jetzt trotzdem mal, Herr Hansen. Wenn wir schon im Seeblick sind, kommt's darauf auch nicht mehr an. Und vielleicht ist er ja im Zusammenhang mit dieser … äh … Besprechung für etwas anderes genutzt worden.«

Vroni Schliers sah sich um und lachte.

»Ein so reges Nachtleben würde man so einem elenden Nest gar nicht zutrauen, was?«

Hansen räusperte sich und murmelte eine Verabschiedung.

Der Kollege aus Lindau hatte gute Neuigkeiten für Hansen.

Hagen Rießfeld war in die dortige Kripoinspektion bestellt worden, wo er wegen seiner Rotlicht-Aktivitäten vernommen wurde. Die Beamten hatten dabei keinen Informantennamen preisgegeben, sondern nur gewisse anonyme Hinweise erwähnt. Währenddessen hatten weitere Beamte die Firmenzentrale und die Hinterzimmer in mehreren seiner Lokale untersucht. Als Rießfeld ordnungsgemäß davon in Kenntnis gesetzt wurde, rief er seinen Anwalt. Auf dessen Anraten verweigerte er die Antwort auf alle weiteren Fragen der Polizei. Daraufhin brachen die Kollegen die Befragung ab und stellten Rießfeld und seinem Anwalt einen kleinen Besprechungsraum zur Verfügung. Von Zeit zu Zeit brachten sie ihnen Kaffee und Mineralwasser und ließen sie den Nachmittag über schmoren.

Nach den Durchsuchungen konnte eine Liste von fünf Prostituierten erstellt werden, die am Samstag und in der Nacht zum Sonntag für die »Besprechung« im Seeblick gebucht worden waren. Sie führten alle Pseudonyme wie Lola oder Selena, zwei von ihnen konnten jedoch recht schnell mit Klarnamen identifiziert werden. Die eine war nicht zu Hause, weshalb die Beamten vor Ort blieben und auf ihre Rückkehr warteten.

Die andere saß gerade mit dem jüngsten ihrer drei Kinder am Küchentisch und machte Hausaufgaben. Die beiden Beamten, ein Mann und eine Frau, waren sehr rücksichtsvoll und warteten, bis Julia Müller das letzte

Matheproblem gelöst hatte. Dann ließen sie sie noch schnell telefonisch die Kinderbetreuung organisieren: Eine Nachbarin würde nach den Sprösslingen sehen und auch dafür sorgen, dass sie am nächsten Morgen pünktlich zur Schule kamen.

Kurze Zeit später sah Hansen den Dienstwagen der Lindauer Kollegen mit Julia Müller auf dem Rücksitz vorfahren. Nachdem die Zivilbeamten ihm noch ein paar Detailinfos gegeben hatten, postierten sie sich vor dem kleinen Büro im Erdgeschoss, in das sich Hansen mit Julia Müller und seinen Mitarbeitern zurückzog.

Die Frau war sehr nervös. Ständig sah sie von einem zum anderen, und Hanna musste ihr mehrmals gut zureden, bis sie sich endlich Kaffee einschenken und Milch und Zucker geben ließ. Hansen setzte sich ihr gegenüber und ließ sie erst einmal einen Schluck trinken. Ihre Hand zitterte, als sie die Tasse zum Mund führte, und beim Abstellen verschüttete sie ein paar Tropfen.

»Frau Müller«, begann Hansen, nachdem er sich und die Kollegen vorgestellt hatte, »ich hoffe, die Beamten, die Sie hergebracht haben, waren ... diskret?«

»Ja«, sagte sie mit einer sanften, angenehmen Stimme. »Die waren sehr nett, ich konnte sogar noch die Hausaufgaben mit meinem Jüngsten fertig machen. Meine Kinder wissen natürlich nicht, was ich beruflich mache.«

Sie lächelte unsicher.

»Von dem Job als Kassiererin im Supermarkt wissen sie natürlich, aber ...«

»Schon klar, Frau Müller. Und meinetwegen kann das

auch so bleiben. Aber wir haben einige Fragen an Sie. Sie waren vergangenen Samstag schon einmal hier, richtig?«

Sie nickte und sah Hansen ängstlich an. Unter ihren hellblauen Augen lagen dunkle Ringe, sie hatte einen hübsch geschwungenen Mund, schulterlange blonde Haare, schmale Schultern und eine mädchenhafte Figur. Ihre Kleidung war unauffällig und eher sportlich: Jeans, Sweatshirt, Turnschuhe.

»Wie alt sind Ihre Kinder denn?«

»Elf, dreizehn und vierzehn. Zwei Buben, ein Mädchen.«

Sie lächelte kurz, wurde aber gleich wieder ernst.

»Und der Vater?«

»Der ist abgehauen, kurz nachdem mein Jüngster geboren war. Die Scheidung ist längst durch, aber angeblich verdient er nicht genug, um den Kindern und mir Unterhalt zu zahlen.«

Sie zuckte mit den Schultern.

»Und weil der Lohn als Kassiererin und das Kindergeld nicht reichen, verdienen Sie sich mit Herrn Rießfelds Hilfe etwas dazu«, konstatierte Hansen.

Julia Müller sah ihn an, dann lächelte sie wieder.

»So wie Sie das gerade beschrieben haben, klingt es gar nicht mehr so schlimm, nicht wahr?«

»Ist es denn schlimm? Für Sie, meine ich?«

»Na ja ... eher eklig. Man lernt Männer in diesem Job nicht gerade von ihrer besten Seite kennen.«

Er nickte langsam. Die Frau schien sich allmählich etwas zu entspannen.

»Frau Müller, meine beiden Kollegen und ich sind an Ihnen nur als Zeugin interessiert. Wir sind nicht von der Sitte, und wir wollen Ihnen aus Ihrem Aufenthalt am vergangenen Wochenende hier im Seeblick auch keinen Strick drehen. Wir ermitteln wegen eines Gewaltverbrechens, und von Ihnen bräuchten wir ein paar Antworten und Aussagen. Vor allem geht es darum, mit Ihrer Hilfe eines oder mehrere Alibis zu überprüfen.«

Er sah sie ruhig an.

»Ich kann Ihnen natürlich nichts versprechen, aber wenn Sie uns helfen, kann ich gerne bei meinen zuständigen Kollegen ein gutes Wort einlegen. Sie haben Ihren guten Willen ja schon gezeigt, indem Sie ganz freiwillig mit nach Wiesenhofen gekommen sind.«

»Klingt gut«, sagte sie. »Und was wollen Sie nun wissen?«

»Wir möchten Sie zunächst fragen, wie Ihr Abend hier im Seeblick abgelaufen ist. Mit Uhrzeiten, wenn's geht.«

»Also … ich bin gegen zwei Uhr nachmittags zum Treffpunkt gekommen. Das ist der Parkplatz hinter einer kleinen Firma in der Nähe der Bahnlinie.«

»Rießfelds Firma?«

»Nein, so ein Import/Export-Laden. Die Adresse kann ich Ihnen geben.«

»Das können die Kollegen später notieren, wenn es nötig ist. Sie waren also um zwei am Treffpunkt. Und dann?«

»Goran und drei andere Frauen saßen schon im Wagen.

Goran hat für solche Fahrten einen alten VW-Bus mit verspiegelten Seiten- und Rückfenstern. Manchmal ziehen wir uns dort noch für die Kunden um – aber für den Seeblick sollten wir nur scharfe Unterwäsche anziehen, und das passte gut unter die normale Straßenkleidung. Lola hat sich wie üblich verspätet. Schließlich waren wir komplett, und Goran hat uns hier heraufgekarrt. Ich war schon mal in Wiesenhofen, Lola sogar schon zweimal, die anderen waren am vergangenen Wochenende zum ersten Mal hier. Goran tauscht die Frauen gern aus, und mir ist das auch ganz recht so, nicht, dass mich einer wiedererkennt. Das würde mir gerade noch fehlen!«

»Wissen Sie, wie die anderen Frauen mit richtigem Namen heißen?«

»Nein, keine Ahnung. Und ich will das auch gar nicht wissen. Ich selbst trenne das auch strikt – Lola ist Lola, und ich bin Denise, mehr muss da niemand wissen. Ich glaube, die drei Neuen kamen aus dem Osten, jedenfalls hatten die wenigen Sätze, die sie gesagt haben, einen starken osteuropäischen Akzent. In Wiesenhofen sind wir gegen drei Uhr nachmittags angekommen.«

»Und wann sind Sie wieder zurück nach Lindau gebracht worden?«

»Das weiß ich nicht mehr genau, aber vor drei Uhr nachts war ich auf keinen Fall zu Hause.«

»Scheiße!«, entfuhr es Hansen.

»Na ja, vielleicht war es auch schon etwas früher, halb drei vielleicht? Ich bin nach solchen Abenden immer ziemlich alle, wissen Sie?«

Hansen hörte gar nicht mehr zu, sondern dachte fieberhaft über die Konsequenzen von Julia Müllers Aussage nach. Wenn die Prostituierten vom Nachmittag bis tief in die Nacht durchgehend im Seeblick gewesen waren, hatten die Männer, die bei ihnen gewesen waren, natürlich alle ein Alibi. Konnte er mit seiner Vermutung, wer die Habergsells umgebracht hatte, wirklich so falschgelegen haben?

»Und welche Männer waren am Samstag im Seeblick? Die Männer, denen Sie … zur Verfügung standen, meine ich.«

»Außer Goran waren es sechs Männer, dieselben wie bei meinem letzten Termin in diesem Gasthof. Alle nicht mehr die Jüngsten, und nicht alle hatten vorher geduscht. Als wir kamen, hatten die wohl schon ein paar Bier getrunken und irgendetwas mit viel Zwiebeln gegessen. Es stank ziemlich in der Gaststube.« Sie schüttelte sich.

»Und diese sechs Männer – oder sieben, wenn wir Goran Gingic dazuzählen – waren alle ebenfalls bis spät in der Nacht im Seeblick?«

»Das weiß ich nicht.«

»Richtig, Sie und die anderen Frauen waren ja auf die Gästezimmer verteilt.«

Sie sah ihn erstaunt an.

»Die Wirtin hat das wohl mitbekommen«, erklärte Hansen. »Sie hat es mir zumindest so geschildert, und meine Kollegen von der Kriminaltechnik haben inzwischen auch entsprechende Spuren gesichert.«

»Ich war tatsächlich die ganze Zeit auf meinem Zimmer, und ab und zu kam halt einer rein zu mir und ging dann wieder.«

Hansen seufzte. Also mussten sie alle gebuchten Frauen ausfindig machen und jede einzeln befragen. Das klang nach Fleißarbeit. Und da zu drei Frauen noch Name und Adresse fehlten, konnte dieser Punkt vermutlich nicht so schnell geklärt werden, wie Hansen gehofft hatte. Im Grunde genommen warf das seinen ganzen schönen Plan für den heutigen Abend über den Haufen.

»Und wer ist zu Ihnen ins Zimmer gekommen und wann?«

»Keine Ahnung.«

»Stimmt, Sie kennen die Männer ja nicht mit Namen. Das ist aber kein Problem, wir können Ihnen Fotos zeigen, auf denen Sie sie identifizieren können. Herr Haffmeyer, haben Sie die Bilder dabei?«

»Nicht von allen, Herr Hansen«, sagte er und griff in die Jacke. »Aber von Groschinger, Kritz und Vöckler.«

Er legte die Bilder auf den Tisch, und Julia Müller sah kurz hin.

»Die drei waren mit dabei, klar. Das hier ist doch der Wirt, oder?«

Hansen nickte.

»Aber ich kann Ihnen trotzdem nicht sagen, wer von denen bei mir auf dem Zimmer war. Für Abende wie den im Seeblick, wenn es eigentlich nur darum geht, dass irgendwo ein paar Frauen bereitliegen, wenn sich von den Gästen einer zwischendurch austoben will, arbeitet Goran gern mit Amateuren, wie er mich und die anderen nennt. Rießfeld hat offenbar auch einige Profis im Sortiment, die vom schicken Callgirl bis zur schnellen Nummer im Auto das ganze Spektrum abdecken. Die machen das hauptberuflich und kosten entsprechend. Lola, ich und die anderen, die Goran mit dem VW-Bus zu diversen Herrenabenden karrt, machen so etwas nur nebenbei – wir kosten weniger, dafür macht es uns Goran auch ein wenig leichter. Er ist eigentlich immer sehr nett zu uns, und er scheint richtig Verständnis für unsere Situation zu haben.«

»Aha. Und das heißt?«

»Schon auf der Anfahrt kriegen wir Wodka mit süßem Sprudel angeboten, das Zeug riecht weniger streng als anderer Schnaps, und es wirkt schnell. Deshalb kommen wir immer schon etwas angetrunken an, was wir noch ganz gut überspielen können – und was uns natürlich auch etwas lockerer werden lässt. Sobald wir uns den Typen präsentiert haben, also ein bisschen strippen und auf den Schoß setzen und so, gehen wir auf unsere Zimmer. Dort gibt uns Goran noch ein paar Pillen, die dafür sorgen, dass wir ... ich sag mal ... noch funktionieren, aber eher im Halbschlaf. Den Typen reicht das offenbar, und vielleicht sind die oft auch zu besoffen, um das noch zu bemerken. Ich kriege jedenfalls nicht mehr viel mit. Darüber bin ich ganz froh, und ich vermute, dass es den anderen nicht anders ergeht.«

Hansen wurde fast übel, wenn er sie so erzählen hörte. Wenigstens machte ihm die Aussage wieder etwas Hoffnung.

»Das heißt also: Sie können gar nicht mit Bestimmtheit sagen, wer sich zu welcher Zeit im Seeblick aufgehalten hat und wer vielleicht weggegangen ist?«

»Nein. Die Männer sind ja immer wieder runter in die Gaststube, und je später es war, desto seltener ist einer von denen hoch ins Zimmer gekommen.«

»Können Sie sich erinnern, dass irgendwann vielleicht mal gar keiner mehr zu Ihnen gekommen ist?«

»Nein, tut mir leid, da kann ich Ihnen leider nichts Genaues sagen.«

»Und gegen halb drei hat Goran Sie alle wieder in seinen VW-Bus gepackt und ist mit Ihnen zurück nach Lindau gefahren?«

»Wann das war, weiß ich auch nicht mehr, aber ich war gegen drei Uhr wieder bei mir daheim. Auf der Rückfahrt gibt es immer Kaffee, und wenn wir den Treffpunkt erreicht haben, sind die meisten von uns wieder so weit auf dem Damm, dass wir es irgendwie nach Hause schaffen.«

»Warum bringt Goran Sie nicht nach Hause?«

»Das will ich nicht. Ich hab von meiner Wohnung zum Treffpunkt nur rund einen Kilometer, da gehe ich zu Fuß hin und nachts auch wieder zurück. Der Heimweg an der frischen Luft tut mir gut, danach wird ausgiebig geduscht, und dann gehe ich ins Bett.«

»Als Sie vom Zimmer zurück in den Bus gebracht wurden: Haben Sie da noch einen von den Männern gesehen?«

Sie dachte nach. »Ja, alle.«

Sie schloss die Augen und konzentrierte sich.

»Nein, warten Sie: Außer Goran waren nur noch fünf Männer da, einer fehlte. Aber diese fünf standen regelrecht Spalier und haben uns auf dem Weg durch den Flur noch überall hingefasst, haben gelacht und sich Schweinereien zugerufen und sich dabei mit ihren Vornamen angesprochen. Das war eigentlich komisch, das haben die bei meinem vorigen Besuch im Seeblick nicht gemacht. Jedenfalls kann ich mich daran noch gut erinnern, obwohl ich noch halb weggetreten war. Wir brauchten eine halbe Ewigkeit, bis wir an denen vorbei endlich in der Garage angelangt waren, wo Gorans VW-Bus stand. Das war auch schräg: Direkt daneben stand fast dasselbe Modell, nur halt ohne verspiegelte Scheiben.«

Sie schüttelte den Kopf und lachte.

»Aber das wird Sie nicht interessieren, nehme ich an.«

»Doch, Frau Müller, das interessiert mich alles. Und vielen Dank. Sie haben uns sehr geholfen, wirklich sehr.«

Sie verstand nicht ganz, warum der Kommissar plötzlich wie aufgekratzt wirkte, aber vor allem war sie heilfroh, dass die Befragung damit offenbar beendet war. Hansen bot ihr an, sich in einem der Gästezimmer auszuruhen – er verstand es aber nur zu gut, als sie das Angebot dankend ablehnte und lieber mit einer Tasse Kaffee in dem kleinen Büroraum blieb.

Die Lindauer Beamtin, die sie begleitet hatte, leistete ihr im Büro Gesellschaft, ihr Kollege sorgte vor der Tür dafür, dass niemand ins Zimmer ging und die Frau zu Gesicht bekam, bevor Hansen das für angebracht hielt.

Staatsanwältin Gudrun Labranz hatte ganze Arbeit geleistet. Nach und nach trafen alle ein, die Hansen an diesem Abend im Seeblick versammeln wollte. Franz Vöckler, Alfred Kritz und Xaver Groschinger saßen schon seit dem Nachmittag am Stammtisch und warteten. Sie wirkten zunehmend nervös, hielten sich aber mit dem Biertrinken etwas zurück – Hansen hatte angekündigt, dass er sie am Abend in der Gaststube befragen wolle.

Goran Gingic war zunächst im Nebenzimmer des Gasthofs von zwei Beamten beaufsichtigt worden, später brachten sie ihn in ein Gästezimmer, mit dem die Kriminaltechniker schon fertig waren. Der Arzt, der sich bereits um Fesl gekümmert hatte, versorgte nun Gingics Schrammen.

Peter Fesl wiederum verschlief den halben Nachmittag, danach wurde er von dem Gästezimmer, in dem er untergebracht war, in ein anderes, ebenfalls von der Spurensicherung durchsuchtes Zimmer gebracht.

Andreas Roth kam gegen fünf, Klaus Sperber zehn Minuten später, und kurz vor sechs trafen fast zur selben Zeit Martin Lemperger und Hagen Rießfeld ein – Letzterer wurde von seinem Anwalt und zwei Beamten der Lindauer Kripo begleitet. Achim Hehnel war seit halb sechs wieder in Wiesenhofen, er hielt sich aber auf Hansens Bitte hin im Nebenzimmer auf.

Abgesehen von Anke, die die Anwesenden bediente, und Julia Müller, die noch immer im Büro saß und von deren Anwesenheit nur die Polizei und Anke wussten, hatte Hansen nur Männer in den Seeblick kommen lassen.

Im Seeblick und drumherum waren genug uniformierte Beamte postiert, um bei einem etwaigen Streit oder einem Fluchtversuch schnell eingreifen zu können. Weitere Beamte befanden sich in den Gehöften des Weilers sowie in den Wohnhäusern der ehemaligen Wiesenhofener in Scheidegg, Haggen, Weißensberg und Lindau. Zwei Uniformierte achteten darauf, dass Sarah Rüegg und ihre kleine Tochter in ihrem Ferienhaus in Sicherheit waren.

Vroni Schliers nahm Hansen beiseite und skizzierte, was inzwischen an Spuren gefunden worden war. Fünf Gästezimmer waren für die Dienste der Prostituierten genutzt worden, darunter auch das Zimmer Nummer 23, in dem sich Hansen einquartiert hatte.

Gegen sieben Uhr kam der Anruf, dass der VW-Bus der Habergsells etwa fünf Kilometer östlich von Wiesenhofen gefunden worden war. Jemand hatte ihn bis ans Ende eines selten genutzten Forstwegs gesteuert und ihn dann mit gelösten Bremsen eine kleine Klinge hinunterrollen lassen, wo er schließlich gegen einen Fichtenstamm gekracht und zwischen Büschen und Bäumen verborgen stehen geblieben war. Vroni Schliers fuhr sofort mit allen Leuten hin, die nicht mehr mit den Gästezimmern beschäftigt waren.

Hansen verabredete mit zwei Beamten Zeichen, auf die hin Achim Hehnel und Julia Müller zu ihm in den Gastraum gebracht werden sollten – wobei er hoffte, den beiden eine solche Konfrontation hier im Seeblick ersparen zu können.

Am Stammtisch steckten Franz Vöckler, Alfred Kritz, Andreas Roth, Klaus Sperber und Martin Lemperger die Köpfe zusammen, bei ihnen saß außerdem Xaver Groschinger. Bis auf Peter Fesl, der sich noch oben in einem der Gästezimmer befand, waren am Stammtisch damit die Männer all jener Familien versammelt, denen in Wiesenhofen ein Gebäude gehörte. Links vor dem Stammtisch saß Hagen Rießfeld mit seinem Anwalt an einem Vierertisch.

Hansen ließ Goran Gingic holen. Sein ramponiertes Aussehen brachte Unruhe in den Raum, die Männer am Stammtisch sahen sich erschrocken an und redeten aufgeregt aufeinander ein. Nur Groschinger, der sich immer noch die schmerzende Schulter rieb, schien halbwegs die Ruhe zu bewahren und besänftigte seine Sitznachbarn. Hansen wies Gingic einen Sitzplatz rechts vor dem Stammtisch zu.

Anschließend brachte ein Beamter Peter Fesl herein, der noch immer blass aussah, aber schon wieder recht sicher auf den Beinen war. Fesl marschierte schon aus Gewohnheit auf den Stammtisch zu, aber Hansen schickte ihn zu einem anderen Tisch.

Damit waren sie komplett. Rießfeld und Gingic wechselten einige schnelle Blicke, Fesl fühlte sich sichtlich unwohl, getrennt von seinen sonstigen Saufkumpanen, die wild durcheinandersprachen. Hansen musste mehrmals mit einem Messer an sein Glas klopfen, bis er die Aufmerksamkeit aller Anwesenden hatte. Das Gemurmel im Raum wurde leiser und verstummte. Was blieb, war ein leises Brummen in Hansens Schädel, und wie sein linkes Auge inzwischen aussah, wollte er im Moment lieber gar nicht so genau wissen.

Haffmeyer stand links hinter ihm, Hanna hatte sich rechts hinter ihm einen Stuhl herangezogen, und die beiden ließen ebenfalls keinen der Männer aus den Augen.

»Zunächst einmal freue ich mich«, begann Hansen, »Ihnen mitteilen zu können, dass es Sandra Vöckler den Umständen entsprechend gut geht und dass sie vermutlich recht bald wieder gesund sein wird.«

Gingic, Roth und Fesl schienen aufzuatmen, auch Franz Vöckler wirkte erleichtert. Die anderen ließen keine Reaktion erkennen.

»An Frau Vöcklers Wagen wurden die Bremsschläuche durchgeschnitten, und das Zugseil der Handbremse wurde mit einem Bolzenschneider oder etwas Ähnlichem durchtrennt. Ich nehme an, einen Bolzenschneider hat hier in Wiesenhofen jeder in seiner Werkstatt?«

»Geht das schon wieder los?«, rief Andreas Roth. »Ständig machen Sie uns Vorwürfe, haltlose Vorwürfe, möchte ich betonen! Und Sie wissen selbst, dass das alles nur Behauptungen sind. Wenn Sie uns etwas nachweisen könnten, hätten Sie uns doch schon längst mitgenommen!«

»Was genau ist es denn, was ich Ihnen Ihrer Meinung nach nicht nachweisen kann, Herr Roth?«, fragte Hansen zurück.

»Ach, Gschwätz!«, winkte der ab und nahm einen kräftigen Schluck aus seinem Bierhumpen.

»Das wird sich weisen, Herr Roth. Dass wir heute Abend hier beisammen sind, sagt noch nichts darüber aus, was wir dem einen oder anderen von Ihnen nachweisen können oder nicht. Ich will mit Ihnen den vergangenen Samstag durchgehen, den Tag, an dem Ihre Nachbarn ermordet wurden. Und dann haken wir Punkt für Punkt ab, was wir schon darüber wissen und was wir daraus für Schlüsse ziehen – oder eben, welche Beweise wir haben und wen sie belasten. Zunächst einmal haben wir in Ihrem VW-Bus, Herr Groschinger, eindeutige Spuren gefunden, die Sie mit dem Mord an den Habergsells in Verbindung bringen.«

Groschinger schaute ihn irritiert an.

»Die Laboranalyse läuft noch, aber wir sind ziemlich sicher: Auf Ihrem Fahrersitz wurde DNA-Material von den Habergsells gefunden, und in einer Ritze hinter dem Sitz haben wir ein Stück Plastikfolie mit einem Blutfleck entdeckt, das mit hoher Wahrscheinlichkeit von einem Müllsack stammt, in dem einer der Habergsells in das Bauernhofmuseum geschafft wurde.«

»Von welchen Mülltüten reden Sie da, Herr Hansen?«, meldete sich Rießfelds Anwalt zu Wort.

»Das möchte ich im Moment nicht weiter erklären«, antwortete Hansen. »Ermittlungstaktische Gründe, Sie verstehen. Ich würde damit Täterwissen preisgeben, das wir noch zum Abgleich der Aussagen und Geständnisse heranziehen wollen.«

»Ha! Geständnisse! Darauf können Sie lange warten!«

Andreas Roth war der wütendste der Männer am

Stammtisch, und die anderen nickten heftig, um ihm beizupflichten. Groschinger war allerdings nachdenklich geworden. Er sah misstrauisch zu den anderen und kaute auf seiner Unterlippe.

»Das wird schneller gehen, als Sie glauben, Herr Roth«, versetzte Hansen. »Aber jetzt noch einmal zu Ihnen, Herr Groschinger, wie kommen diese Spuren in Ihr Fahrzeug?«

»Keine Ahnung.«

»Ich könnte mir gut vorstellen, dass Sie Ihren Bus einfach nicht gründlich genug sauber gemacht haben«, provozierte Hansen, »und dass meine Kollegen die Spuren gefunden haben, die Sie nach dem Mord an den Habergsells übersehen haben.«

»Quatsch! Ich hab damit nichts zu tun!«

»Sie haben ein Motiv.«

»Wie wir alle hier«, antwortete Groschinger und sah trotzig zu den anderen Männern am Stammtisch.

»Was soll das denn jetzt?«, empörte sich Franz Vöckler. »Wir haben nichts mit den Morden zu tun – und fertig!«

»Dass das nicht stimmt, wissen Sie so gut wie ich«, widersprach Hansen.

»So? Dann legen Sie jetzt endlich mal Beweise auf den Tisch, anstatt uns hier mit Andeutungen und Mutmaßungen zu kommen. Wenn Sie glauben, dass wir so blöd sind, uns gegenseitig ans Messer zu liefern, dann haben Sie sich geschnitten!«

»Sind Sie Rechtshänder?«, fragte Hansen und fiel ihm damit beinahe in den Satz.

»Was soll das denn jetzt?«

»Sind Sie Rechtshänder?«

»Ja, wieso? Das sind doch alle hier.«

Er sah in die Runde, fast alle nickten.

»Sie nicht, Herr Lemperger?«

»Nein, ich bin Linkshänder. Aber wozu müssen Sie das wissen?«

Er ging nicht weiter darauf ein, sondern fragte die anderen im Raum ab.

»Rechtshänder«, brummte Rießfeld.

»Linkshänder«, sagte Gingic.

»Rechtshänder«, sagte Fesl.

»Und Sie alle sind am Samstag hier im Seeblick zusammengekommen, um eine Besprechung abzuhalten. Das können Sie mir bestätigen, nehme ich an?«

Alle nickten, und Groschinger entspannte sich wieder ein wenig.

»Um zwölf waren die ersten da. Unser Peter war um eins der Letzte – ich habe Ihnen ja schon gesagt, dass er immer zu spät kommt.«

Fesl winkte ab, und am Stammtisch kam leises Lachen auf.

»Und wie lange haben Sie dann hier zusammengesessen?«

»Das hab ich Ihnen schon erzählt, Herr Hansen. Es ist spät geworden.«

»Wie spät?«

»Vielleicht eins, vielleicht zwei – wir hatten alle recht viel getrunken, da hat keiner mehr auf die Uhr gesehen.«

Die anderen pflichteten ihm murmelnd bei.

»Und wer kann das bezeugen?«, fragte Hansen nach einer kurzen Pause.

Am Stammtisch wurden fragende Blicke getauscht, aber Groschinger sagte schnell: »Na, wir alle, wie wir hier sitzen.«

»Dachte ich mir. Und Sie, Herr Rießfeld, haben für die fragliche Zeit – ich rede vom späten Nachmittag und vom Abend des vergangenen Samstags – sicher auch ein Alibi.«

»Samstags besuche ich gerne meine Lokale, sehe nach dem Rechten und begrüße wichtige Kunden – wann genau ich wo war, müsste ich in meinem Kalender nachschlagen.«

»Und Sie, Herr Gingic?«

»Ich war … auch in Herrn Rießfelds Lokalen unterwegs.«

Hansen grinste und nickte. Gingic fing den amüsierten Blick des Kommissars auf und sah schnell zu Rießfeld. Der saß mit versteinerter Miene da und sah stur an Gingic vorbei.

»Ich fasse mal zusammen: Herr Rießfeld hatte Termine und hat mit Kunden gesprochen, was sich vermutlich belegen lässt. Herr Gingic war für Herrn Rießfeld unterwegs, wo und wie auch immer …«

»Moment mal!«, fuhr Gingic dazwischen, doch Hansen brachte ihn mit einer Geste zum Schweigen und sprach weiter.

»Und die harmonische Stammtischgesellschaft und

der Wirt saßen gemütlich im Seeblick zusammen und ließen sich Bier und Schnaps und irgendein Essen mit vielen Zwiebeln schmecken.«

Groschinger sah ihn verblüfft an.

»Was gab's denn Feines?«, fragte Hansen.

»Äh ... Schweinerahmschnitzel und Kässpatzen, da gehören meiner Meinung nach ordentlich Zwiebeln rein.«

»So, so, Rahmschnitzel und Kässpatzen – ist das nicht etwas zu schwer für das, was Sie sich für Samstag sonst noch vorgenommen hatten?«

Hansen fixierte Groschinger, und der wurde nun noch etwas unruhiger.

»In Illerbeuren«, fuhr Hansen fort, »werden währenddessen drei Bewohner von Wiesenhofen brutal ermordet. Einer davon ist Richard Habergsell, der die ersten Stunden der Samstagsbesprechung noch mit Ihnen zusammen verbringt. Die zweite ist seine Frau Friederike, die am Samstagnachmittag in der Küche arbeitete. Und der dritte ist ihr gemeinsamer Sohn Toni, der lange am Traktor der Familie herumgebastelt hat. Der Reparaturlärm ist zwischen halb sechs und sechs verstummt.«

»Der Richard ist irgendwann nach fünf hier raus und nach Hause«, meldete sich Andreas Roth zu Wort. »Danach haben wir ihn nicht mehr gesehen. Und Sie haben sicher auch schon bemerkt, dass Richards VW-Bus nicht mehr da ist – der wird weggefahren sein, da hat er seine Frau und den Sohn natürlich mitgenommen. Und was dann passiert ist, weiß hier keiner von uns. Vielleicht wurden sie überfallen, was weiß ich!«

»Und ausgeraubt vielleicht?«

»Genau, ausgeraubt. Sie sollten sich nicht immer auf uns einschießen! Machen Sie dort draußen Ihre Arbeit!«

»Und dann haben die unbekannten Räuber die Habergsells ins Bauernhofmuseum geschleppt? Ausgerechnet in den Uttenhof, der bis in die Siebziger hinein in Gebrazhofen stand, wo Sie, Herr Kritz, und Ihre Schwester Verwandtschaft haben?«

»Ja, und?«

»Viel zu viele Zufälle, finde ich.«

»Herr Hansen«, warf Rießfelds Anwalt ein, »das alles scheint ja meinen Mandanten nicht wirklich zu betreffen. Sie haben selbst vorhin gesagt, dass er für die Tatzeit ein Alibi hat. Können wir dann gehen?«

»Nein, Herr Rießfeld kommt schon noch dran, keine Sorge. Ein bisschen Geduld bitte.«

Hansen musterte die Männer am Stammtisch. Groschinger war ein wenig nervös, Roth und Kritz stellten empörte Mienen zur Schau, Vöckler, Sperber und Lemperger sahen sehr nachdenklich aus.

»Mit Ihrem Alibi, meine Herren«, wandte sich Hansen an Fesl und die Männer am Stammtisch, »ist das so eine Sache. Jeder von Ihnen – außer Herrn Lemperger, der nicht an dem Treffen am Samstag teilgenommen hat – bezeugt für alle anderen, dass sie von Samstagmittag bis spät in die Nacht hier im Seeblick waren und natürlich die ganze Zeit über keinen Fuß vor die Tür gesetzt haben. Richtig?«

Alle nickten eifrig.

»Wir haben drei Tote, darunter zwei Männer, die sicher ordentlich zupacken konnten. Die schafft nicht einer allein von hier nach Illerbeuren, schleift sie in das Museumsgebäude und bringt sie dort um. Dafür könnte man sechs Männer durchaus gut brauchen.«

Er zählte theatralisch die Männer ab.

»Und wenn ich das für möglich halte ... dann ist das Alibi von jedem Einzelnen von Ihnen plötzlich nichts mehr wert.«

Die Männer sahen sich an. Groschinger schaute zu Rießfeld und hob fragend die Augenbrauen, schließlich nickte Rießfeld.

»Unser Alibi«, begann Xaver Groschinger, »hängt nicht nur von unseren Aussagen ab, Herr Hansen. Wir waren ... nun ja ... nicht allein an diesem Samstag.«

»Ach?« Hansen tat ahnungslos, und schon wirkte Groschinger, als hätte er wieder Oberwasser.

»Es waren noch ...«

Er räusperte sich und sah sich um. Seine Frau war vom Stammtisch aus nicht zu sehen, sie stand ein Stück von der Tür entfernt im Flur. Groschinger senkte seine Stimme ein wenig.

»Es waren noch Frauen hier. Wir hatten fünf Damen eingeladen, und die waren ebenfalls bis zum Schluss hier.«

Er legte ein schmutziges Grinsen auf.

»Wenn es möglich wäre, dass unsere Frauen nichts davon erfahren, wären wir Ihnen sehr zu Dank verpflichtet.«

»Ihre Frau, Herr Groschinger, weiß längst, was bei diesen ›Besprechungen‹ wirklich vor sich geht. Sie hätten morgens etwas gründlicher aufräumen sollen.«

Er wurde puterrot und rang nach Luft.

»Und dass Ihnen Herr Rießfeld gerade mit seinem Kopfnicken die Erlaubnis gegeben hat, dieses etwas heikle Alibi zu lüften, kann ich Ihnen auch erklären: Meine Kollegen in Lindau haben Herrn Rießfelds Büros ebenso durchsucht wie einige seiner Lokale. Wir wissen also, welche Frauen am Samstag hier waren. Wir wissen auch, dass dieser Service von Herr Rießfeld sozusagen aufs Haus ging. Und wir wissen, dass diese Frauen von Herrn Gingic in einem weißen VW-Bus mit verspiegelten Scheiben nachmittags hierher und nachts wieder zurück nach Lindau gebracht wurden.«

Gingic sah Hansen überrascht an, dann fing er Rießfelds wütenden Blick auf und zuckte mit den Schultern.

»Herr Rießfeld, ich kann Sie beruhigen: Ihr Mitarbeiter hat den VW-Bus verschwinden lassen, vermutlich haben Sie ihm dazu geraten, jedenfalls suchen wir ihn noch.«

»Pure Unterstellung!«, schnaubte der Anwalt, Rießfeld sagte nichts.

»Wir kennen die Frauen, die am Samstag hier waren, und wir können uns in allem auf ihre Aussagen stützen.«

Rießfeld dachte nach, Gingic sah seinen Chef Hilfe suchend an – und für einen Moment hatte Hansen Angst, er müsse nun Julia Müller hereinbringen lassen. Aber Rießfeld blieb stumm und sah vor sich auf den Boden.

»Na also«, sagte Groschinger, »dann haben wir unser Alibi. Sie können die Frauen fragen – wir waren alle bis spät in der Nacht hier, nur Richard ist früher gegangen. Aber der wird sich ja nicht selbst die Kehle durchgeschnitten haben, oder?«

Er lachte dröhnend, dann fing er die Blicke der anderen auf und wurde bleich.

»Die Kehle durchgeschnitten«, wiederholte Hansen und nickte. »Sie sagen es.« Er wandte sich an Rießfelds Anwalt. »Sehen Sie, das meine ich mit Täterwissen. Die genauen Todesumstände der Habergsells wurden nirgendwo veröffentlicht.«

Groschinger schluckte. Er war jetzt eindeutig das schwächste Glied. Hansen beschloss weiterzupokern. Der Wirt wusste ja nicht, dass die Spuren beim Museum seinen VW-Bus als das Fahrzeug ausschlossen, in dem die Habergsells nach Illerbeuren gebracht worden waren.

»Sie, Herr Groschinger, haben einen VW-Bus – und mit einem solchen Wagen wurden Ihre Nachbarn nach Illerbeuren geschafft.«

Groschinger wollte schon protestieren, aber Hansen brachte ihn mit einer knappen Geste zum Schweigen.

»Richard Habergsell nahm zumindest eine Zeit lang an Ihrer … Versammlung teil, hier im Seeblick. Gut möglich, dass er hier in Ihrem Lokal überwältigt und nach draußen geschafft wurde. Und falls er zuerst nach Hause ging, wurde zumindest der Plan mit dem Bauernhofmuseum hier im Seeblick ausgetüftelt. Hier, in Ihrem Gasthaus, Herr Groschinger. Und da mag ich nicht recht glauben, dass Sie, wenn's dann an die Umsetzung des Plans geht, hier in aller Seelenruhe sitzen und warten, was passiert.«

»Aber genau so ...« Er verstummte.

»Ja?«, fragte Hansen.

»Nichts.«

»Sie sollten besser reinen Tisch machen, Herr Groschinger. Im Moment sieht es nicht gut aus für Sie.«

»Wir haben ein Alibi, und Sie haben ja selbst mit diesen Frauen gesprochen. Die können Ihnen bestätigen, dass wir alle bis zum Schluss da waren!«

»Na ja, um ehrlich zu sein, klang das ein wenig anders.«

»Wie meinen Sie das? Haben diese Schlampen Sie angelogen? Und denen glauben Sie mehr als uns rechtschaffenen Bürgern?«

Roth war aufgesprungen und hatte in den Raum gebrüllt. Hansen blieb ganz ruhig und gönnte sich ein leichtes Grinsen.

»Rechtschaffene Bürger? Eine sehr schöne Formulierung, Herr Roth.«

»Wir haben ein Alibi. Wir haben nichts getan. Und jetzt hören Sie endlich auf mit diesem Theater!«

»Gehen wir das Alibi noch einmal durch, Herr Roth. Und setzen Sie sich doch bitte wieder.«

Er wartete, bis der andere Platz genommen hatte, dann fuhr er fort: »Das Alibi, das Sie sich gegenseitig bescheinigen, scheint mir nicht viel wert zu sein. Und mit den Frauen ist das so eine Sache. Jede war für sich allein in einem der Gästezimmer untergebracht, und ab und zu ging jemand von Ihnen zu einer der Frauen nach oben. So weit richtig?«

»Ja«, brummte Roth, und die anderen nickten.

»Dann könnte jede einzelne Frau nur diese Besuche bestätigen, und für die Zeit dazwischen hätten Sie kein Alibi.«

»Ach, und Sie meinen, wir gehen abwechselnd hoch zu den Frauen und fahren abwechselnd zwischen Wiesenhofen und Illerbeuren hin und her? Pah!«

Roth machte seine Sache recht überzeugend.

»Herr Gingic kümmert sich geradezu rührend um die Frauen für solche Herrenabende, wurde mir berichtet«, sagte Hansen.

Goran sah ihn fragend an.

»Um es den Damen erträglicher zu machen, hat er auf der Herfahrt Wodka ausgegeben, und droben in den Gästezimmern gab es noch eine Pille. Es muss Ihnen doch aufgefallen sein, dass die Frauen benommen waren?«

»Ach was«, polterte Roth, »als Ehemänner kennen wir das nicht anders.«

Er lachte aufgesetzt und schaute in die Runde, ob ihm die anderen wohl beispringen würden. Aber er sah nur betretene Gesichter um sich.

»Danke für diese Anmerkung, Herr Roth«, sagte Hansen trocken. »Ich hoffe, mit Ihrer neuen Freundin geht es Ihnen seit dem Tod Ihrer Frau besser?«

Lemperger unterdrückte nur mit Mühe ein Grinsen, Roth funkelte ihn böse an.

»Die Frauen waren also praktisch den ganzen Abend

über so benommen, dass sich keine konkret daran erinnern kann, wer wann zu ihr aufs Zimmer gekommen ist.«

Haffmeyer und Hanna sahen sich kurz an, aber Hansen flunkerte weiter drauflos, als habe er schon mit allen Frauen gesprochen. Sein Plan ging auf, niemand widersprach ihm.

»Aber hat denn keine von denen mitbekommen, wer im Seeblick war, als sie eintrafen?«, fragte Groschinger.

Er war ganz besorgt, fast klang er ein wenig verzweifelt.

»Doch. Sechs Männer, Sie inklusive, das haben uns die Frauen so bestätigt. Herr Lemperger fehlte, sonst war Ihr Stammtisch komplett.«

»Und als sie nachts wieder wegfuhren?«

»Da haben sie fünf Männer gesehen – Richard Habergsell war zu diesem Zeitpunkt ja schon tot.«

»Na, also!«

Groschinger lehnte sich wieder zurück, alle anderen am Stammtisch nickten eifrig.

»Die Frauen«, fuhr Hansen fort, »wunderten sich noch, dass sich alle Männer zum Abschied wie zum Spalier aufgestellt hatten, wie sie sich Zoten zugerufen und sich dabei immer wieder bei den Vornamen genannt haben – und wie sie die Frauen beim Hinausgehen noch begrabscht haben.«

»Na ja«, merkte Groschinger an, »wir hatten halt unseren Spaß mit den Mädels, da wollten wir sie gebührend verabschieden.«

»Ich glaube eher, dass Sie dafür sorgen wollten, dass

Sie auch ja alle von den Frauen gesehen wurden – und dass sich die Frauen möglichst gut an Sie und Ihre Vornamen erinnern. Für den Fall, dass Sie für den Samstagabend ein Alibi brauchen sollten.«

Groschinger wurde wieder etwas unsicherer. Roths Kiefer mahlten.

»Aber zwischen der Ankunft der Frauen gegen drei Uhr nachmittags und ihrer Abfahrt zwischen zwei und halb drei Uhr nachts liegen elf bis zwölf Stunden – und der komplette Ablauf des Mordes an Friederike, Richard und Anton Habergsell passt problemlos in diesen Zeitraum.«

Am Stammtisch herrschte nun Stille, Groschinger stierte zu Hansen hinüber, und Fesl war auf die Tischplatte gesunken und ließ ein leises Schluchzen hören.

»Will nicht mal einer von Ihnen den Mund aufmachen und sein Gewissen erleichtern?«

Keine Antwort.

»Wir haben einen Zeugen, der einen perlweißen VW-Bus in der Nähe des Tatorts gesehen hat. Einen Bus mit Lindauer Kennzeichen. Einen Bus, wie er drüben in Ihrer Garage steht, Herr Groschinger.«

Dieser sah sich Hilfe suchend um, doch die anderen am Stammtisch wichen seinem Blick aus.

»Und ihr glaubt, dass ich da jetzt den Kopf hinhalte? Und dass alle anderen fein raus sind?«

Er stand auf und stützte sich schwer auf beiden Händen ab.

»Das könnte euch so passen!«

»Mensch, halt's Maul!«, zischte ihn Roth an. »Merkst

du nicht, dass der Kommissar nichts in der Hand hat? Der will uns reinlegen, und du bist blöd genug, um ihm auf den Leim zu gehen!«

»Bilden Sie sich da nichts Falsches ein, Herr Roth«, sagte Hansen. »Wir haben Spuren, wir haben lückenhafte Alibis, und wir können Herrn Groschinger ohne Weiteres festnageln.«

Er hoffte, er hatte jetzt nicht zu hoch gepokert.

»Ach, dann tun Sie das doch! Nehmen Sie ihn halt mit, und lassen Sie uns endlich in Ruhe!«

»So ist das also?«

Groschinger ging um den Tisch herum und machte Anstalten, Roth am Kragen zu packen. Haffmeyer und Hanna traten ein paar Schritte nach vorn, griffen aber noch nicht ein. Und wirklich konnte Roth mühelos den Angriff des Wirts abwehren und ging seinerseits auf Groschinger los. Mit der Linken packte er ihn am Kragen und schob ihn auf die Wand zu, und mit dem rechten Zeigefinger tippte er ihm heftig gegen die Brust.

»Du hältst jetzt endlich die Klappe! Natürlich kannst du's gewesen sein, da hat der Kommissar ganz recht! Und ein Motiv hast du sowieso. Wenn hier nicht bald alle verkaufen wollen, wird dir dein toller Investor noch abspringen – und du stehst da und kannst deinen Scheißgasthof zumachen. Und deine Anke bist du dann auch gleich los!«

»Lass meine Frau aus dem Spiel! Du bist doch auch hinter ihr her gewesen wie der Teufel hinter der armen Seele. Und der Sandra hast du fast den Arsch abgeglotzt, wenn du ihr begegnet bist. Du bist der Schlimmste hier überhaupt! Für dich halte ich ganz sicher nicht den Kopf hin!«

»Gut, das reicht«, sagte Hansen und gab Hanna und Haffmeyer ein Zeichen, die beiden Streithähne zu trennen. »Dann geh ich jetzt mal mit Herrn Groschinger raus auf den Flur und lass mir von ihm alles haarklein erzählen. Das wird vermutlich nicht gut für Sie enden, Herr Roth. Da wäre es vielleicht besser, wenn Sie gleich hier mit allem rausrücken. Das wird vor Gericht sicher zu Ihren Gunsten gewertet.«

»Wieso soll *ich* jetzt alles gemacht haben?«

Roth war wütend und fühlte sich in die Enge getrieben. Die anderen sahen schweigend vor sich auf die Tischplatte, Fesl schluchzte noch immer.

»Der Kommissar hat's doch vorher selbst gesagt«, beschwor Roth seine Saufkumpanen. »Das kann einer allein gar nicht gemacht haben! Und jetzt wollt ihr mich ans Messer liefern?«

Er ballte die Fäuste und sah zornbebend auf die anderen hinunter.

»Und dann verkauft ihr alles, und ich gehe ins Gefängnis? Niemals!«

»Da müssen Sie sich keine Sorgen machen, Herr Roth«, sagte Rießfeld. »Hier wird nichts verkauft und nichts erweitert. Als Geschäftsmann kann ich es mir gar nicht leisten, mit einem solchen Verbrechen in Verbindung gebracht zu werden. Und in diesem gruseligen Nest will doch keiner mehr freiwillig übernachten! Nicht nach dieser Geschichte!«

Groschinger fuhr herum und sah Rießfeld entsetzt an.

»Wie jetzt? Sie springen ab? Es gibt keinen Anbau? Kein Geld? Keine Gastro-Events in ländlicher Idylle?«

»Das können Sie vergessen«, beschied ihm Rießfeld.

»Und warum hab ich dann für Sie der Sandra die Bremsen …?«

»Du Arschloch!«, entfuhr es Rießfeld, und sein Anwalt wurde ganz unruhig.

Goran Gingic sprang auf und sah seinen Chef hasserfüllt an. »Aber wir hatten uns doch geeinigt, dass ihr kein Haar gekrümmt wird! Und weil ich nicht wollte, hat der Groschinger …?«

Hansen wartete noch kurz, aber Gingic verstummte mitten im Satz. Rießfeld reagierte nicht, und auch die Männer am Stammtisch schwiegen. Hinter der Theke hatte sich Anke auf einen Hocker sinken lassen und vergrub ihr Gesicht in beiden Händen.

»Frau Fischer, Herr Haffmeyer, rufen Sie doch bitte die Kollegen herein. Wir sollten mit jedem der Anwesenden in eines der Gästezimmer gehen und ein Protokoll aufnehmen.«

Es war fast Mitternacht, als alle Aussagen per Laptop protokolliert waren. Streifenwagen und zivile Dienstfahrzeuge brachten die Männer nach Lindau, wo sie die Ausdrucke noch einmal gegenlesen und dann unterzeichnen sollten. Dort warteten schon Staatsanwältin Labranz, Soko-Chef Marle und einige andere Mitglieder der Ermittlungsgruppe.

Die Aussagen passten zusammen, und am Ende ergab sich ein ziemlich klares Bild.

Martin Lemperger wollte seinen alten Bauernhof zwar an Rießfeld verkaufen, aber dass sich die anderen immer mehr in ihren Hass auf die Habergsells hineinsteigerten, dass sie immer abstrusere Pläne vorschlugen, um die Familie endlich in ihrem Sinne auf Kurs zu bringen – all das hatte ihn bewogen, sich von den anderen fernzuhalten. Rießfelds Mädchen taten ihr Übriges: Lemperger hatte seinerzeit miterlebt, wie Goran zum ersten Mal mit seinem voll besetzten VW-Bus am Seeblick angekommen war, und die angetrunkenen Frauen, die im Gastraum herumtorkelten und dabei an ihren vermeintlich verführerischen Posen scheiterten, hatten ihn so angewidert, dass er sofort heimgefahren war und an keinem weiteren Treffen im Seeblick mehr teilgenommen hatte.

Die übrigen Stammtischbrüder und der Wirt wollten Habergsell am Samstag ins Gebet nehmen, weswegen es gegen vier Uhr nachmittags zu einem handfesten Streit zwischen Habergsell und Vöckler gekommen war. Trotzdem ging Habergsell mit ins Gasthaus und ließ sich sogar überreden, zu einer der Frauen hinaufzugehen – zu Lola, die er schon vom vorangegangenen Treffen im Seeblick kannte. Dort filmte ihn Goran, wie er das an diesem Samstag auch mit den anderen Männern machte, um später zur Not etwas gegen sie in der Hand zu haben. Erst als Habergsell das Bett und das Zimmer verließ, bemerkte er den ungebetenen Zeugen, geriet draußen im Flur mit Goran in Streit und wurde von ihm niedergeschlagen.

Goran zerrte den bewusstlosen Habergsell in ein freies Zimmer und fesselte ihn mit einem Strick, den er sich von Groschinger geben ließ. Dann brachte er ihn mit kaltem Wasser und Ohrfeigen wieder zur Besinnung und nahm ihn in die Mangel. Dabei drohte er, seiner Familie den Film von ihm und Lola zu zeigen und allen denjenigen eine Kopie zuzuspielen, mit denen er beruflich zu tun hatte – notfalls auch seinem Bankberater. Dann ging er hinaus und ließ Habergsell mit einem Knebel im Mund schmoren.

Währenddessen berichtete er den anderen Männern, die gerade in der Gaststube Kaffee tranken, von dem Zwischenfall. Roth wurde wütend und stachelte seine Kumpane an, diesem halsstarrigen Habergsell einen Denkzettel zu verpassen. Und dann gingen sie alle nach oben, um den Nachbarn gemeinsam zu bedrohen.

Die Konfrontation führte zu nichts – außer dass sich die Männer anschrien und Fesl, Roth und Sperber frustriert auf dem Absatz kehrtmachten und drei der Frauen in ihren Zimmern aufsuchten. Goran, Groschinger, Vöckler und Kritz gingen nach unten und berieten, was nun am besten zu tun sei. Goran schlug vor, den kompromittierenden Film Habergsells Ehefrau und vielleicht auch seinem Sohn zu zeigen – in der Hoffnung, die beiden würden ihn zum Einlenken überreden, um der Familie die drohende Schande durch eine weitere Verbreitung des Films zu ersparen.

Als Roth wieder dazustieß, lehnte er den Vorschlag rundweg ab: Toni Habergsell sei ein noch größerer

Halunke als sein Vater. Sein Ausbruch überraschte die meisten, da sie nicht wussten, wie sehr Andreas Roth den jungen Habergsell hasste. Schon lange stieg er Anke Groschinger und Sandra Vöckler nach, auch wenn er höchstens auf ein paar heimliche Blicke hoffen durfte. Eines Tages hatte er Sandra mit ihrem damaligen Freund Aki belauscht, und dabei war auch die Vergewaltigung durch Toni Habergsell zur Sprache gekommen. Seit jenem Tag hatte er eine Gelegenheit gesucht, das Verbrechen des Habergsell-Sohns an »seiner« Sandra zu rächen. Dass dessen Familie sich obendrein gegen den aus seiner Sicht lukrativen Verkauf seines alten Bauernhofs stellte, schürte seinen Hass noch. All das erzählte er in seiner Vernehmung nicht wörtlich, aber zwischen den Zeilen seines Protokolls konnte man es durchaus herauslesen.

Am Stammtisch, wo auch Fesl und Sperber wieder ihre Plätze eingenommen hatten, versuchte Roth die Stimmung anzuheizen. Er hetzte die anderen auf, den Habergsells ein für alle Mal ihre Grenzen aufzuzeigen. Doch er wurde überstimmt, und man beschloss, Habergsell, seiner Frau und seinem Sohn eine Lektion zu erteilen. Mit Blick auf ihren Brief an das Landesdenkmalamt schlug Alfred Kritz vor, die drei gefesselt ins Bauernhofmuseum nach Illerbeuren zu bringen, wo schon mehrere ausgediente alte Bauernhäuser einen neuen Standort gefunden hatten. Er erzählte vom Uttenhof, der einst in der Nachbarschaft seiner Verwandten gestanden hatte und nun eines der Schmuckstücke im Museumsdorf war.

Nach einer Runde Enzian war der Plan gezimmert. Groschinger hatte Chloroform im Haus, damit sollten die Habergsells betäubt werden. Dann würde man sie in ihrem eigenen VW-Bus ins Museum fahren und im Uttenhof gefesselt zur Schau stellen. Damit keiner der Stammtischbrüder wegen dieses Streichs Ärger bekommen würde, sollten Groschinger und Goran im Seeblick bleiben, und der Wirt sollte immer wieder hochgehen und die Frauen ein bisschen betatschen. Goran beruhigte ihn: Die Frauen seien ohnehin betrunken und würden gar nicht bemerken, wenn immer derselbe Mann zu ihnen kam. Später sollte für die Frauen ein Abschied inszeniert werden, nach dem sie sich auf jeden Fall an jeden einzelnen Mann erinnern konnten – damit hätten alle ein Alibi von mittags bis weit in die Nacht.

Brauchen würden sie dieses Alibi vermutlich sowieso nicht, betonte Goran, denn Habergsell würde schon die Klappe halten, weil er sonst die Veröffentlichung des Sexvideos befürchten musste. Diese Blamage würde er sich und seiner Familie garantiert ersparen wollen. Und vielleicht würde die Nacht im Museum auch seinen Widerstand brechen, und der Handel mit Rießfeld würde endlich zustande kommen.

Damit war auch Andreas Roth einverstanden. Er schlug vor, die bewusstlosen Habergsells für den Transport in große Mülltüten zu stecken und sie auch in diesen Tüten ins Museum zu setzen. Damit, so sagte Roth, konne man die drei noch zusätzlich demütigen – und für den Fall, dass Habergsell sie verraten würde, hätten sie so auch gleich vermieden, an den Kleidern der drei irgendwelche Haut- oder Faserspuren zu hinterlassen.

Das leuchtete allen ein. Groschinger hatte im Lagerraum Mülltüten, die groß genug für ihre Zwecke waren. Sie bereiteten das Chloroform vor und packten Tücher ein, die sie mit dem Mittel tränken wollten. Und schließlich holte der Wirt noch ein paar Packungen Spülhandschuhe, die sie im Museum anziehen konnten. Dass Roth in der Küche ein Kochmesser einsteckte, bekam keiner der anderen mit.

Kritz ließ sich von Groschinger eine Straßenkarte bringen und zeigte Roth, der den VW-Bus steuern sollte, das Museum, das er von einigen Besuchen mit der Verwandtschaft her ganz gut kannte.

»Die schließen um sechs«, sagte er, »wenn wir also gleich nachher losfahren, sind wir gegen sieben dort. Dann schauen wir, ob auch alle Besucher draußen sind, und gehen rein.«

Kritz wusste, dass der Uttenhof im Norden des Alten Museumsdorfs stand, und er schlug vor, sich dort irgendwo Zugang zum Gelände zu verschaffen. Auch ein geschützter Stellplatz für den VW-Bus würde sich finden lassen.

Die Stimmung war nun prächtig, bis auf Roth ließen sich alle noch einmal Bier und Enzian bringen. Vöckler und Kritz gingen zwischendurch für ein paar Minuten nach oben.

Dann wurde Habergsell betäubt, losgebunden und in einen Müllsack gesteckt. Vöckler trug ihn huckepack durch den Waldweg zur Straße und wartete im Dickicht unterhalb von Lempergers Ferienhaus auf die anderen. Groschinger und Goran blieben wie besprochen im Gasthof, die übrigen Männer schlichen sich erst hinter der Seeblick-Terrasse entlang und dann über die Straße auf den Habergsell-Hof. Friederike überraschten sie in der Küche, sie hatte keine Gelegenheit, sich zu wehren. Toni lag unter seinem Schlepper. Roth stieß ihn mit dem Fuß an und beschimpfte ihn. Wütend krabbelte der junge Mann unter dem Fahrzeug hervor und kam drohend auf ihn zu, da packten ihn Kritz und Sperber von hinten und drückten ihm das Tuch mit dem Chloroform auf Mund und Nase.

Mutter und Sohn wurden in Mülltüten gesteckt und zum VW-Bus der Habergsells geschleift. Der Schlüssel steckte, und auf der Straße hinunter ins Tal sammelten sie noch Vöckler mit dem alten Habergsell ein. Auf der Fahrt nach Illerbeuren herrschte eine ausgelassene Stimmung unter den Männern. Alle waren begeistert von dem Streich, den sie sich ausgedacht hatten, nur Roth stichelte immer wieder ein bisschen. Als sie mit dem Bus am Museum hielten, war es Sperber und Vöckler nicht mehr ganz wohl bei dem Gedanken, dass der halsstarrige Habergsell sie vielleicht trotz der Drohung mit dem Video verraten würde.

Sie schafften ihre bewusstlosen Nachbarn aufs Museumsgelände und luden sie auf zwei Schubkarren, die sie unterwegs stehen sahen. Toni und Richard wachten kurz auf, wurden aber mit gezielten Hieben wieder bewusstlos geschlagen. Als sie Friederike als Letzte in den Uttenhof tragen wollten, kam auch sie zu sich und erhielt ebenfalls einen Schlag gegen den Kopf.

In der Wohnstube des alten Bauernhauses platzierten sie die drei auf zwei Stühlen und der Eckbank. Auf einmal hielt Roth das Messer in der Hand, trat hinter Richard Habergsell, packte mit der linken Hand seinen Kopf, steckte die rechte Hand mit dem Messer unter der Plastikfolie hindurch und zog die Klinge in einem schnellen, kräftigen Schnitt einmal quer über den Hals des Mannes. Vöckler, der vor ihm gestanden und den Oberkörper des Opfers gehalten hatte, sah das Blut aus der Wunde spritzen. Im Reflex drückte er die Mülltüte fest gegen den Körper und gegen das Gesicht seines Nachbarn.

Als der sich nicht mehr regte, stand Roth mit dem blutigen Messer vor ihm und sagte: »Und jetzt schnell die anderen, bevor sie aufwachen – wenn die uns an die Polizei verraten, sind wir alle dran!«

Voller Panik und benebelt von Bier und Schnaps taten sie, was Roth vorschlug, und erst als sie die Mülltüten entfernt und die leblosen Körper mit Klebeband verschnürt hatten, wurde ihnen klar, was sie gerade getan hatten. Aber nun gab es kein Zurück mehr, und Roth schärfte ihnen noch im Uttenhof ein, dass ihnen gar nichts passieren könne, wenn sie nur alle zusammenhielten. Sie hatten ein Alibi, und es gab außer ihnen selbst keine Zeugen.

Gemeinsam schlichen sie zurück zum VW-Bus. Im Handumdrehen hatten sie Illerbeuren verlassen. Roth war es auch, der darauf bestand, in einem weiten Bogen wieder zurückzufahren. Von jenseits der Iller wollte er die weiteren Ereignisse im Bauernhofmuseum beobachten. Sein kleines Fernglas hatte Roth aus alter Gewohnheit ohnehin in der Jackentasche. Kritz hatte ihm auf der Herfahrt von einem Aussichtspunkt oberhalb des Flussufers erzählt, den er ebenfalls von einem seiner Familienausflüge her kannte.

Es war schon spät, als sie endlich wieder im Seeblick eintrafen. Goran war ungeduldig geworden, und Groschinger konnte sich kaum mehr auf den Beinen halten. Trotzdem gab er noch eine Runde aus, und danach machten sie sich an die Verabschiedungsprozedur für die Frauen, die sie sich als Schlusspunkt ihres inszenierten Alibis ausgedacht hatten.

Rießfeld wollte von all dem nichts gewusst haben, er hatte nur Goran in den Tagen zuvor zu verstehen gegeben, dass es ihm recht wäre, wenn Richard Habergsell endlich seinen Widerstand gegen den Verkauf seines Bauernhofs aufgeben würde – vielleicht könne ja Goran mit Videoaufnahmen ein bisschen nachhelfen? Wenn auch das nicht fruchten sollte, müsse man sich etwas anderes überlegen.

Ob Goran seinen Chef richtig verstanden hatte und deshalb die Bauern zu dem Denkzettel für die Habergsells ermuntert hatte oder ob Rießfeld – wie er es der Polizei gegenüber steif und fest behauptete – nur gemeint hatte, er müsse sich dann halt nach einem anderen Objekt für seine Event-Gastronomie umsehen, musste offen bleiben. Goran und Groschinger behaupteten jedenfalls, in besagter Nacht aus allen Wolken gefallen zu sein, als sie vom Tod der Nachbarn erfuhren. Notgedrungen hatten sie Roth und die anderen gedeckt, um auch ihren eigenen Hals aus der Schlinge zu ziehen.

Für die letzte Komplikation sorgte Sandra Vöckler: Rießfeld hegte schon seit einiger Zeit den Verdacht, dass jemand heimlich Informationen über seine Geschäfte hinter der gastronomischen Kulisse sammelte. Zudem konnte er nicht ausschließen, dass Sandra Vöckler als Teamleiterin für seine neue Software Einblicke auch über das Kerngeschäft seiner Gastro GmbH hinaus gewonnen hatte. Als er nun erfuhr, dass sie die Polizei wegen der Habergsells benachrichtigt hatte, zählte er eins und eins falsch zusammen und fühlte sich von ihr bedroht.

Goran behauptete, sein Chef habe ihn auf die vermeintliche Gefahr hingewiesen, die von Sandra Vöckler ausgehe, und ihn darum gebeten, das Problem zu lösen – was nach Gorans Meinung bedeutete, dass der jungen Frau etwas zustoßen sollte. Er habe sich geweigert, weil er Sandra Vöckler im Gegensatz zu seinem Chef für keine Bedrohung hielt – was seine Gefühle für Sandra Vöckler anging, wurde er nicht deutlicher, aber sein Verhalten, sein Tonfall ließen kaum Zweifel daran, dass er an der jungen Frau Gefallen fand. Jedenfalls sei es wegen Sandra am späten Mittwochnachmittag vor Rießfelds Firma zum Streit zwischen Goran und seinem Chef gekommen.

Groschinger wiederum berichtete von einem Anruf am frühen Mittwochabend. Rießfeld habe ihm da zu verstehen gegeben, dass das Seeblick-Projekt inzwischen auf wackligen Beinen stehe – und dass garantiert nichts daraus würde, wenn ihm jemand wegen der Prostituierten auf die Schliche komme. Er deutete an, dass Sandra Vöckler wohl von allem wisse und dass er damit rechne, die junge Frau könne morgen oder am Freitag mit ihrem Wissen zur Polizei gehen. Nebenbei habe sie erwähnt, dass sie sich ein paar Tage lang bei ihren Eltern in Wiesenhofen ausruhen wolle – wo sie jederzeit mit diesem Kommissar Hansen reden könne, der schließlich ständig im Weiler herumlungere.

Groschinger schnappte sich am späten Abend einen Bolzenschneider, schlich hinüber zum Vöckler-Hof und trennte die Bremsleitungen und den Seilzug der Handbremse durch. Danach schlich er zurück in den Seeblick und legte sich schlafen. Irgendwann in der Nacht wurde er wach und dachte darüber nach, dass manipulierte Bremsen wenig brachten, wenn Sandra womöglich bis Sonntag gar nicht wegfuhr – und hier vor Ort jede Gelegenheit hatte, ihr Wissen diesem Hansen anzuvertrauen. Also rief er Sandra Vöckler auf der Handynummer an, die ihm Rießfeld gegeben hatte, und faselte mit verstellter Stimme irgendetwas von einem Freund, der in Gefahr sei und ihre Hilfe brauche. Namen nannte er keine, er hatte ja auch keine Ahnung, ob Sandra überhaupt einen Freund hatte.

Goran, der wusste, dass sein Chef Sandra Vöckler am liebsten aus dem Weg geräumt hätte, war in der Nacht mit dem Motorrad von Lindau nach Wiesenhofen gefahren.

Wieder hatte er sein Motorrad im Wald versteckt, wo es noch immer stand. Wie jedes Mal achtete er darauf, dass er früh genug den Motor ausmachte, um in dem Weiler nicht gehört zu werden – so hatte er es schon in der Nacht auf Sonntag gehalten, als er die Frauen im VW-Bus weggebracht hatte. Von der Seeblick-Garage ließ er seinen Transporter mit ausgeschaltetem Motor durch den Weiler und bis hinter das Ferienhaus in der Kurve rollen, bevor er den Wagen startete und zügig nach Lindau fuhr.

In der Nacht auf Donnerstag war Goran zu Sandra Vöcklers Elternhaus hinaufgegangen und hatte es sich auf einem Holzstoß im Schatten einer Scheune leidlich gemütlich gemacht, um hier über die junge Frau zu wachen. Als sie gegen viertel fünf in der Früh aus dem Haus kam und ihren Wagen aufschloss, wurde er sofort wach und versuchte sie aufzuhalten. Aber mit ihr war nicht zu reden. Aki sei in Gefahr, sie habe gerade einen anonymen Anruf deswegen bekommen und müsse jetzt sofort nach Lindau fahren.

Die Falle, die Goran vermutete, tat sie als Hirngespinst ab, und ohnehin fand sie es bizarr, dass er hier oben vor ihrem Haus schlief, um sie zu beschützen, wo doch gegen sie persönlich niemand etwas haben könne. Als er dann auch noch vorschlug, zur Sicherheit die Räder, den Motor und die Bremsen zu überprüfen, um sicherzugehen, dass sich niemand an Sandras Auto zu schaffen gemacht hatte, rastete sie beinahe aus und wollte ihn fortjagen. Offensichtlich war sie wegen des nächtlichen Anrufs völlig außer sich. Goran wollte sie in diesem Zustand nicht noch mehr aufregen und verzichtete darauf, ihr von Rießfelds Auftrag zu erzählen, den er abgelehnt hatte.

Immerhin schaffte er es, dass sie ihn mitfahren ließ. Schon bald bemerkte Sandra, dass ihre Bremsen nicht mehr funktionierten und dass der Wagen immer schneller talwärts rollte. Goran schnallte sich los und wies sie an, dasselbe zu tun. Auf einem geraden Straßenstück sollte sie dann die Tür aufschieben und sich seitwärts aus dem fahrenden Auto rollen. Goran selbst ließ sich durch die offene Beifahrertür hinauskullern. Dass Sandra sich im entscheidenden Moment doch nicht getraut hatte, machte Goran sehr zu schaffen. Er schien die junge Frau wirklich zu mögen.

Rießfeld stritt natürlich alles ab. Er habe alles ganz anders gemeint, als es Goran und Groschinger verstanden hätten. Von Gewalt sei nie die Rede gewesen. Immerhin eines glaubte ihm der Beamte, der ihn vernahm, sofort: dass Rießfeld nicht davon ausgehen konnte, dass Groschinger so blöd war, quasi vor den Augen der Polizei die Bremsen an Sandras Auto zu manipulieren.

Hehnel hatte Julia Müller so diskret mit nach Lindau genommen, dass weder die Stammtischbrüder noch Rießfeld, dessen Anwalt oder Goran Gingic sie zu Gesicht bekommen hatten. Draußen informierten noch einige Beamte die übrigen Einwohner des Weilers. Und dann kehrte im Seeblick endlich Ruhe ein.

Hansen, Hanna und Haffmeyer hatten sich an einen Tisch in der hintersten Ecke der Gaststube gesetzt. Anke

Groschinger brachte ein Tablett mit vier Biergläsern und ließ sich auf einen freien Stuhl gegenüber von Hansen sinken, obwohl neben ihm auch noch ein Stuhl frei gewesen war. Hanna und Haffmeyer sahen gespannt zwischen den beiden hin und her. Hansen und Anke blickten sich stumm an, dann zog ein bedauerndes Lächeln über das Gesicht der Wirtin, und Hansen nickte, nahm sein Glas und prostete ihr zu.

Freitag, 6. Juni

Gegen halb zwei morgens brachen Hansen, Haffmeyer und Hanna auf. Vroni Schliers sah ihnen neidisch hinterher, als sie die Gaststube verließen. Mehr als zwei, drei Stunden Schlaf zwischendurch würden wohl auch heute nicht drin sein. Immerhin hatte ihr die Wirtin ein schönes Zimmer hergerichtet. Sie beschloss, eine kurze Pause einzulegen und sich zu duschen.

Bevor sie ins Bad ging, öffnete sie die Balkontür ihres Zimmers und sah in ein paar Metern Entfernung Anke Groschinger am Balkongeländer stehen. Die Wirtin hielt eine Zigarette in der Hand und schaute hinunter auf die Straße, wo gerade die Kollegen ins Auto stiegen. Sie stand auch noch auf dem Balkon, als das Motorgeräusch des Dienstwagens längst nicht mehr zu hören war. In ihrer Hand glomm die Zigarette weiter. Vroni Schliers drückte ganz leise die Balkontür wieder zu und ging duschen.

Die Heimfahrt nach Füssen hatte nicht gereicht, um alles zu besprechen, und so standen sie noch eine halbe Stunde vor Hansens Haus, bis alles geklärt war. Er hatte beteuert, dass zwischen ihm und der Wirtin nichts vorgefallen sei.

Sie habe lediglich mit ihm geflirtet, was er sich auch durchaus habe gefallen lassen. Die abendliche Szene hinter dem Habergsellschen Hof stellte er so dar, dass er zwar von Anke Groschinger bedrängt worden, seiner Freundin Resi aber treu geblieben sei. Den Kuss und seine Gefühle dabei ließ er weg – und natürlich auch den Umstand, dass ohne Haffmeyers zufälliges Erscheinen an der Scheune manches sicher anders gelaufen wäre …

Am Ende schienen alle Irritationen zwischen ihnen ausgeräumt, und Hanna schlug vor, dass sie und Haffmeyer von alledem Resi Meyer am besten erst gar nichts erzählen würden. Wo doch eh nichts passiert sei.

»Das wäre vielleicht wirklich besser«, pflichtete Hansen ihr bei, und dann zwinkerte er den Kollegen zu: »So wie ich auch niemandem von Ihrem Eistanzhobby erzähle oder von Herrn Haffmeyers Fliegenbildern.«

Hanna sah ihren Kollegen mit großen Augen an. »Du hast sie ihm gezeigt?«

Haffmeyer nickte.

»Die sind toll, oder?«, sagte Hanna Fischer an Hansen gewandt.

»Sehr ungewöhnlich, aber schön.«

»Und was halten Sie nun von uns? Zwei Kripobeamte mit durchgeknallten Hobbys?«

»Das ist Ihre Privatsache. Mich interessiert vor allem, wie gut Sie Ihren Job machen – und was das betrifft, bin ich sehr zufrieden mit Ihnen beiden. Ich hoffe, das haben Sie schon gemerkt.«

Als sie sich verabschiedeten, erkundigte sich Hansen

noch nach Haffmeyers Daumen. Der hob seine rechte Hand: Die Wunde war noch ein wenig entzündet, das Schlimmste schien aber überstanden.

»Ist alles wieder gut«, sagte Haffmeyer, und Hansen hatte das Gefühl, dass sich das nicht nur auf den Daumen bezog. Und als er sich später im Bett noch einmal über die schmerzenden Stellen an seinem linken Auge fuhr, war er froh, dass diese Geschichte nun doch so glimpflich verlaufen war.

Er freute sich auf einen freien Tag, denn mit Soko-Chef Marle war abgesprochen, dass die Kollegen den Papierkram übernehmen würden. Er war erst wieder für die abschließende Besprechung in Memmingen eingeplant, die am Samstagnachmittag stattfinden sollte.

Gegen sieben Uhr morgens wachte Hansen auf. Unter seinem gekippten Fenster saß Ignaz und miaute in einem durchdringenden, klagenden Ton. Eine Zeit lang konnte er das Geräusch ignorieren, dann gab er auf und sah nach dem Kater. Womöglich war er verletzt und brauchte Hilfe, oder die Katzenklappe klemmte, und das Vieh kam nicht an sein Futter.

Barfuß tappte er durch die Küche und hinters Haus. Ignaz kam ihm maunzend entgegen und führte ihn zu zwei Mäusen und einem Vogel, die er ordentlich nebeneinander auf dem Boden abgelegt hatte. Wahrscheinlich hätte er Ignaz jetzt ausgiebig loben müssen, fiel Hansen ein, während er kopfschüttelnd wieder nach drinnen ging, doch in seinem Zustand sah er sich damit schlichtweg überfordert.

Um acht waren aus der Küche klappernde Geräusche zu hören und dann ein sattes »Plopp!«.

Wieder rollte sich Hansen aus dem Bett und tappte schlaftrunken aus dem Schlafzimmer. Am Esstisch stand Frau Walburga und strahlte ihn an. Vor ihr standen zwei Gläser, auf die sie gerade Sekt verteilte.

»Wie schön, Herr Hansen, dass wir endlich die Zeit finden, Ihr Jubiläum zu begießen! Ein Jahr Allgäu – ist das nicht toll?«

Er sah zur Uhr, dann schaute er erschrocken an sich herunter – und stellte erleichtert fest, dass er heute Nacht in Slip und Shirt und Socken eingeschlafen war. Frau Walburga deutete den Blick falsch.

»Ach, wegen mir müssen Sie sich nicht extra schick machen. Mein Mann Fred, Gott hab ihn selig, kam auch immer so zum Frühstück. Ich kenn das gar nicht anders.«

Hansen setzte sich zu ihr, und sie schob ihm ein Sektglas hin.

»Lieber nicht, Frau Walburga. Wenn ich jetzt was trinke, ist der Tag für mich gelaufen. Es ist spät geworden heute Nacht.«

»Dann stoßen Sie wenigstens mit mir an, Herr Hansen.«

Er hob das Glas, sie klopfte mit ihrem dagegen, dann nahm sie ihm das Glas aus der Hand, trank beide leer und schenkte ihres wieder voll.

»Und?«, fragte sie. »Haben Sie den Mörder erwischt? Oder suchen Sie noch?«

»Erwischt«, murmelte er.

»Na, dann erzählen Sie mal«, sagte Frau Walburga und lehnte sich gemütlich zurück, als richte sie sich auf eine längere Geschichte ein.

»Nein, Frau Walburga«, brummte Hansen und stand auf. »Tut mir leid, aber ich muss schlafen.«

Er schlurfte zurück ins Schlafzimmer und schlüpfte wieder unter die Decke. Im Einschlafen hörte er noch Gläserklirren in der Küche. Dass die Haustür zugezogen wurde, bekam er schon nicht mehr mit.

Resi Meyer schlich am Nachmittag auf Zehenspitzen ins Haus. Alles war still, aber neben dem Telefon lagen Handy und Schlüssel. Hansen war also daheim.

Ignaz, der räudige Kater, schlief auf dem Küchentisch. Als sie ihn entdeckte und wegscheuchen wollte, hob er kurz den Kopf, sah sie zwischen kaum geöffneten Augenlidern hindurch an, ließ den Kopf wieder sinken und beachtete sie nicht weiter.

Im Schlafzimmer lag Hansen schnarchend da und streckte alle viere von sich. Sie ging ums Bett herum und setzte sich auf die Bettkante. Er regte sich nicht, sondern schnarchte weiter.

Von Vroni Schliers hatte sie erfahren, dass der Dreifachmord von Illerbeuren aufgeklärt und dass es in der vergangenen Nacht spät geworden war. Und von Fritz Marle wusste sie, dass Hansen bis Samstagnachmittag frei hatte und dass er im Seeblick in Wiesenhofen sehr gute Arbeit geleistet hatte.

Fast zehn Minuten lang betrachtete sie ihren schlafenden Freund, dann stand sie auf und ging in den Flur, wo sie eine kleine Kühltasche abgestellt hatte. Sie zog eine Sektflasche heraus und nahm in der Küche zwei Gläser aus dem Schrank. Resi wunderte sich zwar, dass auf der Spüle bereits eine leere Flasche und zwei benutzte Gläser standen, aber das konnte ihr Hansen ja später erklären.

Mit einem kräftigen »Plopp!« entkorkte sie den Sekt, füllte die beiden frischen Gläser und stellte sie neben den Kater auf den Küchentisch. Nun streifte sie Hemd und Jeans ab. Ignaz blinzelte ein wenig und schaute ihr dabei zwischen den jetzt leicht geöffneten Lidern zu, bevor er wieder wegdämmerte.

Resi ging mit den Gläsern hinüber ins Schlafzimmer, setzte sich wieder neben Hansen auf die Bettkante und schlug leise die Sektgläser aneinander.

»Aufstehen, du Schlafmütze!«, sagte sie leise und pustete Hansen eine Strähne aus der Stirn. »Wir feiern jetzt dein Einjähriges nach!«

»Nicht schon wieder, Frau Walburga«, brummte Hansen, ohne die Augen zu öffnen. »Ich hab Ihnen doch schon gesagt, dass ich keinen Sekt will.« Damit rollte er sich auf die andere Seite und schnarchte weiter.

Ignaz stand in der Tür zum Schlafzimmer und musterte die beiden Menschen. Hansen, der tief schlief. Und Resi, die aufgestanden war und nun irritiert auf ihren Freund hinuntersah, ein Glas Sekt in jeder Hand.

Sie bemerkte den Kater und fing seinen Blick auf. Für einen Moment war es ihr, als hätte Ignaz mit den Schultern gezuckt, bevor er sich wieder in den Flur trollte.

Resi trank beide Gläser leer, stellte sie auf den Nachttisch und schlüpfte zu Hansen unter die Decke.

Verrückt, dachte sie lächelnd, echt verrückt. Das muss an diesem Haus liegen.

Dann schlief sie ein.